LIONEL DUROY

UN JOUR,
JE TE TUERAI

roman

ÉDITIONS JULLIARD
24, avenue Marceau
75008 Paris

ISBN 2-260-01511-5

à mon ami Bruno Philip

Le désarroi de Paul

1.

Une brune. Paul ne connaît pas son nom. Elle occupe le bureau à côté du sien. Depuis quand vient-elle ? Quelques semaines, ou quelques mois. Il n'a aucun souvenir du jour où elle est apparue ici pour la première fois. Ils se saluent, elle lui sourit sans s'attarder. Jauré-gui, l'investigateur du service, troisième bureau du plot, en face de Paul, l'appelle parfois ma chérie. – Dis-moi, ma chérie, tu n'aurais pas les coordonnées du type de la chancellerie… Elle s'interrompt pour les lui donner. Sans arrêt au téléphone, tous, ou à taper sur leur clavier. Paul n'écrit plus, lui. Cependant chaque jour il passe, et s'assoit.

Il ouvre les journaux. Il est surpris par le nombre d'hommes qui abattent leurs femmes ; trois ou quatre chaque semaine. Des chasseurs généralement. Tiens, un agent immobilier de Neuilly, avant-hier soir encore. Sa femme le trompait avec un pianiste. Deux décharges de chevrotine. Le journaliste du *Figaro* a enquêté et reconstitué la dernière scène : Je t'interdis d'y aller. – Tu n'as rien à m'interdire, mon pauvre Antoine. – Sylvie ! – Laisse-moi sortir ou j'appelle la police. – Si tu fais un pas de plus, je tire. – Alors ça, c'est la meilleure ! Eh bien, tire… Agnès couche les enfants et passe à la salle de bains se remaquiller. Tu n'es pas là ce soir ? – Écoute, Paul… Il n'écoute pas la suite, non, il grimpe à l'étage s'enfermer dans son bureau. Quand il en redescend, il trouve toutes les pièces illuminées. Elle allume partout avant de s'en aller, dans les toilettes, dans la penderie, et ne prend pas le temps de fermer à clé.

De qui a-t-elle peur ? Paul n'a jamais eu d'arme, a toujours détesté les chasseurs. Même une gifle il n'a pas pu, la première fois. Elle rentrait de son week-end à Rome avec Nikitenko. C'était bien votre balade ? – Formidable. Les enfants ne m'ont pas trop réclamée ? – Tu leur as manqué un peu, si, surtout ce soir... Ils ont voulu t'attendre avant d'aller se coucher... Tu rentres tard, qu'est-ce qui vous est arrivé ? – Je leur ai rapporté des petits trucs... Bon, je vais prendre un bain. – Je peux t'accompagner ? Elle n'avait pas répondu ; Paul l'avait suivie. Il l'avait regardée se déshabiller pendant que le bain coulait, pendant le vacarme. Le calme revenu, elle s'était allongée. Elle ne se préoccupait pas de lui ; elle semblait fascinée par les ondoiements d'herbes marines des poils de son pubis. Paul s'y était arrêté aussi un instant, des poils fauves, et brusquement : Agnès, est-ce que tu as fait l'amour avec Nikitenko ? – Oui. Elle avait relevé le menton pour regarder Paul. Un regard amusé de conquérante. Mais vraiment, Agnès ? – Vraiment, oui. On l'a même fait debout si tu veux savoir... Elle avait ri, sans lâcher Paul des yeux. Qu'est-ce qu'elle espérait donc ? D'autres questions pour pouvoir raconter ? Debout, Agnès ? Tu ne veux pas me montrer, que je me rende compte... Ou bien une gifle ? Paul s'était précipité dehors et il avait bien couru deux ou trois kilomètres dans les rues obscures en gémissant stupidement. Oh non, non... Au retour, il n'avait pas pu s'empêcher de les imaginer. Les mains de Nikitenko sur les hanches d'Agnès, sa bite, ses couinements de porc. Et Agnès... Debout, Agnès ? Elle n'avait jamais proposé à Paul d'essayer comme ça. Une vague de désir l'avait submergé. Mais tu deviens dingue, mon pauvre Paul... Oui, non, je m'en fous. La baiser, tout de suite, là, sur le carrelage. Il s'était remis à courir, avant de s'assommer contre un lampadaire.

Avant d'abattre sa femme aux plombs à sanglier, l'agent immobilier de Neuilly avait découvert une lettre d'amour du pianiste. « Une lettre aux termes crus, précise *Le Figaro*, et qui ne dissimule rien de la relation du couple. » Qu'est-ce qu'il peut bien lui écrire ? Un moment, Paul caresse l'idée d'appeler le journaliste et de se faire lire la lettre. Excuse-moi, vieux, on me demande une brève sur cette histoire. Tu ne pourrais pas… Cette bafouille, par exemple, qu'est-ce qu'il raconte exactement, le mec ? Alors il l'entend, la fille brune, à côté. Elle murmure, la main sur le combiné, comme pour un baiser dans la rue. Il ne devine pas les mots, juste la musique qui les porte. Il est ému soudain. Complètement bouleversé. Il se souvient qu'autrefois Agnès aussi lui parlait sur ce ton ; quand il était employé au chauffage urbain et qu'à la pose de midi il l'appelait. Agnès, je passe te prendre, là, tout de suite, tant pis pour le fric, le premier bateau, on s'en fout… Peu importaient les mots, il se laissait convaincre. Il imagine l'homme à l'autre bout du fil, oui… oui… si tu veux, Agnès. Non, elle n'a pas une tête à s'appeler Agnès, comment s'appelle-t-elle au fait ? Si Jaurégui voulait bien interrompre sa conversation téléphonique, raccrocher, la boucler enfin, il l'écouterait tranquillement murmurer. Mais comment s'appelle-t-elle, bon Dieu ? Ah, ça y est.

– Un petit pipi et je m'y mets.

– Jaurégui…

– Ouais ?

– Prends ton temps, surtout.

– Je ne comprends pas.

– Pour pisser, Jaurégui, prends tout ton temps. D'accord ?

– Monsieur le comte a ses migraines ?

– Oh, ta gueule.

Maintenant, il perçoit quelques mots : … ne t'en fais pas… mais si, j'ai envie… viens, alors… tu sais bien… Antoine !…

Antoine, comme l'agent immobilier de Neuilly.

C'est octobre, il fait nuit et il bruine quand Paul envoie valser le portail d'un coup d'épaule. Tu t'occuperas de le réparer, un jour ? – Oui, Agnès. La jeune fille a dû sursauter — sous le choc, le portail est allé cogner le tronc du vieux sapin — et maintenant elle s'est approchée de la porte-fenêtre pour voir qui traverse le jardin. Murielle, dix-sept ans. Agnès trouve qu'elle ressemble de plus en plus à Patricia Kaas avec ses cheveux courts. Paul la préférait avant.

– C'est moi, Murielle.

– Vous m'avez fait peur !

– Excusez-moi, il faut que je répare ce truc… Les enfants sont couchés ?

– David vous a attendu, vous lui aviez promis de terminer l'éolienne, paraît-il.

– Merde, j'avais oublié. Je vais voir s'il dort déjà. Ça va, les études, Murielle ?

– Ça va.

– C'est avec David ou avec votre petit copain que vous avez pris le thé ?

– Ni l'un ni l'autre, c'est Agnès et votre architecte…

– Nikitenko ? Il était là, vous l'avez vu ?

– Quand je suis rentrée de l'école avec les enfants… Agnès m'a dit que vous aviez un problème de fuite, sur le toit…

– Oui, oui, là-haut… Je vais voir, hein. Je vous laisse une seconde…

Il n'a plus de souffle, brusquement. Il passe sans s'arrêter devant la chambre de David, grimpe à l'étage, entre dans son bureau. C'est là qu'il dort, depuis… Depuis quand, d'ailleurs ? Il s'assoit, se relève aussitôt, et se met à tourner. Oh non, non, murmure-t-il, non... en se frottant le visage des mains. Une vague brûlante sous le front et le cœur complètement affolé, au bord de la rupture. Non, non, murmure-t-il encore. Et, soudain, l'illumination, la tentation du diable. S'il osait... Mais pour être sûr, voyons ! Pour... C'est l'autre porte, sur le même palier, leur ancienne chambre à coucher. Il y va, il l'ouvre. Le lit démoli, les oreillers enfoncés... Il arrache la couette qu'on a jetée précipitamment sur le matelas, un de ces gestes qu'on fait au moment de fuir, il en mettrait sa main à couper, un de ces gestes pour conjurer le pire, on ne sait jamais, si quelqu'un entrait, les enfants, lui... Et le pire lui saute au visage : le sang d'Agnès, sur le drap. Il devrait détaler, mais non, ça ne lui suffit pas. Ils ont donc baisé malgré ses règles. C'est un fait avéré, incontestable. Une envie de baiser comme on n'en éprouve qu'au début, au point d'en foutre partout et de s'en moquer. Je ne dis pas que plus tard, après quelques mois, ou même quelques années, non, je ne dis pas, mais on prend des précautions, on pense au matelas, on ne gambade pas comme des cabris. Là, si. Comme des cabris. Poursuivez, mon vieux, c'est très bien, vous brûlez. Elle est venue sur lui à un moment, puis le contraire. Comment je le sais ? Mais le sang d'Agnès bon Dieu, son corps, son cul, depuis vingt ans... À la fin, il est retombé là, Nikitenko. Sur le flanc. Haletant. Ici, regarde, l'empreinte de sa bite ensanglantée. Tu la vois ? On pourrait presque la mesurer.

Paul va se tuer. Cette nuit. Villeneuve-Saint-Georges. Le pont du chemin de fer.

– Les clés de la voiture, Murielle. Vous n'avez pas vu les clés ?

– Mais vous repartez ? Je ne devais pas rester...

– Trouvez-moi les clés de la voiture, Murielle, sinon je ne vais pas y arriver.

– Comment voulez-vous... Où les mettez-vous d'habitude ?

– Je ne sais pas. Cherchez-les s'il vous plaît. Vite… Oh, bon Dieu…

Il s'engouffre dans la salle de bains, vomit dans la baignoire, puis se fourre la tête sous le robinet. Un torrent glacé, quelques secondes.

– Excusez-moi… Voilà, je les ai. Ça ne va pas ?

– Si. Passez-moi une serviette. Là, c'est très gentil. Merci beaucoup, Murielle. Merci. Est-ce qu'Agnès vous a dit si elle avait mis de l'essence dans la bagnole ?

– De l'essence… Ah non, non…

– Prêtez-moi cent balles, Agnès vous les rendra. J'ai froid… Vous n'avez pas froid, vous ?

Il se retourne, mais elle n'est plus là. Il s'en va. Villeneuve-Saint-Georges. C'était il y a deux ans, ce pèlerinage, avec son père, quelques mois avant sa mort. Paul voulait savoir ce qu'avait fichu Blaise à Villeneuve-Saint-Georges ce jour où il avait disparu. Paul était enfant alors et durant quatre longues années il l'avait attendu. Un petit coup pour l'OAS, rien de bien glorieux, lui avait révélé Blaise. Tout de même, j'ai bien failli en crever. À trois hommes, ils avaient braqué la BNP.

– Mais pourquoi dans ce bled ?

– Le commissaire de police était des nôtres.

– Et tu avais un flingue ?

– Non, pas moi. Moi j'avais été recruté comme chauffeur.

– Alors je ne comprends pas comment tu as failli crever.

– En décarrant, mon petit vieux. En décarrant. Un camion, j'ai jamais compris d'où il sortait, ce zèbre… On avait l'argent, tout avait fonctionné, et il nous a pris en écharpe. J'ai jamais compris…

– Les deux autres aussi ont été blessés ?

– Tu rigoles ! Tués sur le coup, oui.

Paul freine précipitamment dans la nuit mouillée. La voiture dérape et vient s'immobiliser contre le talus. Il s'en échappe, vomit, à genoux dans le faisceau de ses propres phares. Puis il se traîne à quatre pattes jusqu'à l'habitacle, y grimpe péniblement, comme un chien malade, et se couche en travers des sièges. Il grelotte. Il voudrait une couverture.

– Dominique ? C'est Dominique votre nom ?
– Vous ne le saviez pas ?
– Non, mais j'ai cru entendre Jaurégui tout à l'heure... Vous ne voudriez pas déjeuner avec moi ?
– Si. J'ai quelque chose de prévu mais je peux l'annuler.
– Allons-y vite, alors. Vous connaissez le quartier, moi, ça fait longtemps que je ne déjeune plus. J'ai très froid, je voudrais un truc brûlant...
– Genre pot-au-feu ?
– Oui, ou blanquette de veau.
– Laissez-moi cinq minutes.
– Je vous attends en bas, à l'accueil, c'est mieux chauffé. D'accord ?

Du temps où il travaillait, Paul aimait recevoir dans cet endroit — quelques fauteuils et une table basse, en retrait des filles de l'accueil. Depuis qu'il n'écrit plus, il s'y installe parfois, pour lire. Le patron, Daniel Hermann-Costes, le regarde sans le voir. Autrefois, ils étaient assez complices, quoique... Mais depuis la crise d'hystérie de Paul, c'est fini, ils ne se connaissent plus. Un beau front, un reste de paille dorée dans les prunelles... Dominique. Et le nez droit, un peu long... Agnès aussi, d'ailleurs...

– Vous venez ?

Ils marchent vite. Il tombe une espèce de pluie gelée qui fait une soupe sale sur le bitume.

– Vous avez mis du temps à vous décider, dit-elle en reniflant.
– À me décider ?

– Au printemps, déjà, on devait déjeuner ensemble.Vous ne vous en souvenez pas ?

– Non, vous devez confondre.

– Ça ne va pas la tête ? Je ne confonds pas du tout. On avait bu un café, vous veniez d'emménager dans votre nouvelle maison et vous m'aviez même raconté… Flûte ! Mes chaussures prennent l'eau.

– Je vous avais raconté quoi ?

– Que vous aviez peur qu'on vous vole votre petite fille parce qu'il n'y avait pas encore de serrure à la porte d'entrée.

– C'est vrai, oui, et comme on dormait en haut, elle était toute seule en bas avec David. Mais je ne me rappelle pas…

– Tenez, c'est ici.

De la blanquette de veau, oui. De quoi parle-t-elle depuis un moment ? D'un quartier de Paris, Monceau. Les week-ends, tous les commerces fermés, pas moyen de prendre un café. Il acquiesce. Il voit vaguement, en effet, le parc et les avenues alentour. Mais il se fout de Monceau, il voudrait…

– Pourquoi est-ce que vous me parlez sans arrêt de ce quartier, de Monceau ? s'entend-il dire.

– Ça ne va pas du tout, hein ? Je ne vous ai jamais vu une tête pareille.

– Non.

– Je vous parle de Monceau parce que c'est là que j'ai habité, la première année, dans une chambre de bonne, en arrivant de Saint-Étienne. Mais ça n'a pas l'air de vous intéresser.

– Dominique…

– Vous voulez une cigarette ?

– … on va faire comme si on se connaissait depuis longtemps, que vous n'étiez pas timide et moi non plus. Vous comprenez ? Je suis trop fatigué, là.

2.

La neige s'est mise à tomber en milieu de matinée et aussitôt les gens se sont précipités aux fenêtres. Paul s'est demandé un instant ce qu'il allait faire de ce jour exceptionnel, puis, constatant qu'on était mercredi, il a décidé de rentrer chez lui. Il allait surprendre les enfants dans le jardin, il devait y avoir une luge à la cave, à moins qu'Agnès ne l'ait jetée dans le déménagement, mais non, derrière le tas de vélos, il croit bien la voir encore, une rouge, en plastique. Bijou devant, bien sûr, et David derrière, ouais, papa ! Ouais !... Ce David ! On ferait le cheval vingt-quatre heures d'affilée qu'il en redemanderait. Laisse-moi, maintenant, j'ai envie d'être un peu seul. – Tu veux plus jamais jouer... – David ! J'en ai marre de faire le clown, j'ai le droit, non ?... Pourquoi est-ce que je gueule depuis quelque temps ? Dans l'autre maison, avant, ils grimpaient sans arrêt dans mon bureau, oui, même Bijou, à quatre pattes, ah, c'est toi, ma croquette !... Les yeux de David, maintenant... Il ne se précipite plus, il attend que je vienne. Si je ne viens pas, il replonge dans ses bagnoles, il ne m'a pas vu. Mon David !... Paul presse le pas. Après le métro, il a encore près d'un kilomètre de marche à pied. Dans la neige vierge, aujourd'hui. Il court. Il est à peine deux heures, ils vont avoir tout l'après-midi pour faire le cheval, le chien de traîneau, l'ours polaire, ce que tu voudras, David, ce que tu voudras…

– Ah, salut, Murielle ! Où sont-ils ? Où sont les enfants ?

– Bijou fait la sieste et David doit être dans sa chambre.

– Très bien. Vous pouvez partir, si vous voulez, je m'occupe d'eux.

Il est à plat ventre. Il regarde ses voitures dévaler une à une la piste du garage, et il fait le bruit du moteur, puis celui de l'accident quand elles se percutent, arrivées tout en bas près des pompes à essence.

– Tu as vu la neige, David ?

– T'es là, papa ?

– Juste mon fantôme, mais ça suffit pour tirer une luge.

– Oui !

– Attends, je lève Bijou, on trouve des grosses chaussettes et des gants et on y va.

Oh, Bijou ! Il la regarde un instant dormir, le cul en l'air, le nez enfoui dans son doudou.

– Alors tu viens, papa ?

Il la réveille doucement, elle se laisse habiller sans cesser de téter son chiffon. Il est rare qu'elle proteste, elle accepte la vie comme elle est, et elle sait attendre, déjà. On dirait qu'elle a compris que toute son enfance elle passera derrière David, qu'il lui faudra perpétuellement attendre son tour. Le jour où on la ramène de la clinique, imaginez un peu ce jour de fête. David l'observe dans les bras d'Agnès. De là-bas, derrière son garage. Assis en tailleur. Tu viens l'embrasser ? Bon, il vient, d'accord. Mais juste pour voir, hein. Une heure plus tard il est couvert de boutons. Il faut tout de suite isoler la petite, dit le pédiatre. Tout de suite. Ça peut être dramatique pour elle. Voilà. Bijou dort toute seule à l'étage, et David dans la chambre de ses parents. Tu as compris qui est le chef, Bijou ?

– Elle est bientôt prête ?

– Oui, David. Plus que l'anorak.

– Tu sais ce qu'il va acheter comme voiture, Nikitenko ?

– Ah non… non…

– Une Porsche. C'est maman qui me l'a dit.

– Bon, viens, maintenant, on va chercher la luge.

Depuis quand les tirent-ils ? Le circuit part du vieux sapin, grimpe en pente douce jusque sous les fenêtres du salon, slalome entre les trois arbres fruitiers, puis redescend en pente douce vers le portail. Ils ont disposé des choses à manger sous le vieux sapin : des gâteaux, du chocolat, du pain d'épice, et un biberon de lait au miel qui doit être froid à présent. Tous les deux ou trois passages, les enfants descendent du traîneau pour se ravitailler. Paul est un renne, et le pain d'épice du foin.

Les lueurs jaunes du ciel ont disparu et une brume cendrée annonce la nuit quand le portail s'ouvre violemment. Aussitôt Nikitenko les voit, et leur sourit, puis Agnès apparaît. Alors ils évoluent au petit trot entre les arbres fruitiers. Il semble à Paul que le visage d'Agnès, un instant défait, se recompose vivement sur une image de bonheur. Celui des enfants. Mais déjà Nikitenko a fondu sur David.

– Salut, voyou !

Ils nouent leurs poings, comme pour un bras de fer, l'un crispant la mâchoire, l'autre, Nikitenko, gloussant joyeusement.

– Qu'ils sont bêtes ! Mais arrêtez, à la fin, vous allez vous faire mal, leur crie Agnès.

– Bonjour. C'est bien, vous profitez de la neige…

Nikitenko s'est redressé et lui sourit, tout essoufflé encore.

– On joue au traîneau, s'entend rétorquer Paul stupidement, et comme son regard croise celui de Nikitenko il lui sourit également, furtivement.

Agnès s'est emparée de Bijou et l'embrasse dans le cou tout en répondant à David.

– Oui, mon chéri, oui, laisse-moi seulement lui dire bonjour.

Nikitenko aussi glisse son nez dans le cou de Bijou.

– Ça va, petit boudin ?

Paul enroule soigneusement la corde de la luge autour de son poignet. Pour ne pas voir ? Pour ne pas penser ? Mais quoi, bon Dieu ! Qu'est-ce que je devrais faire ? Ils ne sont pas méchants, là ? Tu vois bien. Je vois, oui, mais le type de Neuilly, hein.. deux décharges de chevrotine. Eh bien, moi, non... Moi, même l'amour debout... Agnès a dû attendre Nikitenko pour découvrir ce plaisir. Ce plaisir fort, sûrement. Sa sexualité de femme. Il doit être chasseur, Nikitenko. Un gros cul, du ventre, des joues, des poils drus dans le nez et dans les oreilles... Il doit être chasseur. L'amour debout, c'est bien la preuve.

– Allez-y, alors, montrez-nous.

C'est Agnès. La voix fausse encore. Elle redépose Bijou dans la luge et David y saute à son tour. Agnès. Pas une fois elle n'a levé les yeux sur Paul. Le type de Neuilly, en pleine figure. Mon Agnès !

– Agnès ?

– Allez, papa ! Allez !

La voix de David a couvert celle de Paul, elle n'a pas dû l'entendre. Je t'aime, il a failli le lui dire, là, devant Nikitenko le chasseur. Tant pis. Il vire sous le poirier et s'élance vers le vieux sapin.

– Ouais ! Ouais, papa ! hurle David.

Ils ne doivent pas oser se donner la main. Agnès feint d'applaudir et Nikitenko glousse encore bruyamment. Il est plein de vie ce Nikitenko. Il aime manger et boire. Il doit chier trois fois par jour. Quand elle rentre d'une soirée avec lui, Agnès a l'haleine chargée. C'est lui qui relance le jeu.

– David, est-ce que tu sais comment on attelle les rennes en Sibérie ?

– T'es allé en Sibérie ?

– Oui. Je te montre ? Tu permets que je t'attelle, Paul ?

Il lui passe la corde sous les aisselles, entre les cuisses, s'agenouille, se relève. Paul entend qu'il respire avec difficulté. À plusieurs reprises il voit l'occasion de le frapper comme la foudre à la nuque, du tranchant de la main ; il achèverait le travail d'un coup de pied ou de genou. Agnès hurlerait, naturellement : Paul ! Mais tu deviens fou !... – Je ne sais pas ce qui m'a pris, j'ai eu brusquement envie de me faire remarquer. Très attentive au harnachement du renne de Sibérie, Agnès. Agnès ? Tu m'entends, ma chérie ? C'est Paul, là. Oui, tu brûles, lève un peu les yeux et tu vas me voir.

– Tu peux remercier Nikitenko, David, il n'y a pas beaucoup de petits garçons...

Elle n'achève pas, parce que Nikitenko a un doute soudain : une fois ceintes la poitrine et la taille, il ne sait plus bien par où passer.

– Et si tu remontais...

Elle s'est approchée, l'index tendu, pour proposer une solution, mais n'a pas touché Paul. Cependant, Nikitenko a émis aussitôt un grognement sourd et cela a suffi pour la faire reculer. Tiens, Paul ne le savait pas mauvais joueur. Des années qu'ils se fréquentent sans se connaître, et Paul l'a toujours vu discrètement souriant, attentif aux petites misères de ses frères humains, oui, sans doute, mais pressé quant à lui de s'envoler vers d'autres rêves. Mystérieusement silencieux sur sa vie privée. En tout cas sans enfant. Libre, merveilleusement libre. Trop amoureux de la vie pour être mesquin, aurait dit Paul.

– Bon, tu restes prendre le thé ? demande-t-elle. Je vais mettre de l'eau à chauffer.

– Hum...

La tension est brusquement tombée avec le départ d'Agnès, comme s'il n'y avait plus d'enjeu pour personne. Nikitenko noue sa corde au petit bonheur et David regarde ostensiblement vers la porte-fenêtre que vient de refermer sa mère. La lumière chaude du salon découpe maintenant sur la neige des losanges dorés ; là-bas, le vieux sapin et les paquets de gâteaux semblent figés à jamais dans la nuit polaire.

– Allez-y, ça doit être ça, murmure sobrement Nikitenko.

Paul démarre sans précipitation. Quand il a bouclé son tour, Nikitenko n'est plus là ; il a rejoint Agnès.

– Rentrez vite au chaud, les enfants, j'arrive. David, donne la main à Bijou.

Nikitenko est un expert en thés. De son dernier voyage, il a rapporté à Agnès et à Paul différentes essences dans des sachets soigneusement étiquetés. Paul l'observe de la table de la salle à manger ébouillanter la théière. Agnès feint de s'affairer dans l'évier, sans doute pour ne pas venir s'asseoir en face de lui. Tiens, c'est vrai, il avait oublié que le thé était également la passion du père d'Agnès. Il le revoit faisant les mêmes gestes, le matin, au petit déjeuner. Il avait ce côté bon vivant de Nikitenko, et du ventre lui aussi. Paul, qui n'aimait déjà pas beaucoup manger, et ne buvait pas, ne s'était jamais senti à l'aise avec lui. Leur relation avait commencé drôlement. Un après-midi, Agnès avait emmené Paul chez elle, c'était la première fois, ils se connaissaient depuis quelques semaines. Elle vivait seule avec son père dans une vaste maison du siècle passé, boulevard de France, à Roubaix. Ils avaient un peu flirté sur le canapé du salon, mangé du pain et du chocolat dans la cuisine, bu du lait froid, puis Agnès avait pris Paul par la main et l'avait entraîné dans sa chambre, à l'étage. Ils s'étaient encore embrassés, déshabillés, caressés ici et là, et peut-être auraient-ils fait l'amour complètement si le père d'Agnès ne les avait surpris.

Paul éprouve soudain du désir pour sa femme — le souvenir si présent de leurs premières caresses, sûrement. Mais lui aussi la désire, songe-t-il. Ses yeux vont des reins d'Agnès, toujours penchée au-dessus de l'évier, au profil de Nikitenko. Et il lui vient à l'esprit qu'il partage désormais avec cet homme des images indicibles du corps de sa femme, des sensations, des odeurs. Il a oublié qu'Agnès se refuse à lui depuis longtemps, si bien qu'il ressent pour Nikitenko un brusque élan de tendresse. Après tout, se dit-il, on peut être deux à aimer la même femme. Pourquoi se ferait-on la guerre ? Il parvient alors à l'imaginer la prenant sous ses yeux, tiens, là, debout devant l'évier par exemple, ses mains velues sur ses hanches, et lui, Paul, communiant avec ses ahanements de paysan dans la félicité inouïe du cul d'Agnès. C'est pourquoi il leur sourit, à l'un comme à l'autre, avec émotion et chaleur, quand ils le rejoignent enfin à table.

Il est parti. À tout bientôt ! a-t-il lancé gaiement avec cet accent chantant des enfants du Midi. Il a embrassé Agnès sur les deux joues, au revoir, toi, serré vigoureusement la main de Paul et expédié une bourrade à David. La brutale réconciliation de Paul avec la vie s'en est aussitôt trouvée confortée. C'est lui qui a fermé la porte derrière Nikitenko, et dans son enthousiasme il a failli lâcher une de ces phrases idiotes qu'on oublie dans la minute : Qu'est-ce qu'il est agréable, ce type !... Il s'est mis à siffloter, tout en débarrassant la table. Du coin de l'œil, il peut voir Agnès avec les enfants, sur le tapis. Assise en tailleur. Elle est vraiment adorable. C'est fou cette histoire, parce qu'il ne réalisait plus du tout combien elle est jolie. Au moins autant que Nastassja Kinski, songe-t-il. Et il a fallu l'irruption de Nikitenko dans notre vie pour me dessiller les yeux. C'est vraiment dingue ! Autrefois, on aurait couché les enfants, elle se serait mise devant la télévision avec son casque, j'aurais pris un bouquin, et roule Raoul ! Non mais je rêve, là ! Le mec avec un livre et ses pantoufles à côté de ce canon !

– Je prépare le dîner ?

– Si tu veux, oui.

Elle lui a répondu sans se retourner. Nastassja Kinski en plus jolie, un côté fragile que n'a pas la grande Américaine. En beaucoup plus jolie. Quand il y pense ! Au début, ils n'auraient certainement pas passé la soirée… Elle attendait que son père file chercher un truc à la cuisine pour lui caresser le genou, sous la table. Et aussitôt le dîner avalé ils montaient s'enfermer dans sa chambre. Elle lui fourrait sa langue. Il n'arrive pas à dater les choses, comment petit à petit elle s'est rétractée. Sur près de vingt ans, comment voulez-vous ? À la fin, je veux dire juste avant l'intercession décisive de Nikitenko, même la langue… Elle s'essuyait la bouche plus ou moins discrètement. Elle n'en voulait plus. Et lui ne l'aurait pas forcée, sûrement pas. Paul a du mal à concevoir qu'on puisse éprouver du désir pour le corps d'un homme. Les poils, l'haleine, et ce sexe grotesque.

Quelques mois ou quelques semaines avant l'entremise de Nikitenko, ivre de désir, une nuit, Paul s'était arrangé pour que la main d'Agnès et son sexe en érection se rencontrent. Avec une mauvaise volonté évidente elle avait refermé ses doigts dessus et à peine ébauché ce mouvement de va-et-vient insipide pour lequel la plupart des hommes seraient prêts à grimper à quatre pattes les trois cent cinquante marches de la basilique Montmartre. Alors Paul l'avait entendue murmurer dans un soupir : Tu te rends compte de ce que tu me forces à faire… Oh, seigneur, oui ! il se rendait parfaitement compte, à la place d'Agnès il aurait déjà dégueulé ses tripes. Il s'était excusé. Puis Nikitenko était apparu. Lui n'était pas homme à se faire rembarrer, l'affaire de l'amour debout l'avait amplement prouvé. Paul n'aurait jamais osé contraindre Agnès à une telle gymnastique. Nikitenko, si. Paul serait prêt à parier que cet homme-là s'observe avec satisfaction dans son armoire à glace, certains matins, nu, le sexe dressé, fier de ses couilles. Il n'avait pas dû lui laisser le choix, l'avait troussée et enfilée. Et le miracle s'était accompli. Elle avait aimé cette violence, au point d'aller se confier à Paul — une façon sûrement de lui reprocher sa frilosité.

Ils ont couché les enfants. Lui, maintenant, arpente fiévreusement le couloir. Il n'a plus toute sa tête. Il a déjà éteint, au salon, car il peut croire qu'Agnès va se jeter sur lui et que les scènes de débauche qu'il imagine confusément vont se dérouler quelque part entre le tapis et le canapé. Voilà, elle ferme les portes des chambres et s'apprête à rejoindre la cuisine.

– Tu as déjà tout éteint ?

– Agnès...

– Ne me touche pas, s'il te plaît.

– J'ai très envie...

– Pas moi.

Elle a dépassé Paul, rejeté d'un geste agacé la main qui allait se poser à la naissance de son cou et rallumé au salon.

– Mais tu deviens cinglée, Agnès ! On peut quand même...

– On peut vivre sous le même toit, mais je n'ai pas envie d'autre chose.

– Tu n'as plus de désir pour moi ?

– Non, je te l'ai déjà dit. Enfin je ne comprends pas à quoi tu joues, là, c'est pourtant clair. Pourquoi est-ce que tu crois qu'on ne dort plus ensemble ?

– Ça n'empêche pas le désir.

– J'ai quelqu'un d'autre dans ma vie, figure-toi.

– Je voudrais quand même te faire l'amour, ce soir.

– Non.

– Agnès, juste une fois.

– Mais tu es dégoûtant, à la fin ! Si tu veux tout savoir, je l'ai fait cet après-midi avec Nikitenko, l'amour, et je n'ai pas envie de recommencer ce soir avec toi.

Elle s'est retournée. Empile précipitamment les assiettes sales des enfants. Le coup a porté, mais Paul peut encore feindre d'en ignorer la violence.

– Vous arriviez de chez lui, tout à l'heure ?

– De l'hôtel.

– Pourquoi vous n'allez pas chez lui ?

– Ça ne te regarde pas.

– Agnès, pourquoi tu ne pars pas vivre avec lui ?

– Fiche-moi la paix.

– Non, réponds-moi. Pourquoi tu ne pars pas vivre avec lui ?

– C'est trop tôt, je ne suis pas certaine de l'aimer. Paul, on a déjà parlé de tout ça, arrête, maintenant. S'il te plaît.

– Dis-moi seulement ce que je fous là ?

– Je n'ai rien à te dire.

Soudain elle coupe l'eau, renonce à la vaisselle.

– Et puis merde, je ne supporte plus ces scènes. Bonne nuit.

– Je vais me foutre en l'air.

À l'allure où elle est partie, Paul n'est pas certain qu'elle l'a bien entendu. Cependant, il se jette dehors, franchit le jardin en courant, arrache au portail un grincement de bête qu'on assassine et se retrouve dans la rue. Il ne bande plus. Il songe aux lumières tamisées des chambres d'hôtel, les après-midi d'hiver. Oh, Seigneur ! Il a conscience d'aborder certaines rives lointaines et dépeuplées de la vie. Nulle part il n'a appris les règles pour survivre dans ces contrées désolées. C'est étrange comme tout ce qu'il dit et fait prête à sourire désormais. Et ce qu'il ressent, alors ! Là, il y a carrément de quoi hurler de rire. Il est tout entier mobilisé derrière sa queue dressée, certain que si Agnès veut bien se laisser fourrer une dernière fois... Elle ne veut pas, et donc il va se tuer. C'est dit. Il enjambe la rambarde du pont de chemin de fer de Villeneuve-Saint-Georges. Le train lui broie la tête et les couilles. Le tas de merde sanguinolent qui reste sur la voie après le passage de la motrice et des dix-huit wagons, c'était lui, c'était un homme. Bien plus dégueulasse encore que deux douzaines d'œufs sur le carrelage. Dans ces contrées désolées, même la mort devient grotesque. Se laisser ramasser à la serpillière par un malheureux pompier tiré du lit au moment peut-être où il allait tringler sa femme de bon appétit ferait rougir le suicidé, s'il en avait encore le loisir. Et le suicidé peut s'estimer heureux qu'on ne grave pas sur sa pierre tombale la vraie raison de sa mise en bouillie : « Il voulait tremper son biscuit ; elle s'est refusée. »

Paul marche vite, les poings serrés dans les poches, le ventre creusé, la poitrine et le visage fouettés au sang par la bise. Il se remémore pour la centième fois les mots de son père un jour où ils regardaient ensemble le derrière de la serveuse, à une terrasse de café : Mon vieux, tu as beau savoir qu'elles ont toutes le même trou avec du poil autour, tu repars chaque fois comme en 14. Paul lui en avait longtemps voulu. Il en était à fantasmer sur le poids des seins et ce triangle crépu que laissait deviner le maillot de bain des jeunes filles, il n'avait pas envie d'entendre que sous ces poils vertigineux ne se cachait qu'un trou. C'était impossible, ça devait être beaucoup mieux. La découverte du sexe d'Agnès, quelques années plus tard, l'avait conforté dans sa première intuition : c'était mille fois mieux qu'un trou, mille fois plus intéressant, c'était une sorte de fleur des marécages qui s'éveillait sous les doigts, sous la langue, se mettait à gonfler et à palpiter tout en se barbouillant de bave, et cela aussi longtemps qu'on ne la comblait pas. Une fleur goulue. Par la suite, Paul avait nourri le projet d'avoir avec son père une explication franche, et technique s'il le fallait, sur ce terme infiniment réducteur qui lui avait en partie salopé ses rêves d'adolescent. Blaise était mort sans avoir jamais dû s'expliquer, mais ce soir Paul comprend ce qu'il avait voulu dire. Il exprimait, avec le cynisme et la lucidité du type qui se sait condamné, le désespoir de notre condition. On a beau se la jouer, voulait-il dire, aucun de nos projets, si céleste soit-il, ne résiste longtemps à l'évocation d'un sexe de femme. Pour celui de la mère de Paul, Blaise avait loué une suite princière sur le bois de Boulogne, faute de pouvoir acheter le Petit Trianon qui n'était pas à vendre. Puis les huissiers les en avaient chassés. Leur vie commune s'était achevée au domaine. Cinq ou six maisons rien que pour eux ; un bidonville, en réalité. Alors, surgissant du passé, un homme avait enlevé la mère et l'enfant. Le lendemain, Blaise et ses compagnons de l'OAS s'étaient jetés sous un poids lourd à Villeneuve-Saint-Georges. Blessé, puis emprisonné, Blaise ne s'était plus manifesté. Quand Paul l'avait retrouvé, quatre années plus tard, il errait comme un chien famélique, la truffe au ras du bitume.

Comme un chien famélique. Paul se demande pourquoi les hommes ne suspendent pas, dans leurs bureaux, une photo du sexe de leurs femmes puisque c'est à lui qu'ils songent quand ils se penchent sur le visage aimé pour l'embrasser. Tiens, sur le bureau de Jaurégui, plutôt que cette rousse aux dents de lapin… Il est pris de tremblements saccadés, un fou rire certainement, que les muscles de son dos, contractés par le gel, tentent désespérément d'endiguer. Pourquoi se rappelle-t-il alors cette phrase d'un écrivain, il ne sait plus lequel : « Le bonheur, c'est d'avoir quelqu'un à perdre » ? Il dirait qu'elle vient à son secours au moment précisément où il allait se perdre. « Le bonheur… » Tiens, il aimerait que Blaise soit encore là pour la lui soumettre. On est bien d'accord, mon petit vieux. – Mais non, papa. Le jour où on regardait ensemble le derrière de la serveuse, tu te souviens ? Tu as dit... – Chaque fois comme en 14, parfaitement, parce qu'un type qui n'a pas quelque part dans un coin de sa tête un cul de fille auquel rêver est un type malheureux. Je confirme. – Il ne dit pas : Le bonheur c'est d'avoir un cul à perdre. Il dit... – Parce qu'il est poli, ton gars. Mais de toi à moi, ça revient au même.

Paul s'immobilise sur le trottoir. Bon Dieu ! Mais qu'est-ce qu'il a foutu de cette lettre ? Il l'avait découverte sur l'oreiller, en se réveillant, vers huit heures du soir. Dominique n'était plus là. Il avait aussitôt pensé à son fils, à l'éolienne. David avait dû l'attendre encore. David ! Merde ! Il avait quitté l'hôtel en courant. Mais la lettre, est-ce qu'il l'avait prise seulement ? La maison est restée illuminée, il éventre la penderie, son manteau n'y est pas. Il le découvre sur une chaise, mais dans aucune poche... Quel pantalon portait-il ? Celui-ci, le même, ou peut-être le noir. Oh non, j'ai pas pu faire ça... Non... Paul, c'était écrit simplement Paul sur l'enveloppe, pas souligné, rien. Dominique... Hôtel de la Reine d'Angleterre, ou du Danemark, à deux pas du journal, il ne sait plus. Mademoiselle, s'il vous plaît, donnez-moi le téléphone... Excusez-moi, j'ai dû oublier chez vous une lettre, au nom de Paul, une enveloppe toute simple, pas timbrée... Oui, s'il vous plaît... Non, je préfère attendre... Ah, c'est formidable ! Gardez-la-moi, surtout, j'arrive tout de suite.

Il dit au chauffeur qu'il est pressé.

– À cette heure, ça roule sans problème, on peut y être en vingt minutes.

Le veilleur de nuit lui tend sa lettre.

« Je vous ai regardé dormir. Tout l'après-midi j'ai lu à côté de vous, je n'avais pas sommeil. Vous êtes l'homme de ma vie, je le sais. D. »

Quelque chose de chaud, de généreux, renaît en lui.

Il en perd un peu la tête. Il va remonter dans son taxi quand il se ravise.

– Non, tenez, payez-vous.

Et à l'hôtelier :

– Il vous reste une chambre ? Je vais dormir chez vous, finalement.

3.

L'agent immobilier de Neuilly a pris pour défenseur un avocat que connaît Paul. C'est *Le Figaro* qui livre l'information, dans une brève. Paul va l'appeler, on ne sait jamais.

– Je suis très surpris, dit-il, par le nombre croissant des hommes qui abattent leur femme dans des affaires d'adultère. Très surpris. Ça ne vous a pas frappé ? Bon, je vais explorer la question, de toute façon. Oui, pour un article de fond. Loin du sensationnalisme, naturellement. J'ai vu que vous étiez dans ce drame récent de Neuilly…

– Passez, j'essaierai d'éclairer votre lanterne, sans trahir…

– Ce qui m'intéresse, n'est-ce pas, c'est ce qui a déclenché le coup de feu. Comment cet homme, par ailleurs parfaitement normal et responsable, je n'en doute pas, a pu en venir à décrocher sa carabine et à tirer.

– Je dirai que c'est humain.

– Je ne comprends pas.

– Eh bien, si vous voulez, quand on pousse un homme à bout… N'allez pas rapporter ce genre de propos, surtout, mais…

– C'est-à-dire, à bout ? D'après ce que j'ai lu dans

Le Figaro elle s'en est tenue à lui signifier qu'elle partait rejoindre son amant.

– *Le Figaro* ne dit pas tout.

– Ah.

– Non, vous avez d'abord cette lettre que mon client découvre deux heures auparavant. Gratinée. Je vous passe les détails, mais si un type écrivait à votre femme : j'ai hâte d'être au plus profond de toi, de te pénétrer partout, etc., pardonnez-moi, hein, mais je ne sais pas comment vous réagiriez.

– Et vous-même, si je peux me permettre ?

– Nous ne sommes pas de bois.

– Vous êtes chasseur ?

– Pas du tout. Mon client l'est, lui.

– Comment feriez-vous sans fusil ?

Il a un rire bref, mondain.

– Je ne vous dis pas que j'en arriverais à de telles extrémités, mais il est certain que confronté à ce type de situation n'importe quel homme, si respectable soit-il, peut sortir de ses gonds. Je dirai même que la réaction de mon client peut être interprétée comme la marque d'un certain tempérament, d'un certain sens de la dignité également.

– Tuer sa femme, un acte de dignité ?

– Un acte de guerre, appelons les choses par leur nom, mais dignité et guerre, n'est-ce pas... Il est des circonstances dans la vie, vous le savez aussi bien que moi, où le respect de la dignité exige la transgression des lois, des convenances, de l'ordre établi.

– Je ne vous suis pas, là.

– Pensez aux hommes qui ont rejoint Londres, en 40...

– Attendez, vous n'allez pas comparer un vulgaire meurtrier, un chasseur qui pète les plombs, aux types de Londres !

– Je ne vois pas pourquoi je m'en priverais. Mon client est à mon sens de la trempe des hommes de

Londres. Si vous voulez connaître le fond de ma pensée, je vous dirai que je n'ai pas beaucoup d'estime pour les gens qui tendent l'autre joue, ou pour les autruches, ce qui est pire encore.

– Les autruches ?

– Oui, ces êtres qui se cachent la réalité, ou s'en arrangent, tout simplement, parce qu'ils n'ont pas la force de la bousculer.

Il court. Il pensait en avoir pour une demi-heure et ce petit marquis pontifiant l'a retenu le double. Dominique doit l'attendre. La force, la dignité, la guerre, si vous voulez connaîre le fond de ma pensée..., rien à cirer du fond de sa pensée, ce crétin d'avocat aurait été engagé par la famille de la victime, il lui aurait démontré que l'autre était une lavette — vous imaginez un peu, aller tirer sur une femme... —, un de ces types sans un gramme de sang-froid dont on se méfie en temps de guerre parce qu'ils sont capables d'abattre leur capitaine sur un coup de colère ou de panique. Gare Montparnasse, à la terrasse du café, dans le hall.

– J'ai réservé la voiture, dit-elle.

– Partons tout de suite, alors. Donnez-moi votre sac.

Le loueur est à l'extérieur, sur l'avenue du Maine. Il leur faut ressortir de la gare. Il marche devant, son sac sur l'épaule. Et, soudain, il veut savoir comment elle s'est habillée. Habillée pour lui, en pensant à lui. C'est une sensation inattendue et douce, comme une surprise qu'il aurait oubliée dans sa poche. Il se retourne. Un jean et une parka marron qu'elle ferme de ses bras croisés. Mais sous la parka ? Il l'attend, et, comme il veut écarter les pans de son manteau, elle croit qu'il va l'embrasser.

– Non, pas ici, souffle-t-elle. Pas ici pour la première fois.

– Je voulais seulement...

– Ah, pardon. Ça vous plaît ?

Un cardigan noir sur la peau, un collier de perles.

– Oui, excusez-moi.

Dans la voiture il se détend. Elle met la radio et laisse aller sa tête. Porte d'Orléans, ils prennent l'autoroute du Sud.

Cabrel, qu'il déteste, puis Bashung. Gaby, qu'est bien plus belle que Mauricette, qu'est belle comme un pétard qu'attend plus qu'une allumette... Il écoute, il ne pense à rien. Les premiers kilomètres l'autoroute est affolante, sale, cahoteuse, pleine de ramifications. Pas ici pour la première fois, a-t-elle dit. Il la regarde un centième de seconde. Des lunettes de soleil lui barrent le visage, elle chante aussi *Gaby* sans se préoccuper de lui. Les yeux fermés peut-être. Pas ici... Le premier baiser. Qu'elle puisse croire aux symboles l'attendrit furtivement. Gaby oh Gaby, tu devrais pas m' laisser la nuit, j' peux pas dormir, j' fais qu' des conneries. Agnès, elle, avait voulu attendre le troisième étage de la tour Eiffel. Pour qu'on se rétame la gueule de plus haut, songe-t-il. Nikitenko et Agnès, sur les routes depuis qu'ils se sont rencontrés. Tous les week-ends sur les routes. Bonjour, toi ! La baie de Somme, Bruges, les châteaux de la Loire... Et nous maintenant. C'est grotesque. Il étouffe, sa chemise brusquement lui colle à la peau.

– On va rentrer, murmure-t-il.

L'a-t-elle entendu ? Elle continue de chanter derrière ses lunettes. Il s'arrête à la première aire de repos, s'engouffre dans la cabine téléphonique.

– Murielle ? C'est moi. Comment vont les enfants ?

– Bien. Agnès est là, je vous la passe.

– Agnès, il faut qu'on parle des enfants. On déconne complètement. Ça fait des semaines que je promets à David...

– L'éolienne, tu veux dire ?

– Oui. Tu sais, j'ai l'impression...

– Tu dramatises toujours tout, Paul. Arrête. Pour l'éolienne, Nikitenko s'en charge, il est en train de la lui installer. Les enfants vont bien, ils ne sont pas à l'abandon comme tu...

– Ils sont en train de la monter ?

– Mais oui. David est ravi, tout va bien.

– Bon, bon, je rentre demain soir, dis-le-leur, hein.

Dominique le voit raccrocher et s'adosser à la paroi vitrée. Elle va le chercher. Juste une caresse de la main sur la joue pendant que de l'autre main elle soulève ses lunettes.

– Ne t'en fais pas, dit-elle. On va s'arrêter boire un café plus loin et fumer une cigarette. Tu me montreras des photos de tes enfants. Viens.

Il la suit. Elle est plus élancée qu'Agnès. Trop grande. Agnès lui arrive sous le menton, c'est ce qu'il aime, sous le menton.

Après Fontainebleau, le givre a résisté aux rayons pâles du jour et des champs coupés ras le vent soulève par instants une poussière de diamant qui tourbillonne, avant d'être brutalement rabattue.

La nuit les surprend à hauteur de Chalon-sur-Saône. Elle s'est souvenue tout à l'heure d'avoir pris Bijou dans ses bras un jour où il est passé avec elle au journal. Lui ne se le rappelle plus, mais il voit bien, en revanche, la grenouille en caoutchouc qui traîne dans les jouets de Bijou ; c'est un cadeau de Dominique, de ce jour-là. Il l'ignorait. Il se sent moins disloqué avec cette histoire de grenouille et le crépuscule qui les enveloppe, enfin. Les veilleuses orange du tableau de bord, et la nuit.

Ils ont quitté l'autoroute pour aller se garer sous un lampadaire, près d'une table de pique-nique.

Elle lui met une cigarette entre les lèvres et la lui allume.

Paul l'observe. Elle ne lui sourit pas, ne fume pas, s'offre consciencieusement à son regard parce qu'elle pense qu'il est temps en effet qu'il la découvre.

– Tu me trouves jolie ?

– Chut ! Ne me presse pas.

Dominique est jolie, oui, mais si différente d'Agnès. Depuis quelques mois, depuis qu'elle le quitte, le visage d'Agnès lui inspire un désir d'une violence inouïe qui le mène parfois tout au bord de la syncope. Paul ne croit pas une seconde que Dominique soit capable de le débarrasser de cette souffrance. Il se demande seulement si dans son état il peut désirer une femme qui n'ait pas exactement les traits d'Agnès.

– Regarde mes seins, maintenant.

Elle respire plus vite, il voit que ses yeux se voilent et le battement précipité des narines. Chez lui aussi le cœur se met à cogner. Il reconnaît cette sensation, comme la marée au galop, et lui sourit.

– Oh, c'est bien, dit-il.

Après Lyon, après la brutale féerie des raffineries de pétrole, la nuit leur paraît soudain plus lumineuse. Elle a coupé la radio, ils n'ont plus échangé un mot. Le désir inespéré a chassé de son cœur Bijou, David, et s'il a conscience qu'Agnès demeure embusquée quelque part elle n'a plus les moyens de l'atteindre. Il file à plus de cent cinquante, l'autoroute est déserte. C'est elle qui la première voit la saleuse. Elle roule au milieu de la chaussée, bardée de gyrophares.

– Ne la dépasse pas, murmure-t-elle.

Il ralentit. Bientôt jaillit dans leurs phares le crépitement cristallin du sel projeté en arc de cercle. Comme l'orée d'une grotte éblouissante. Alors elle ouvre son pantalon, prend la main de Paul et l'enfouit entre ses jambes. Il identifie la soie broussailleuse du pubis, la tiédeur de la peau au creux des cuisses, puis ses doigts la découvrent et il sent qu'elle s'ouvre sous eux. La tête lui tourne, ses yeux le brûlent. Il voudrait… Mais au lieu de ça il accélère, vient se coller contre le crépitement, dans le vacarme ahurissant du crépitement. À la source des étoiles qui lui lacèrent la rétine. Il va hurler. Mais non, elle arrache doucement sa main, la lui replace sur le volant.

– C'était bon, hein ?

– Oui.

– Quand je jouis, ça ressemble à ce qu'on vient de voir.

Cet hôtel, un palais en marbre blanc, tout en rez-de-chaussée, sur une aire de ravitaillement près de Montélimar. Il sait qu'il s'enfuit une fois le plaisir passé, qu'il n'a jamais eu la patience de faire semblant. On dirait que Dominique en a l'intuition. Ils font l'amour avec application, sans perdre vraiment la tête, sans précipitation. Elle passe un temps infini à le découvrir, à le respirer. Après, c'est à lui. Quand elle pressent le plaisir, elle les interrompt. On arrête un peu, souffle-t-elle, tu veux bien ?... Ils s'enroulent chacun dans une couverture, s'accoudent à la fenêtre grande ouverte et fument silencieusement une cigarette. Sans se regarder. Comme des boxeurs entre les rounds.

Elle s'est endormie à plat ventre, le visage de profil. Il croit que lui aussi, dans cette félicité d'après. Il lui lisse distraitement les cheveux. Ce qu'elle lui paraît belle, tout d'un coup, de profil. Mais belle ! Il croit qu'il est amoureux, dépose un baiser au coin de sa bouche et s'attarde là un instant pour recevoir son souffle. La sensation de n'être pas à sa place s'immisce sournoisement alors qu'il va s'abandonner. Un fourmillement surgi du fond des tripes, oui, comme une sève mauvaise, et qui bientôt assaille le cœur, l'enserre, le gangrène. Bijou qui dort, là-bas. Si loin. Et David... En reprenant la route tout de suite... Six cents kilomètres. Le cœur qui se défend, qui étouffe. Quelle heure est-il ? Merde, ma montre ! C'est Dominiquc qui la lui a enlevée. Mais qu'est-ce qu'elle a bien pu en foutre, bon Dieu ! À quatre pattes sur la moquette. Là... Là... Trois heures vingt. Six cents kilomètres. Même à cent quatre-vingts. Le cœur qui étouffe véritablement. Oh, seigneur !

L'homme qui va et vient sur la piste des pompes à essence, le manteau défait, les traits tendus à se rompre, c'est lui. Il feint de croire qu'il est de taille à endiguer le chagrin, la colère, mais il sait déjà qu'il va céder. Il n'a ni la force d'attendre ni celle de se fracasser la tête. Voilà, il cède, s'enferme dans une cabine, compose maladroitement le numéro, patiente en grelottant.

– Agnès ?

– Paul ! Mais où tu es, quelle heure est-il ?

– Je ne sais pas, quatre heures. Agnès, c'est dégueulasse ce que vous avez fait, c'est dégueulasse, vous allez me flinguer complètement...

– Mais quoi, qu'est-ce qu'on a fait, je ne comprends rien.

– L'éolienne de David, c'est dégueulasse. Il attendait depuis des semaines que je la monte, tu le savais très bien.

– Mais tu es complètement cinglé, Paul ! Tu te rends compte que tu me réveilles au milieu de la nuit pour me parler de ce... de cette connerie !

– C'est pas une connerie, c'était un truc entre lui et moi !

Il a hurlé, et maintenant il sanglote. Il n'aurait jamais cru qu'un homme... Tous les boulons qui l'arrimaient, le maintenaient debout... Il n'aurait jamais cru. Même à l'enterrement de Blaise...

– Bon, excuse-moi, entend-il après un moment, je n'avais pas compris que c'était aussi important pour toi. Excuse-moi. Tu m'entends, Paul ?

– Oui, oui. Pardonne-moi, c'est ma faute, je ne sais pas ce qui m'a pris.

– À demain, alors.

Lui avait été d'emblée contre le déménagement. Il aimait bien leur maison de Bagnolet, une ancienne ferronnerie artisanale. Ils l'avaient eue pour presque rien, dix ans auparavant, parce qu'elle surplombait l'autoroute du Nord. La maison d'habitation était minuscule, aussi avaient-ils entrepris d'aménager les ateliers. C'est à cette occasion qu'ils avaient connu Nikitenko. Ils cherchaient un architecte qui n'en soit pas vraiment un, et deux ou trois personnes du journal avaient glissé son nom à Paul. Il était évident que ce type avait dû être lié, autrefois, à l'équipe historique du quotidien, mais Paul n'avait pas cherché à en savoir plus.

Nikitenko leur avait fait les plans et déniché les quelques ouvriers nécessaires. Il était déjà cet homme secret et libre qui les appelait d'on ne savait où, débarquait aux heures les plus inattendues, souriant, chaleureux, mais visiblement pressé de s'en aller à peine arrivé. Comme ils ne l'avaient jamais vu habillé autrement qu'en randonneur et qu'il émaillait ses propos de références discrètes aux pratiques architecturales d'ethnies dont ils auraient été incapables de retenir, voire de répéter le nom, ils s'étaient imaginé qu'il passait le plus clair de son temps à voyager, ne se préoccupant de ses affaires qu'entre deux avions. Vers la fin du chantier ils l'avaient invité à dîner, sans trop y croire. Paul était persuadé que cela l'enquiquinerait et il s'était préparé à lui faciliter une retraite honorable. Avec la vie que tu mènes, mon vieux, on se doute bien... Nikitenko avait paru un instant pris de court, presque éberlué, il avait dû consulter son agenda, se livrer à de silencieux conciliabules ponctués de va-et-vient précipités dans les pages vierges de son calepin, mais finalement il avait dit oui.

Il leur avait apporté des fruits exotiques et une bouteille de bordeaux ; s'était assis à une extrémité du canapé sans pouvoir vraiment dissimuler l'impatience qui le gagnait à la perspective d'être bouclé là pour la soirée. Paul rentrait d'un reportage dans les Aurès ; Nikitenko l'avait interrogé, de façon un peu énigmatique, sur la vie quotidienne en Algérie. En ce temps-là, Paul n'était pas mécontent de briller, encore tout ébahi d'être devenu journaliste après des études bâclées. Il avait beaucoup parlé, encouragé par les mimiques distraitement émerveillées de son interlocuteur, jusqu'à ce que Nikitenko le reprenne sur un ton de modestie qui frisait l'affectation : Est-ce que ça n'est pas plutôt sur la ligne de bus Biskra-Arris qu'a été assassiné l'instituteur Monnerot ? – Ah, tu connais l'Algérie ? s'était étonné Paul. – Un peu, oui. Il s'était beaucoup fait prier pour finalement avouer, après mille coquetteries, qu'il avait vécu là-bas plusieurs mois au milieu des années 60. Ce qu'il y avait fait, en revanche, était resté mystérieux.

Plus tard, alors qu'Agnès et Paul se félicitaient pour la énième fois d'avoir mis la main sur cette ancienne ferronnerie, Nikitenko avait laissé entendre qu'il avait trouvé quelque chose de semblable, mais en plein cœur de Paris, pour Daniel Hermann. Hermann-Costes, tu veux dire ? avait bondi Paul. C'est ce qu'il voulait dire, oui. Attends, tu connais Daniel Hermann-Costes, le patron de mon journal ? C'était bien ça, en effet. De phrases elliptiques et parfois inaudibles, comme lâchées à contrecœur, Paul avait retenu qu'ils avaient travaillé ensemble à Prague ou à Berlin-Est (Nikitenko avait paru hésiter entre les deux capitales), toujours au milieu des années 60. Bon, ça doit être encore un mec de 68, s'était dit Paul, et, comme chaque fois que la grande révolution culturelle de sa génération était évoquée en sa présence, il s'était aussitôt senti mal à l'aise et s'était tu.

Les travaux terminés, Nikitenko avait peu à peu disparu de leur vie. Paul l'avait croisé deux ou trois fois dans les couloirs du journal. Ah, bonjour, comment ça va ? Rien de plus. Pour la naissance de David ils avaient donné une fête et lui avaient adressé une invitation à laquelle il avait répondu par une carte de félicitations, et d'excuses — il partait, disait-il, pour deux mois. Quatre ans plus tard, quand de nouveau ils avaient réuni quelques intimes pour fêter l'arrivée de Bijou, Nikitenko ne figurait plus parmi leurs amis.

Puis le père d'Agnès était mort, elle avait vendu la maison de Roubaix et s'était retrouvée à la tête d'une petite fortune.

À partir de ce jour elle n'avait plus vu que les défauts de leur maison. Le grondement de l'autoroute, dont ils s'étaient moqués pendant dix ans, était devenu son obsession. Mais écoute, Paul ! Écoute ! C'est incroyable, même enfermé dans les toilettes tu n'as pas droit à une minute de silence dans cette baraque... Ils avaient oublié, assurait-elle, le plaisir de s'endormir au printemps sous les étoiles, fenêtres grandes ouvertes, celui d'être réveillés par le chant des oiseaux. Le jardin n'en était pas un si on regardait bien, c'était en réalité le talus de l'autoroute, rien de plus, et il y avait tout de même mieux à offrir à des enfants. Un talus ! Là, vraiment, Agnès, tu exagères, rétorquait-il, si tu regardes bien, justement, le jardin existait avant l'autoroute, tu n'as qu'à demander à consulter le cadastre si tu ne me crois pas. Pour l'espace aussi on pouvait rêver mieux, une chambre pour chaque enfant par exemple, au lieu de la petite où ils s'entassent avec leurs jouets, et même pour toi, Paul, un vrai bureau, on ne tient pas debout dans ton grenier...

Les gens s'en allaient, la plupart des pavillons de la rue étaient à vendre. Paul escomptait secrètement s'approprier tous les jardins, toutes les maisons, puisque aucune ne trouvait preneur. Alors il élèverait un mur pour protéger sa famille du bruit et accomplirait ainsi ce que son père n'avait pu mener à terme, au domaine, quand il était enfant. Cinq ou six maisons à l'abandon rien que pour eux. Une nuit de printemps, l'autre avait surgi, embarqué la mère et l'enfant. Après ça, Blaise avait erré des années comme un chien famélique, la truffe au ras du bitume. Il n'était jamais venu récupérer sa femme et son fils. Ou se venger. Avec un fusil. Jamais.

Paul avait été d'emblée contre le déménagement, oui,

et donc Agnès avait entrepris sans lui de courir les agences. Un soir, à l'heure du dîner, elle était rentrée tout illuminée, dissimulant mal son enthousiasme. Elle venait de visiter une ancienne ferme, dans un coin retiré de Montreuil. Plusieurs corps de bâtiments du XIXe, tu ne peux pas imaginer comme c'est beau, Paul, tu m'écoutes, Paul ? On pourrait les relier entre eux, tu sais. Et des arbres fruitiers, un vrai jardin, un très vieux portail aussi, tu verrais ça… Plus elle racontait, plus s'étiolait l'ambition de Paul. Son domaine ? Quelques pavillons de banlieue cramponnés à l'aplomb d'une tranchée d'autoroute. Il le voyait tel qu'il était, maintenant, à cause d'elle, à cause de sa ferme du XIXe et de ses arbres fruitiers. Tout devenait laid, brusquement, ici. Tu ne veux pas te calmer un peu, que les enfants puissent finir de dîner tranquillement, l'avait-il interrompue. Quel crétin ! Mais quel crétin ! Des années qu'il ne l'avait pas vue si vivante, si jolie. Les yeux mouillés, émerveillés, tout le visage frémissant, les ailes du nez, tout. Nastassja Kinski ! Et lui, dans le rôle du sinistre qui assure la pérennité des institutions pendant qu'une minorité d'irresponsables… Comme il tenait Bijou sur ses genoux, elle était venue l'enlacer par-derrière. Sa bouche contre son oreille. Paul, j'ai dit à la dame de l'agence que tu voudrais sûrement visiter. Appelle-la demain, s'il te plaît…

Remettre la main sur Nikitenko avait été facile grâce aux gens du journal. Il était passé les prendre un matin à bord d'un 4 × 4 japonais équipé d'un téléphone. Agnès était montée devant. Elle lui avait décrit la ferme tout le long du chemin, remontée comme une pendule. Nikitenko souriait, lui. Ah oui, oui, formidable, je suis impatient de voir ça. Il avait épaissi, ses poils drus avaient blanchi ici et là, mais il s'habillait toujours au Vieux Campeur. Sur place, elle l'avait entraîné dans une visite guidée que connaissait Paul pour l'avoir suivie les jours précédents avec tel ou tel de leurs amis. Pris de vitesse, condamné à souscrire, à s'extasier, il en avait éprouvé chaque fois un certain agacement. Il les avait donc attendus sur un banc de pierre, à l'angle de la maison d'habitation et d'une remise basse et sans fenêtre qui avait dû héberger des poules autrefois, à en juger par la consistance du sol. Ils l'avaient rejoint une demi-heure plus tard, déjà d'accord sur l'idée de relier entre eux les bâtiments, quitte à descendre ou à monter quelques marches pour se mettre à niveau. Ça peut être très joueur, avait estimé Nikitenko. Tu serais partant, Paul ? – Absolument. Gagné à la ferveur d'Agnès, s'enflammant avec elle, bondissant avec elle pour s'assurer qu'ici ou là on pourrait peut-être, etc., Nikitenko avait cependant pris soin, tout au long de la matinée, d'associer Paul à leurs décisions. Paul en avait été touché et à plusieurs reprises il avait feint de ne pas comprendre ses explications pour mieux lui manifester son intérêt. Agnès avait dû patienter, le temps que Nikitenko brosse un croquis. La règle du jeu..., commençait-il, et après trois ou quatre minutes Paul voyait surgir sous son crayon les volutes d'un escalier ou la chute d'un rayon de soleil là où aujourd'hui on avançait à tâtons. Il avait trouvé sympathique et généreuse cette façon de présenter comme un jeu ce qui serait bientôt, il n'avait pas grand mal à l'imaginer, un chantier apocalyptique.

Quelques semaines plus tard, le père de Paul, Blaise, était mort à son tour. Son vieux cœur, tant de fois recousu, l'avait lâché alors qu'il tentait de colmater une fuite sur le toit de son pavillon, rue de la Fosse-aux-Chênes, à Roubaix. Les tuiles étaient allées s'écraser dix mètres plus bas, mais lui non. Par chance, la cheminée l'avait retenu au bord du gouffre. Il avait fallu appeler les pompiers pour redescendre son corps.

Le premier jour Paul n'avait su que faire de cette nouvelle. Elle ne lui inspirait pas vraiment de chagrin et cependant il était parti errer tout seul dans les rues de Bagnolet. Papa est mort, s'était-il répété, pour voir. Il aurait aimé pouvoir pleurer tranquillement sur un banc en se rappelant un truc que Blaise aurait fait pour lui et dont il ne l'aurait pas remercié, par exemple. Quelque chose de déchirant. Pouvoir se dire : Et maintenant c'est trop tard, il est parti, papa, merde, si j'avais su, tu ne peux pas savoir comme ça m'avait touché... Il aurait senti monter les sanglots. Mais il ne semblait pas que Blaise ait fait ce truc. C'est surtout le cul de maman qui l'intéressait. Après trois ou quatre ans passés chez l'amant de sa mère, Paul avait cessé de croire que son père viendrait une nuit le rechercher. Il s'était donc évadé tout seul et avait retrouvé la trace de Blaise à Roubaix.

– Tu ne me reconnais pas, papa ?

– Paul ! Mais qu'est-ce que tu fous là, mon petit vieux ?

Son fils l'emmerdait plutôt qu'autre chose. Toujours à le pister, et pourquoi ci, et pourquoi ça. Tu sais que tu commences sérieusement à me bassiner avec tes questions ? Tant pis, Paul n'avait pas pu pleurer. Les jours suivants, il s'était même surpris à sourire en se remémorant les façons de Blaise.

Et, là-dessus, sa crise d'hystérie. Au journal. Daniel Hermann-Costes qui l'observe froidement hurler, l'injurier, puis s'en va et ne le connaît plus depuis. C'était arrivé par une fille du standard. Quelqu'un sur l'Algérie ? – Oui, je prends. Une attachée de presse, en réalité, qui cherchait un journaliste à qui parler d'un livre. Un livre sur l'Algérie ? – Oui, enfin, c'est plus compliqué que ça. – Je ne comprends pas. – Une tentative de réhabilitation d'un homme que l'Histoire a constamment condamné. – Ah bon, bon. Dites-moi. – Ces hommes qui ont servi en Indochine, en Algérie. Je sais bien que votre journal... – Comment s'appelle-t-il ? l'avait interrompue Paul. – Son nom ne vous dira rien, il n'était pas général, ni même colonel. – Mais qui est l'auteur ? – Sa fille.

Il avait lu le livre la nuit même, d'une traite. Le type avait fini dans l'OAS. Si Blaise avait été vivant, Paul lui aurait expédié ce bouquin avec un petit mot, Salut, papa, je suis certain que ça va te plaire, et on en serait resté là. Il avait rappelé l'attachée de presse, demandé à rencontrer l'auteur. Il lui avait fixé rendez-vous tôt le matin, au café, place Saint-Sulpice, mais à l'étage, hein, nous serons plus tranquilles. Il l'avait immédiatement reconnue. Comme ses mains tremblaient, il les avait glissées sous la table et n'avait pas pu toucher son café. J'avais besoin de vous voir..., avait-il articulé. – Je ne m'attendais pas à ce que votre journal... Papa ne l'aimait pas beaucoup. – Ne me parlez pas comme si j'étais un journal, s'il vous plaît. Ce n'est pas parce que j'y travaille... Votre livre... Il avait failli céder aux larmes mais s'était repris. – Je pensais que vous vouliez me rencontrer pour mieux me démolir. Mon attachée de presse aussi, du reste... Elle avait ri brièvement en dépiautant son sucre. Lui avait complètement perdu le fil. Mais non, voyons... De quoi parlaient-ils ? Il avait été tout près de lui prendre les mains, de lui dire qu'il l'aimait. Il fait très chaud, ici, non ? s'était-il exclamé comme on appelle au secours. – Oui, et ça ne sent pas très bon. Elle avait eu une mimique confuse d'écolière. Il s'était levé pour ouvrir et le mouvement lui avait permis de raccrocher les wagons. Excusez-moi si je suis un peu embrouillé. J'ai perdu mon père récemment et je ne me sens pas vraiment dans mon assiette. – Ah, je comprends... À partir de là leur conversation s'était engagée sur le ton intimiste qu'espérait Paul. Elle lui avait raconté sa famille, son enfance. Le mariage de ses parents — papa rentrait d'Indochine. L'Algérie. Les premières lettres de son père qu'elle avait conservées. Plus tard, la police, quand sa tête était mise à prix, et sa mère qui ne pleurait pas, jamais devant les hommes de la police, qui leur défendait d'interroger la petite fille. Vous n'avez pas le droit, même la Gestapo... Il lui avait demandé si elle avait vu *Outre-mer*, le film de Brigitte Roüan, et par bonheur oui, elle l'avait vu deux fois, comme lui. À cet instant ils s'étaient sentis aussi proches que des frères et sœurs.

Son article prenait prétexte du livre pour évoquer la guerre d'Algérie, l'OAS, à travers les images que peut en restituer une mémoire d'enfant. Insensiblement, il glissait des souvenirs de la jeune femme aux siens. Il avait vu le péril et s'y était engouffré. C'était bien de lui qu'il voulait parler, de lui et de son propre père, depuis le début, depuis que l'attachée de presse avait prononcé cette phrase : une tentative de réhabilitation d'un homme que l'Histoire a constamment condamné. Sans le vouloir, elle l'avait renvoyé à son deuil, à la mort de Blaise, à l'époque lointaine et brève où quelque chose de fort s'était noué entre eux. Elles étaient enfouies là les raisons de le pleurer, celles qu'il avait vainement cherchées au lendemain de sa mort. Tout son chagrin se tenait ramassé sous les cendres, mais bien vivant. Il avait raconté les grands meetings pour l'Algérie française, à la Mutualité, la gloire de Blaise enfin engagé dans un combat. Nous avions dix ans, nous les aurions suivis jusque dans la mort parce qu'ils étaient magnifiques, comme sont toujours magnifiques aux yeux de leurs enfants les hommes qui se lèvent.

Le rédacteur en chef, un « historique » de 68 qu'on peut apercevoir sur les photos d'archives aux côtés de Daniel Hermann-Costes, de Geismar et de Cohn-Bendit, lui avait fait rapporter son article avec cette mention en marge : « Ce n'est pas une critique. » Peut-être, mais c'est un papier auquel je tiens, avait rétorqué Paul. Il était alors debout devant le bureau de ce petit homme replet, antipathique, et lui tendait ses feuillets. En tout cas, moi, je ne le passe pas. Paul avait eu l'intuition à ce moment-là que tout son crédit au journal, accumulé au fil d'une décennie, tenait à ce qu'il allait décider dans la seconde. Il avait semblé balancer, puis s'était dirigé résolument vers le bureau du directeur.

Hermann-Costes avait lu ; Paul l'avait observé de près durant cet exercice. Puis leurs regards s'étaient croisés, celui du directeur n'exprimait rien de chaleureux, il avait plié les feuillets et tout en les lui rendant : Non. Il y avait eu un temps de flottement. Tu m'expliques, avait repris Paul. – Non. Ils s'étaient levés l'un et l'autre. Tu m'expliques, avait répété Paul. Hermann-Costes l'avait regardé drôlement, l'air de déplorer qu'il insiste. J'aime plutôt la façon dont tu travailles, dont tu écris, avait-il concédé, mais ce papier-là c'est non. Il lui avait tendu la main, une incitation claire à en rester là. – Non, avait dit Paul à son tour en haussant le ton, tu m'expliques, je ne me barre pas comme ça. À partir de là c'était irrémédiable. Le directeur, un colosse qui avait une tête de plus que Paul, était allé s'adosser au mur. Les traits tendus, fermé. Tu peux penser ce que tu veux de types qui se sont comportés comme des salauds, mais on ne passera pas ton papier dans mon journal. C'est clair ? – Je ne dis pas ce que j'en pense, je dis seulement qu'on a pu les aimer, les admirer, même. – Ce n'est pas le lieu pour le dire, ça ne regarde que toi. Ici, tu es journaliste, rien d'autre. – Ah, bon Dieu, je déteste ce discours-là ! Ça bouffe pas, un journaliste ? Ça baise pas ? Procureur de merde, tiens, révolutionnaire de merde ! Tu sais comment c'est foutu, un homme ? Tu ne t'es jamais dit que tu étais un salaud, toi aussi, de temps en temps ? Vos vérités, vos certitudes, vos papas en béton armé. Tous des fils de héros, naturellement. Quoi qu'il se passe, vous savez toujours qu'en penser, au quart de tour, et toujours une leçon de morale à distribuer. Eh bien, moi, figure-toi, je suis le fils d'un mec qui n'a jamais su, qui n'a fait que des conneries, qui s'est comporté comme le dernier des salauds, tu as raison, Hermann-Costes, et pourtant je me sens plus proche de lui que de vous avec vos tronches de révolutionnaires d'opérette et vos dents qui rayent le plancher.

Rameutés par ses cris, des gens s'étaient massés derrière la cloison vitrée. Hermann-Costes était sorti, le laissant éructer seul dans son bureau.

Je n'ai plus rien à foutre dans ce journal. Paul avait traversé le petit groupe et s'était enfui.

Quelques jours plus tard, il avait cru lire dans le regard de Nikitenko qu'il savait. Il s'était imaginé qu'il avait dû dîner avec Hermann-Costes. Tiens, je refais la maison d'un journaliste de ton canard, Paul d'Audrey. – Ah, tu le connais ! Il n'est vraiment pas clair celui-là, il m'a fait un délire en plein bureau l'autre jour, j'aurais voulu que tu voies ça… Ils s'étaient foutus de lui, certainement. Hermann-Costes, qui singeait mieux que personne le président de la République et certains ministres — toute la rédaction en gloussait —, avait dû l'imiter beuglant comme une oie. Du délire, oui. Paul avait été ridicule, comme le sont ces gens peu structurés qui n'ont pas la notion des frontières, mélangent tout, et en arrivent à sangloter sur un plateau de télévision. Ridicule et indécent, il en était conscient.

Cela avait contribué à l'éloigner un peu plus du chantier qui passionnait Agnès. Elle lui demandait son avis certains soirs après le dîner, mais la vraie discussion avait eu lieu généralement l'après-midi même ou la veille, avec Nikitenko, et la décision était déjà prise. Paul n'était pas dupe, mais que Nikitenko tranche à sa place le soulageait en réalité. Il remâchait la scène de son effondrement au journal. Il n'avait pas eu la force, ou la faiblesse, de la raconter telle quelle à Agnès. Il aurait fallu lui dire quel choc avait été la lecture du livre de la jeune femme venant juste après la mort de Blaise, lui parler d'un monde qui lui était étranger. Pour Agnès, il avait réduit ce drame intime à une engueulade autour d'un papier qui ne distillait pas le discours convenu sur les officiers engagés dans l'OAS.

En quelques semaines, quelques mois, la petite maison de Bagnolet s'était remplie des livres d'architecture de Nikitenko. Agnès passait un temps infini à les feuilleter, à prendre des notes. Le dimanche après-midi, il lui arrivait d'appeler Nikitenko pour le plaisir d'échanger avec lui trois ou quatre réflexions enthousiastes sur l'œuvre de tel ou tel. Un soir, elle était rentrée du chantier plus euphorique encore qu'à l'ordinaire : Nikitenko venait de lui proposer de l'accompagner à Rome le week-end suivant à la place d'un de ses amis architecte qui s'était désisté. L'ami offrait son billet d'avion. Ça ne t'ennuie pas trop, Paul ?

4.

Un chalet à Morzine. Cinq ou six chambres, un balcon plein sud, une cheminée. Il nous invite tous. Des skis, des luges, tout ce qu'on veut à la cave, paraît-il. Mais toi aussi, Paul, il me l'a répété au moins trois ou quatre fois, « j'espère que Paul acceptera, ça serait formidable ». Il n'ose pas te le demander, tu sais comment il est…

– Non, Agnès.

Il s'est rappelé Daniel Hermann-Costes, sa façon de dire non, le fameux jour. Une citadelle, cet Hermann-Costes. L'océan lui-même s'y briserait.

– Non, Agnès.

– Bon, comme tu voudras. Mais c'est vraiment idiot, on aurait pu passer des vacances tous ensemble, au lieu de ça les enfants ne vont pas te voir pendant dix jours.

– C'est toi qu'ils ne vont pas voir. Rejoins Nikitenko à Morzine si tu veux, moi je pars en vacances avec eux.

Une citadelle, cet Hermann-Costes.

Paul l'a laissée abasourdie, le regard traversé par toutes sortes de colères. Et un moment plus tard :

– Enfin, où vas-tu les emmener ?

– À Bray-Dunes.

– Au bord de la mer au mois de février ?

Parfaitement, Agnès, au bord de la mer au mois de février. Hôtel de la Plage, tu te souviens ? Paul venait d'avoir son permis, le père d'Agnès leur avait prêté sa Jaguar. En rentrant sur Roubaix, le dimanche soir, ils s'étaient disputés. Si tu m'aimais vraiment, tu viendrais vivre à la maison. – Avec ton père ? Ça, je ne pourrais jamais, Agnès. Hôtel de la Plage. À cette allure, ils y seront pour le dîner. Une bonne soupe de poisson, des gâteaux, et demain matin… le grincement des volets, cet instant de grâce où l'on découvre la mer. Comme apaisée après la nuit. Comme reconstruite. S'il y a une vie après la mort, elle doit s'ouvrir sur cette image. La mer après la nuit. Une chambre avec balcon, bien sûr, mais je crois qu'elles en ont toutes.

– On achètera des pelles et une brouette, d'accord, David ?

– Pour faire des châteaux ?

– Oui, des digues, des châteaux, tout ce qu'on voudra. Et pour toi, Bijou, un seau et des petits moules pour les pâtés. Tu veux ?

– Elle s'est endormie, papa.

– Ah bon ! Ça ne fait rien, on la réveillera en arrivant.

La salle à manger, il croit bien s'en souvenir, prolongée par une véranda. Des hôteliers chaleureux, vraiment. Resservez-vous de soupe, il faut manger, à votre âge !… La dame les avait pris pour de jeunes mariés, ils ne l'avaient pas détrompée. Ce qu'il fera aussi, demain matin, c'est aller se choisir quelques chemises, des pantalons, une paire de chaussures. Des mois qu'il ne se préoccupe plus de lui, porte des vêtements élimés, des chaussettes trouées. Leur voyage à Rome, tiens, ça devait être en février dernier, un an jour pour jour. Un an ! Comment a-t-il pu ? « Rien n'abaisse et n'avilit comme n'être plus aimé. » Tu l'as dit, Quignard. Est-ce que je lui ai écrit une lettre, seulement, pour cette forte phrase ? Oui, mais je ne suis pas certain de l'avoir postée. Enfin là je m'en sors, et sans un coup de feu. Notez bien ça, Quignard, sans un coup de feu. Je ne sais pas si vous, de votre côté… Des vacances à Bray-Dunes, parfaitement, une nouvelle garde-robe… On va rentrer de là bronzés, détendus, Agnès ne va pas nous reconnaître. Si tu veux savoir, j'en ai eu marre tout d'un coup de les voir habillés comme des petits banlieusards. Un magasin de fringues supersnob, dans la rue principale. Je n'ai pas fait attention, mais une fortune, certainement. Et toi, c'était bien, Morzine ? Une ou deux fois on a failli t'appeler, et puis tu sais comment ça se passe… On allait boire un coup chez les uns, chez les autres, manger des crêpes ici ou là, et finalement on n'a pas vu le temps passer. Ah bon, une fracture du péroné ! Oh, le pauvre… Et le premier jour ! Ce qui fait que vous n'avez pratiquement pas pu skier, quoi… Ça c'est vraiment pas de pot…

– On arrive. Tu m'entends, David ? Merde, il s'est endormi aussi.

C'est dingue ce que les boutiques ferment tôt en province, on se croirait dans une ville fantôme. Avec cette brume en plus… Hôtel de la Plage, huit cents mètres, qu'est-ce que je te disais, vieille pomme, il y a un bon Dieu pour les représentants… Papa ne la ratait jamais celle-ci.

Le portier a eu l'air de tomber des nues, à moins que ça ne soit le patron, Paul ne l'a pas reconnu. Un homme d'une soixantaine d'années. Ah, je suis désolé, on ne fait pas restauration hors saison… Mais des chambres, autant que vous en voulez. Il a couché Bijou, puis David. Chaque fois l'hôtelier lui a tenu la porte de l'ascenseur. Deux petits lits côte à côte. Pour lui, un grand matrimonial, avec la possibilité de tirer un rideau pour s'isoler. Pendant que les enfants dorment, les parents, n'est-ce pas. En tout cas c'est prévu, on y a pensé. Et moi j'en devine un qui ricane, là-haut. C'est vrai, on croit qu'on baise selon notre bon plaisir, on se prend pour des demi-dieux, et en réalité on fait exactement où on nous dit de faire, et à l'heure convenue encore. Comme les souris du professeur. Voyez-vous, avait-il expliqué à Paul, si je veux déclencher la copulation il me suffit de répandre une goutte de ce liquide et de jouer sur la lumière pour mettre toutes les chances de mon côté. – Vraiment ? – Je vais renouveler l'expérience sous vos yeux, vous ne serez pas venu pour rien... L'un et l'autre penchés au-dessus de la cage, ils avaient ricané quand le mâle avait enfilé la femelle. Et, brusquement, Paul s'entend rire de nouveau, dans la pénombre, au milieu de cette grande chambre. Mais qu'est-ce qu'il me prend ? Autrefois, j'aurais trouvé très pratique ce rideau et j'en aurais même fait la démonstration à Agnès. Tandis que là, toute une histoire, pour une tenture ! Il n'y a rien de plus déprimant que ces types qui se mettent à persifler, à tourner la vie en dérision, sous prétexte que leur femme les trompe. Vous n'êtes pas de mon avis, Quignard ? Nous sommes condamnés à sortir par le haut, ce à quoi je m'emploie, vous l'aurez remarqué, ou à réclamer un permis de chasse. Paul embrasse ses enfants dans les cheveux et sort.

La promenade est déserte. De la mer ne lui parviennent qu'une rumeur lointaine et le parfum des algues à marée basse. Entre les halos brumeux des réverbères, des bancs de pierre aux ferrures dégoulinantes. Il va s'asseoir et fumer une cigarette. Il y pense depuis l'instant où il est entré dans l'hôtel. Je couche les enfants et je retourne fumer tranquillement sur la promenade. Ça lui vient de Dominique, cette façon de se soustraire, de se donner du plaisir. La première fois, elle lui en a mis une entre les lèvres sans se demander s'il en avait envie ou non. Après, certains jours, il est allé de cigarette en cigarette en évitant soigneusement de se projeter au-delà. Certains jours. Ne t'en fais pas, dit-elle, et de sa main elle lui effleure la joue. Il est parti sans la prévenir. Demain matin à la première heure, de pied en cap, ha ! ha ! ha ! Et tiens, à propos de cape, il se prendra un manteau également. Un de ces manteaux confortables en poil de chameau, gris par exemple, avec une ceinture qu'on peut attacher ou non. Le ministre de l'Économie et des Finances en a un comme ça. Il se sent invincible, ce type, ça saute aux yeux, c'est autre chose que ce blouson de cuir étriqué aux poignets distendus. Qu'est-ce que tu en penses, David ? Tu ne préfères pas celui-ci ? Il y aura bien une vendeuse pour s'occuper de Bijou. Avec tout ce qu'on va acheter... Comme des princes, évidemment. Mon fils n'en aime aucun, montrez-moi autre chose. – Mais certainement, monsieur...

– Bonjour, les enfants ! Bonjour, monsieur !

Elle a fait irruption dans leur chambre comme si elle était chez elle, ou peut-être a-t-elle frappé et David lui a-t-il dit d'entrer. Puisqu'ils sont déjà debout tous les deux.

– Bonjour, madame. Excusez-moi, je dormais.

– Mais il n'y a pas de mal à ça ! Qu'est-ce qu'ils vont prendre au petit déjeuner, ces trésors ?

– Un yaourt avec des tartines, et pour ma sœur un biberon de chocolat.

– Ah, très bien. Alors il va falloir me dire où se trouve le biberon, mon chéri, sinon...

– Dans la voiture, l'interrompt Paul. Si vous me laissez cinq minutes...

– Et la maman n'est pas là ?

– Non.

– J'ai disputé mon mari, hier soir. Naturellement qu'il y avait de quoi vous faire à dîner, voyons ! Un papa seul avec deux petits, comme je lui ai dit...

– Ça n'est vraiment pas grave, ils avaient bien goûté.

– Oui, mais enfin à cet âge-là... Mon mari était désolé après, il est monté voir mais vous dormiez tous. Ce sont les vacances, ou le papa est en déplacement ?

– Les vacances, madame.

– Eh bien, je vais vous laisser vous habiller, et puis

vous me donnerez ce biberon. Comptez-vous rester quelques jours ?

– Peut-être la semaine, on ne sait pas trop.

– Bon, bon, vous avez tout le temps de décider. Je vous laisse.

C'est elle, Paul a failli le lui dire. Il y a près de vingt ans, madame, avec une Jaguar… – Oh, mon Dieu ! Je vous remets parfaitement, maintenant. Et donc la jeune dame qui vous accompagnait… – Est la maman des enfants, oui. – Ça, c'est magnifique, alors. Quand je vais le raconter à mon mari il ne va pas me croire. Par bonheur, Paul s'est tu. Inévitablement, on en serait venu aux occupations d'Agnès. Elle n'a pas pu se libérer…, aurait-il risqué. Et David, à tous les coups : Mais c'est pas vrai, papa, tu sais très bien qu'elle est partie au ski avec Nikitenko. Par bonheur… il ne dira rien.

– Allez, David, tu t'habilles, et moi je m'occupe de Bijou. Oh, mais attendez ! On n'a même pas vu la mer encore…

Il ouvre les volets. Ce n'est pas du tout comme il l'avait imaginé ; sous un ciel atone, elle se retire déjà, griffant mollement le sable de ses mâchoires grises ourlées de mousse.

– On dirait qu'elle est dégoûtante, tu trouves pas, papa ?

– Elle a dû monter pendant la nuit, et là, elle redescend.

– Il faudra pas toucher l'eau, Bijou, sinon tu vas sentir mauvais.

– Mais pourquoi tu lui dis ça, David ? T'es complètement crétin ou quoi ?

Bijou a le pouce dans la bouche, le nez enfoui dans son chiffon, elle regarde fixement la mer sans se préoccuper de David. L'a-t-elle entendu seulement ? Parfois elle semble le craindre, ou le vénérer, d'autres fois elle marche résolument vers l'objet qu'il vient de lui interdire d'approcher, donne un coup de pied dedans et retourne s'asseoir. David hurle, menace de la tuer, plus tard, quand il sera grand. Elle l'observe sans ciller, comme si elle ne comprenait pas. Bijou a les yeux absolument ronds.

Paul s'est penché pour la prendre dans ses bras.

– C'est pas vrai, tu pourras tremper tes pieds. David, écoute-moi : d'habitude, tu vois la Méditerranée, elle est bien bleue, parce que le ciel est bleu, mais celle-ci aussi le serait s'il faisait beau, enfin, je crois. En tout cas, elle n'est pas plus sale que la Méditerranée, elle serait même plus propre d'après ce qu'on dit.

Ils ont pris le petit déjeuner dans la salle du bas. Comme l'hôtelière s'assurait qu'il ne leur manquait rien, Paul a failli l'interroger sur les magasins de vêtements, et puis il y a renoncé.

– Eh bien, bonne promenade ! leur a-t-elle lancé.

Alors il tenait la main de Bijou et David était à la porte, déjà. Paul a souri.

– Oui, merci.

Maintenant ils marchent dans ces rues si tranquilles que leurs pas résonnent. Des villas aux volets blancs ; parfois, dans les jardinets, du linge de corps, des draps de lit soigneusement pincés sur le fil. À deux reprises, croit-il, David a demandé où on va. Paul ne sait pas. Il est occupé à trancher une autre question : pourquoi ses jambes le portent-elles si mal ce matin, alors qu'objectivement tout va bien ? Je suis en vacances à Bray-Dunes avec mes deux enfants, voilà, un père avec ses deux enfants, l'air est tiède, on pourrait se promener en pull. Je suis en vacances à Bray-Dunes. Une dame entre deux âges qui vient à leur rencontre s'immobilise en apercevant Bijou. « Oh ! » fait-elle, les mains sous les pommettes comme pour retenir un petit excès d'émotion. « Oh ! » Et puis elle sourit à Paul en secouant la tête, elle le prend à témoin d'une certaine façon. Il lui rend distraitement son sourire, il pense à autre chose.

– Attends, David.

– Tu m'écoutes pas.

– Mais si je t'écoute, je ne sais pas où on va... Je cherche...

C'est idiot, il aurait pu demander à cette dame, justement.

– Bon, c'est trop tard, on va trouver quelqu'un d'autre.

– Je comprends rien de ce que tu dis.

– Oui, excuse-moi, c'est ma faute. Viens près de nous, David. Il s'accroupit entre les deux enfants. Je cherche des magasins de vêtements, tu comprends, maintenant ? Je voudrais m'acheter des habits.

– Mais t'avais dit qu'on achèterait des pelles et des seaux !

– On le fera après, d'abord j'aimerais bien... Tiens, regarde, par là c'est la mairie, on va sûrement tomber sur la rue commerçante.

Ils se remettent en route.

– On va jamais aller sur la plage avec toi...

– David ! Je te promets qu'après on ira, tu peux tout de même m'accompagner...

– T'en as déjà plein, des habits.

– J'en veux des neufs.

Deux hommes, chaussés de bottes en caoutchouc ; ils aspergent abondamment la rue, suivis par le camion-citerne.

– Merde, tout est encore fermé. Venez, les enfants, on va leur demander.

Les hommes s'interrompent, ils observent Paul avec sympathie.

– Le lundi, les commerces sont fermés en France, dit l'un. Y' a beaucoup de Belges qui se font avoir.

– Vous êtes pas les premiers, dit l'autre.

– Excusez-nous, ça ne fait rien.

Ils pressent le pas pour s'éloigner du camion, ne pas gêner les nettoyeurs. Bijou trottine.

– Ça ne fait rien pour les habits, répète Paul, on reviendra demain. Vers la plage, on va sûrement trouver une boutique.

À l'angle de la rue et de la promenade, il demeure en arrêt sous l'horloge.

– Neuf heures dix, elle doit être cassée. Quelle heure as-tu, David ?

Il dégage sa montre de sous les bourrelets de son anorak et la brandit vers son père.

Neuf heures dix également. Pour bien faire, il faudrait qu'il soit onze heures et demie ou, mieux encore, midi. Alors il parviendrait à jeter des balises ici et là : le déjeuner bientôt, un moment pour la sieste ou la lecture, sur le balcon, puis le thé... Mais là, neuf heures dix... C'est trop immense avant le déjeuner. Trop immense. Ses genoux tremblent et il a soudain froid, dans les reins, jusque dans le ventre.

– On n'y arrivera jamais, murmure-t-il.

– Qu'est-ce que t'as dit, papa ?

– Je ne me sens pas très bien, venez, on va s'asseoir.

– On cherche pas les pelles et les seaux ?

– Si, David, si. Mais tu vois bien...

Il se laisse aller sur un banc.

– Oh ! souffle-t-il. Tiens, David, aide Bijou à monter à côté de moi s'il te plaît.

Bijou d'un côté, et de l'autre David. Ils regardent la mer, ils ne se préoccupent pas de Paul. Ils attendent que la matinée reprenne là où on l'a laissée. Ça ne dépend pas d'eux, ils en sont bien conscients. Le service est momentanément interrompu, voilà tout. Ils attendent, ils ne sont pas inquiets, les maladies des grands ne les concernent pas, ou alors ça serait vraiment le monde à l'envers. D'ailleurs Paul recouvre ses forces. C'est de les imaginer tous les trois dans le sable, le pantalon relevé au genou, avec les pelles, les pioches, la brouette... Un château fort monumental, deux mètres de haut peut-être. Pourquoi pas ? Et quand la mer montera... Qu'est-ce qu'ils en ont à faire d'être seuls... Un chantier qui leur prendra la journée, parfaitement. Deux mètres de haut ! La mer pourrait ne pas en venir à bout, et ce soir, depuis le balcon de leur chambre, harassés mais heureux, ils contempleraient ce rempart debout.

– Ça va mieux ; on va chercher les pelles ?

– Oui !

Bijou ne dit rien, elle.

– À quoi tu penses, Bijou ?

– Il est méchant Sacha.

– Sacha de la crèche ?

Elle ne répond pas. Paul voit vaguement à quoi ressemble cet enfant, un blond joufflu dont la maman sert à la boulangerie. « Sacha », répéte-t-il machinalement en guettant l'apparition d'une de ces boutiques dont les jouets de plage débordent généralement sur une bonne partie du trottoir. Et brusquement :

– Pourquoi il est méchant Sacha ?

Mais Bijou ne répond plus, ou peut-être n'a-t-elle pas entendu, cette fois.

Ils sont arrivés au bout de la promenade et n'ont rien trouvé. David soupire et sa sœur ne veut plus marcher.

– Je sais ce qu'on va faire, dit Paul : on va retourner à l'hôtel demander à la dame de nous prêter des affaires. D'accord, David ? Viens sur mon dos, Bijou.

Elle les a entraînés dans la cour, derrière. Il y a là une vaste remise dans laquelle on a empilé des meubles de jardin, des parasols.

– Il me semble bien que dans ce fatras... Suivez-moi, mes chéris, et vous aussi, monsieur, si vous n'avez pas peur de vous salir. Tiens, qu'est-ce que je disais !

Tout au fond, à demi cachés par une bicyclette d'un autre âge, quelques pelles et râteaux d'enfant mangés par la rouille, des bouées de liège, de vieilles balles de tennis dans un seau à charbon...

– C'est formidable ! s'exclame poliment Paul.

Les enfants, eux, se taisent.

– Ça n'est pas très reluisant, mais faute de mieux..., dit l'hôtelière.

Et, comme elle tente de dégager la bicyclette, Paul s'interpose.

– Laissez, je vais le faire.

C'est elle qui choisit les outils en les tapant sur le sol de ciment pour les éprouver. Paul a pris David par les épaules.

– Quand j'étais petit, on en avait des comme ça, lui souffle-t-il à l'oreille. C'est marrant, non ?

La dame leur tend deux pelles ; elle découvre d'autres trésors pour Bijou, une famille canard en bois reliée par une ficelle, un petit râteau et un tamis.

– Ça va aller très bien, dit Paul.

Maintenant, elle les observe en souriant, légèrement penchée en avant, un peu essoufflée.

– Vous ne savez pas ? J'ai du poisson frais pour midi, remontez donc déjeuner. Avec un chou-fleur revenu au beurre.

– On avait pensé...

– Vous ne trouverez rien d'ouvert. Remontez, au moins les enfants auront quelque chose de chaud dans leur assiette.

– Eh bien, d'accord, alors, c'est très gentil, vraiment.

Bijou a joué un moment avec les canards et puis elle est venue s'asseoir à côté de son père, sur son blouson de cuir. David s'acharne seul à faire venir l'eau d'un lagon jusqu'au fossé d'un château qu'il s'est construit. Quelle heure peut-il être ? Onze heures ? Onze heures et demie ?... Ça ne rime à rien, songe Paul, on est là comme des naufragés, chacun reclus dans sa petite détresse, et c'est ma faute, je ne propose rien, je n'ai pas les mots, je n'ai pas la force... Et cette dame avec son chou-fleur, comme si on était des réfugiés, des gens abandonnés... Quelque chose de chaud dans leur assiette... Il n'a plus de souffle.

– Bijou, dit-il, tu ne bouges pas de là, tu veux bien ? Tu m'attends tranquillement, je reviens tout de suite. David ! Je vais passer un coup de fil très vite, surveille un peu ta sœur s'il te plaît.

Il court, il s'enfonce dans la ville. Il lui semble que vers la mairie ils ont croisé une cabine téléphonique ce matin. Les enfants seuls, là-bas. Il n'aurait pas dû. Il est affolé.

– Allô ! C'est qui à l'appareil ?

– Le secrétaire particulier de Mlle Mangin.

– Jaurégui, passe-moi Dominique s'il te plaît, c'est très urgent.

Il va s'évanouir, ou sangloter.

– Madame est sortie boire un café. Ah, ben, tiens, la voilà, t'as de la chance.

– Dominique ? Je suis en voyage avec les enfants…

Il l'a dit sourdement, comme il aurait dit : Je suis perdu, Dominique. Et elle :

– Oh, c'est bien ! Vous êtes où ?

Sa voix. Quelqu'un qui le reconnaît. Il respire déjà mieux.

– Toi, ça va ?

– Mais oui. Vous êtes où ? répète-t-elle.

– Tout à fait dans le nord de la France.

– Tu vas leur montrer la Belgique ? La Hollande ?

– Je pensais plutôt redescendre sur Le Havre, en longeant la côte.

Ça lui est venu à l'instant cette idée du Havre.

– Oui, ça va leur plaire. C'est vrai que tu aimes les bateaux… Paul, je t'ai écrit.

Elle a parlé plus bas, soudain.

– Une lettre, tu veux dire ?

– Des lettres. Tout un cahier, la nuit dernière.

– Poste-le-moi au Havre si tu veux.

– Non, tu le liras plus tard. On a tout le temps.

En voyage ! Mais naturellement qu'ils sont en voyage ! Comment n'y a-t-il pas pensé plus tôt ? Et

Le Havre, bien sûr. Cette vieille toupie qui essayait de les embobiner avec son histoire de chou-fleur revenu au beurre ! On va se tirer de là, oui, et vite encore. Cette piaule infecte avec ce rideau, ça pue le moisi là-dedans, la baise hygiénique d'avant-guerre. Vingt-quatre heures de plus et on avait chacun notre rond de serviette. Jamais plus on ne nous aurait retrouvés. Dans vingt ans, dans trente ans peut-être, à l'occasion d'une fuite de gaz ou d'un feu de cheminée : Les séquestrés de Bray-Dunes. Ci-dessous, leurs geôliers : on verrait sur la photo la vieille toupie et son mari entre deux gendarmes. Il court de toutes ses forces, il a hâte de les serrer dans ses bras, Bijou, David. Il a tous les mots qu'il lui faut maintenant, et dire qu'un quart d'heure plus tôt il suffoquait, il allait se noyer.

Bijou n'a pas bronché et David a résolu son problème en acheminant l'eau du lagon dans un de ces vieux bidons que rejette la mer.

– Je vais t'aider, David, hurle-t-il à trente mètres. Passe-moi la pelle.

Il entreprend de creuser un canal depuis le château jusqu'au lagon. Frénétiquement.

– Au dernier moment, on ouvrira le barrage, dit-il, haletant.

– Et alors toute l'eau, platchchch ! Viens voir, Bijou, on va inonder mon château.

Le flot bondit entre les berges, les emportant ici et là, puis cerne le château en bouillonnant et en quelques secondes l'anéantit.

– On est foutus ! On est complètement foutus ! crie David en faisant tournoyer sa pelle.

Bijou trépigne, en bottines de cuir dans l'eau de mer.

– Allez, on s'en va, dit Paul, on trouvera bien une crêperie sur la route.

– Mais t'avais dit qu'on mangeait chez la dame !

– Je ne sais pas ce qui m'a pris, je déteste le chou-fleur.

– Ouais ! En plus c'est dégueulasse le chou-fleur.
– Viens sur mon dos, Bijou.

– David, tu te souviens de mon père ? David ?... Ah, tu dors ! Bon, tant pis.

Ils ont roulé tout l'après-midi. Paul avait imaginé qu'ils s'arrêteraient rapidement, du côté de Wissant, du cap Gris-Nez, pour goûter puis passer la nuit. Il s'est laissé emporter et maintenant ils ne sont plus qu'à une soixantaine de kilomètres du Havre.

Quand les gens avaient commencé de débrayer, au printemps 68, Blaise était en observation à la Pitié-Salpêtrière. On devait l'opérer du cœur, plus exactement tenter de lui greffer la dernière génération de valves en provenance des États-Unis. Paul avait pris une chambre dans un petit hôtel de la rue Poliveau. Entre les moments au chevet de son père, il errait dans Paris. S'il sourit en se remémorant ces journées, c'est qu'il se moque de lui-même. Un autre aurait acheté un plan de cette ville qui lui était étrangère et se serait mis en devoir de la visiter. À l'inverse, Paul avait entrepris une sorte de voyage intérieur, comme si ces jeunes de son âge qu'il croisait aux terrasses des cafés sans oser s'y asseoir, comme si cette énergie qu'ils mettaient à vivre, tous, ici, le renvoyaient à sa propre singularité. Ils rient, ils s'embrassent sur la bouche, ils ont l'air de se connaître depuis des lustres, constatait-il, comment se fait-il que moi... En réalité, jamais encore il n'avait envisagé qu'on pût grandir différemment de lui, et il découvrait soudain que pendant ces années où il avait vécu au domaine, dans ce chaos qui le remplissait de nostalgie, puis chez sa mère et son amant, ceux de sa génération avaient commencé de s'emparer du monde pour le modeler à leur volonté. Il n'en était pas, et pour la première fois en prenait conscience. Il n'avait aucun ami, n'avait lu que des romans d'avant 14 — les livres de Blaise lui venaient de ses parents — et ne connaissait pas encore Agnès. Tous ces jours à errer dans Paris il avait souffert de la luminosité et constamment recherché l'ombre, jusqu'à ce qu'un pharmacien compatissant lui vende une boîte de vitamines pour les yeux et des lunettes de soleil. Le monde l'éblouissait véritablement. Un soir, il s'était assis sur les marches fraîches d'un bâtiment public et en avait été délogé un peu plus tard par des hordes de jeunes avec des banderoles. Alors il avait appris qu'il s'était installé par hasard sous le porche de la Mutualité. Une violente émotion l'avait gagné ; il s'était remémoré les meetings pour l'Algérie française. Ces soirs-là, son père lui était apparu parmi d'autres hommes semblables à lui, des gens débraillés au verbe facile, et il avait pressenti ce que pouvait avoir de rassurant l'appartenance à un groupe, la solidarité. Puis tout cela, à peine entr'aperçu, avait disparu.

Comme les personnels hospitaliers étaient en grève, on leur avait conseillé de gagner Poitiers. Le chirurgien parisien qui devait opérer Blaise leur avait remis une lettre de recommandation pour son confrère, ainsi que les valves américaines dans leur emballage aseptisé. Ce chirurgien était manifestement excédé par les désordres qui paralysaient petit à petit l'hôpital et, quand il avait compris que Blaise partageait son exaspération, il ne s'était plus gêné. Durant toute une matinée les deux hommes avaient vilipendé le mouvement — le chirurgien assis sans façon sur le lit de son patient — et Paul avait découvert à cette occasion un autre Blaise. Ces anarchistes, ces communistes, disait-il, ils vont foutre le pays à genoux. Je vous fiche mon billet que là-bas, à Moscou, ils se frottent les mains à l'heure actuelle. D'ailleurs, allez savoir si tout ça n'est pas concerté... Bah, bah, bah... Si c'était moi, j'enverrais l'armée, et tout de suite. Trois tirs de sommation et puis plus de quartier. De vous à moi, c'est pas ce sang-là qui manquera à la France de demain. Vous n'êtes pas de mon avis ?... Le chirurgien était également partisan d'envoyer la troupe, et il parlait même d'un bain de sang salvateur. Jusqu'ici Paul n'avait jamais pris au sérieux les mots de son père. Au contraire, Blaise le touchait depuis l'enfance par son incapacité à être sérieux, à respecter les codes, les convenances. Il était cet homme qui, quand on lui coupait l'électricité, allait aussitôt se raccorder au réverbère. Si Paul s'était enfui de chez sa mère, c'était bien pour retrouver auprès de son père cette ambiance irréelle du domaine. Or, brusquement, Blaise se piquait de théories, de politique, condamnant stupidement à mort des gens qui comme lui, à la belle époque, bravaient la loi et ses représentants. Ce nouveau Blaise était haineux, tandis que celui qu'aimait Paul semblait trop incertain pour s'élever contre quoi que ce soit. Quant à son engouement pour l'Algérie française, si lointain, il n'avait été finalement aux yeux de Paul qu'une vaine tentative pour se dénicher des amis.

Ils avaient pu gagner Poitiers en auto-stop, sans encombre, et le soir même Blaise avait été admis à l'Hôtel-Dieu. L'intervention devait avoir lieu deux jours plus tard. Toute cette matinée où il le savait entre les mains des chirurgiens, Paul avait arpenté les rues de Poitiers, retrouvant pour l'occasion les humbles chemins du Notre Père et du Je vous salue Marie. Il avait contracté toutes sortes d'engagements à l'égard du Seigneur et de la Sainte Vierge, pour peu qu'ils accordent un supplément de vie à l'opéré. Au premier rang de ceux-ci, Paul avait juré de reprendre langue clandestinement avec sa mère pour la convaincre de rejoindre le lit de Blaise, qui n'a jamais cessé de t'aimer, maman, crois-moi. Vers midi, il avait dirigé ses pas vers l'Hôtel-Dieu, se massant discrètement le sein gauche en un geste de solidarité avec le cœur de son père qu'il imaginait maintenant cousu et bagué comme un biniou. Blaise était debout, en pyjama froissé, accoudé à la fenêtre ouverte de sa chambre. Comme sa petite radio donnait à fond, il n'avait pas entendu Paul entrer.

– Mais papa !

– Ah, tu es là ! On est foutus, mon vieux. Tu as entendu la nouvelle ? Le grand Charles s'est tiré ! Disparu, envolé. Démerdez-vous sans moi, les gars, et vogue la galère ! Si tu veux mon avis, dans trois jours les chars soviétiques sont à Paris…

– Mais on t'a pas opéré ?

– Sois chic, rassemble mes liquettes et boucle ma valise. Je m'habille et on s'en va.

Dans la nuit, les anesthésistes avaient rejoint la grève.

L'idée de Blaise était de quitter l'Europe, désormais aux mains des communistes, et de gagner l'Amérique avec sa paire de valves sous le bras. Là-bas, on les lui coudrait sans problème. C'est comme cela qu'ils avaient échoué au Havre, dans l'espoir d'y découvrir un paquebot pas trop cher pour Montréal ou New York.

Paul aimerait retrouver cet hôtel, une pension, en réalité, tenue par deux sœurs, mais oui, voilà, deux vieilles filles sympathiques, il se rappelle leurs visages soudain. Il lui semble que cette pension était à quelques centaines de mètres d'une gare maritime où il courait chaque matin. Il avait fini par obtenir deux ponts sur un cargo mixte en provenance de Hambourg, et si finalement ils n'avaient pas pu embarquer c'est que le consulat des États-Unis ne leur avait pas délivré les visas à temps.

Il tourne un moment autour des bassins illuminés. Boulevard Clemenceau, quai de l'Arsenal, quai George-V, quai Colbert. C'est une chance que les enfants dorment, il n'a pas à s'expliquer, à se justifier. Parfois, il gare la voiture en double file pour bondir dans la nuit vers un hôtel particulier qu'il croit reconnaître — mais non, leur pension possédait une marquise inoubliable, Blaise prétendait qu'il n'en avait vu de semblables qu'à Bordeaux, la ville de son enfance. Parfois il s'immobilise le long d'un paquebot en partance. Il est absorbé par le souvenir de Blaise. Tout lui revient maintenant de cette folle semaine. Blaise rayonnait. Sa maladie cardiaque lui avait acquis d'emblée la considération des hôtelières, et quand elles avaient su que malgré ce handicap il tentait de passer en zone libre elles avaient eu pour lui des attentions de sœurs aînées. Il n'avait guère quitté le salon privé des deux dames dont il avait fait son Q.G. Il y avait là thé et chocolat à volonté. Fichtre ! fanfaronnait-il, les bolcheviques ne le cueilleraient pas au nid, pas lui. D'autant que de vous à moi, hein, on avait eu le temps de s'y préparer. Après l'Indochine et l'Algérie, il n'y avait pas besoin d'être grand clerc pour se douter que ça serait notre tour. Ah, il avait fait du bon boulot, le grand Charles ! L'Indochine ? Communiste. L'Algérie ? Communiste ou tout comme. Tous ces Ben Machin qui avaient ridiculisé l'armée française paradaient aujourd'hui dans les salons du Kremlin. Lui savait parfaitement où avait disparu de Gaulle, tout ce qu'on avait raconté dans les journaux c'étaient sornettes et compagnie… Elles ne se lassaient pas de l'écouter. À deux ou trois allusions, Paul avait cru comprendre qu'elles le prenaient pour un colonel en retraite, et Blaise ne les détrompait pas. Sornettes et compagnie ! Eh bien, où était-il donc passé, de Gaulle ? À Moscou, naturellement.

Paul prêtait peu d'attention aux propos de son père, mais, se disait-il, combien d'hommes, parvenus à cinquante ans, auraient le culot de s'expatrier avec une petite valise pour toute fortune ? Le formidable Blaise du domaine bougeait encore, malgré ses valves en bout de course. Il faudrait à son fils quelques années pour comprendre que ce faux départ, cette tentative de fuite un peu grotesque, finalement, lui avait fait rater la grande révolution culturelle de sa génération. Le soir de la manifestation du 30 mai les deux héros avaient rejoint Roubaix.

Paul a pris deux chambres dans un de ces hôtels modernes insipides. Dans l'une il a couché ses enfants, dans l'autre il étudie la carte de France en buvant une bière. Demain, il filera sur Brest, puis Nantes, Bordeaux, Biarritz, Toulouse... Il laissera la route les emporter.

5.

C'est un dimanche après-midi d'avril. L'avant-veille, Agnès a déposé un mot dans sa boîte aux lettres : « On t'attend pour le thé dimanche, les enfants te réclament. » Voilà trois semaines qu'il n'a pas pris le chemin de la maison de Montreuil, trois semaines qu'il ne les a pas vus. Les arbres sont en fleurs, il le découvre. Les autres années, il guettait l'arrivée du printemps, cette année il ne l'a pas vu venir. Il se sent étranger aux choses, comme un homme qui relèverait d'une fièvre de cheval. Et, cependant, il éprouve du plaisir à marcher seul sur l'avenue, un pull jeté sur les épaules. Il a dû maigrir, il a le sentiment d'être plus léger qu'auparavant, si bien que les premiers rayons le pénètrent jusqu'aux os. Mon corps qui se dégèle, songe-t-il. Son esprit, lui, est encore trop engourdi pour anticiper. Quand il a lu le message d'Agnès, il a souri, puis aussitôt ses yeux se sont embués du bonheur de ces mots : « Les enfants te réclament. » À cet instant seulement il s'est demandé comment il avait pu tenir trois semaines sans les voir, et il s'est mis à attendre dimanche. Bêtement. Un peu comme un chien attend ses maîtres, c'est-à-dire sans parvenir à se projeter une autre image que celle de David et de Bijou dans ses bras, et lui le nez enfoui dans leurs cheveux. Rien, au-delà. C'est cette image, et dans le ventre un fourmillement qui lui font soudain presser le pas. Il est à peine trois heures, il arrivera un peu tôt pour le thé, mais tant pis.

Dans la rue silencieuse, des voitures, à califourchon sur le trottoir. Il reconnaît la leur, une vieille Renault, puis quelques mètres plus loin le 4 × 4 de Nikitenko. Oh ! fait-il, et il s'immobilise. Qu'est-ce qu'il croyait ? Les trouver tous les trois à l'attendre au soleil, comme autrefois ? Pour un peu, il jouerait l'imbécile, le type qui n'a toujours pas compris qu'un événement sans précédent, de l'ordre du séisme ou de la dérive des continents, s'est abattu sur sa famille. Il se force à respirer posément, le regard fiché dans le bitume, à l'aplomb de ses souliers. Alors il entend le hurlement de David — Bijou ! J'avais dit : pas le droit ! — et il sait que Bijou a profité d'un instant d'absence de son frère pour lui piquer la balançoire. Il sait que David va reprendre la balançoire, à sa façon, et que Bijou va tomber. Voilà, elle pleure. Il s'est élancé vers la grille. David ! La voix d'Agnès. Un centième de seconde il envisage de renoncer, mais il a déjà sonné.

– Ah, bonjour ! dit-elle.

Lui s'est laissé tomber à genoux pour recevoir les enfants, leurs regards se sont à peine croisés.

Il rit, de l'obstination de Bijou à demeurer contre vents et marée blottie au creux de son aisselle, de la violence de David qui vole au-dessus d'eux et dont les bras lui dévissent la tête.

– David ! David ! dit Agnès, calme-toi, ça va mal finir.

Il la devine en retrait, les observant.

– Oui, mon chéri, parvient-il à articuler, Agnès a raison, calme-toi. Tiens, viens de ce côté, chacun une épaule…

Maintenant, il les a l'un et l'autre contre lui, il peut respirer les cheveux de Bijou et plonger ses yeux dans ceux de David. Tous les deux sont essoufflés.

– Maman a dit qu'on allait venir chez toi.

– J'aimerais bien, oui, mais c'est tout petit, tu sais.

– Tu pourrais les prendre un week-end sur deux...

Il lève les yeux vers Agnès, et pour la seconde fois leurs regards se croisent. C'est bien elle, oui, mais il ne la connaissait pas vue de l'étranger. Elle a dans les prunelles quelque chose d'inoxydable qui décourage.

– On va en parler, murmure-t-il, en essayant de se remettre debout tout en gardant Bijou dans ses bras.

Alors il voit la table, dehors, où ils ont dû déjeuner : des verres et une bouteille de vin n'ont pas été desservis. Sous le poirier, deux transats et des tasses à café posées dans l'herbe.

– Je peux m'asseoir ?

Elle lui désigne les chaises autour de la table, et dans le même mouvement ramasse les verres et le vin pour les emporter à la cuisine. Il la suit des yeux. Elle porte un gilet de coton bleu pâle à manches longues qu'elle avait acheté de son temps et un jean neuf qui lui moule les fesses. Elle va d'un pas décidé.

– Et toi, mon Bijou, es-tu heureuse ? demande-t-il.

Mais il n'attend pas la réponse car il vient de repérer la silhouette de Nikitenko à travers les vitres de la cuisine et s'en détourne précipitamment. David a vu son mouvement, son effroi aussi peut-être.

– Tu vas pas lui dire bonjour ?

– À qui, mon chéri ?

– À Nikitenko.

– Tout à l'heure, pour le moment je suis avec vous.

Il fixe la balançoire. Comme ses mains tremblent, il les presse sur le genou de Bijou.

– Oui, vous pourriez venir chez moi un week-end sur deux, dit-il pour tromper l'émotion. Qu'est-ce que tu en penses, Bijou ?

– Voilà maman et Nikitenko, souffle David.

– Paul ! Alors ?

Il serre la main que lui tend Nikitenko.

– Tu m'excuses, je ne me lève pas, dit-il.

Et il dépose un nouveau baiser dans les cheveux de Bijou.

– J'ai fait un gâteau au chocolat amer, ton fils m'a dit que tu aimais...

– Ah oui, oui, très bien. Merci, David.

– Bon, poursuit Nikitenko, je vais préparer le thé. Tu viens m'aider, David ?

Ils repartent ensemble. Un instant, Agnès semble sur le point de les suivre, puis elle se ravise et s'attable non loin de Paul.

– Tu manques à Bijou, dit-elle en scrutant sa fille.

– Oui, dit Paul.

– Pour David, c'est plus facile, Nikitenko est là.

Ils se taisent ; ils évitent de se faire face.

– J'aurais besoin des livres qui sont dans mon bureau, là-haut, reprend-il après un moment. Est-ce que...

– Je t'ai tout mis à la cave, tes vêtements aussi, du reste. Tu peux passer les prendre quand tu veux.

– Ah, bien, bien.

Il lui faut quelques secondes pour comprendre qu'il n'a plus son bureau, pour imaginer Nikitenko installé à sa table. La première fois qu'il avait embrassé Agnès sur la bouche, un dimanche soir, en la quittant, il n'avait pas voulu y croire et durant huit jours il n'était plus passé la voir. Le dimanche suivant, elle s'était jetée à son cou et l'avait engueulé tout en le secouant, tout en lui fourrant sa langue. Il voudrait qu'elle lui dise qu'il n'a pas rêvé, qu'il y a près de vingt ans c'était bien lui en effet... Il voudrait qu'ils se mettent d'accord là-dessus, et sur d'autres scènes encore, quelques-unes au moins, sinon... Sinon, il n'a aucun témoin de rechange, il va tout perdre. Personne ne croit un homme seul, et cet homme lui-même doit finir par ne plus distinguer clairement la réalité de ses hallucinations. Assez vite il doit perdre pied, se noyer, devenir la risée des gens sains d'esprit.

– Agnès...

– Ne commence pas, Paul.

Elle a coupé court en se levant. Il voulait dire : Agnès, je peux concevoir que tu effaces mes traces, mais tu te souviens, n'est-ce pas, que j'ai occupé ce bureau autrefois ? Un simple acquiescement lui aurait suffi, il aurait su qu'entre eux quelque chose de solide demeurerait à jamais. L'essentiel à ses yeux. Il s'est tassé sur Bijou, la petite fille est comme enkystée en lui à présent.

– Je vais t'acheter un lit pour ma maison, murmure-t-il. Et une couette. Une couette Blanche-Neige, tu veux ?

Elle fait oui de la tête sans retirer son pouce.

Alors ils entendent un bruit de vaisselle qui se brise, et Agnès :

– Enfin, David, merde ! Tu pourrais faire attention...

Puis David apparaît avec le gâteau.

– J'ai cassé une tasse, dit-il.

– C'est grave ?

Il hausse les épaules.

– Allez, on prend le thé ! lance Nikitenko. Tout le monde est là ?

Agnès tranche le gâteau, debout. Paul devine ses seins, petits et nus, sous les mailles du coton. Nikitenko, assis, la regarde faire en respirant fort, la bouche entrouverte. Ces grosses lèvres vermeilles, ces touffes de poils, comment peut-elle... ?

Ils mangent en silence. Nikitenko, les yeux perdus, semble sourire intérieurement. Agnès s'est remise à scruter Bijou, assise maintenant à côté de Paul.

– C'est bon, ma chérie ?

– Moui.

Paul les observe à la dérobée, et pour la première fois il réalise qu'il ne devrait pas être ici. C'est ce mot d'Agnès, il s'est précipité comme s'il s'était agi d'une convocation... D'une convocation à contempler ce désastre, songe-t-il : ma famille autour d'un type qui a pris ma place. Ça lui semble inconcevable soudain. Qu'est-ce qu'il fout là, ce gros trappeur ? Chez nous, dans notre intimité, un dimanche après-midi d'avril ? Paul pourrait parfaitement se lever et lui planter le couteau du gâteau entre les deux yeux, tiens. On l'enterrerait dans le jardin. Mais non, David, plus profond, sinon à la première pluie il va resurgir. Passe-moi ta pelle. Et, dès ce soir, la vie reprendrait comme avant, Agnès devant la télé et moi dans un bouquin… Tu divagues, Paul, reprends-toi s'il te plaît, le trappeur est chez lui désormais. Je sais, je sais, je déconnais. Dans ma maison, dans mon bureau, dans ma femme. Et j'ai laissé faire. Avant le voyage à Rome, d'accord, même un chasseur averti aurait pu ne rien flairer. Mais après ? Paul envie secrètement l'agent immobilier de Neuilly ; le bonheur tranquille du chasseur qui a su tirer au bon moment et ne pas rater sa proie. Comme un coq en pâte dans sa cellule, le gars, aujourd'hui. Si c'était à refaire, monsieur le juge, je le referais… Ben voyons ! Tandis que Paul, jamais un mot plus haut que l'autre, n'est-ce pas ? À deux ou trois reprises il avait voulu se tuer, on ne l'avait pas retenu, ça n'avait pas été nécessaire. Il avait assuré jusqu'au bout, et chaque fois Nikitenko l'avait remercié par un petit souvenir. Un guide des fontaines au retour de Rome, un couteau de marin après le week-end à Londres, un panier de reines des reinettes après Deauville… Et ça c'est pour toi, Paul, Nikitenko a pensé… À l'occasion, dis-lui un mot gentil, il est tellement… D'accord, Agnès, et si tu veux, la nuit prochaine, je vous tiendrai la chandelle. Oh, il peut bien persifler, n'empêche qu'il est attablé avec eux, ce que Blaise lui-même n'avait jamais fait. Jamais Blaise n'était allé prendre le thé avec son ex-femme et son amant. En tout cas pas à ma connaissance, mais j'aurais tout de même dû le lui demander, songe-t-il, pris d'un doute.

– Encore un peu de gâteau, Paul ?

– Merci, c'était délicieux.

Nikitenko lui sourit furtivement, puis il ressert du thé à chacun.

– Au journal, ça va ? Tu as des voyages en vue ?

Ils se font face un long moment, Nikitenko toujours enthousiaste et Paul l'air absent. Du coup, Agnès aussi a levé les yeux sur lui. Qu'attend-il ? Pourquoi ne répond-il rien ?

– J'ai démissionné, dit-il enfin.

– Ah bon ! Eh bien, c'est une nouvelle !

S'il était debout, Nikitenko sautillerait, pense Paul, comme chaque fois qu'on le met dans l'obligation de s'intéresser à quelque chose dont il n'a rien à faire, mais il est assis, et donc il se dandine sur son postérieur de percheron. Agnès, elle, a piqué du nez dans son assiette.

– C'est un sacré bouleversement, dis-moi, et qu'est-ce que tu vas faire ?

– Je ne sais pas, j'aimerais bien vendre des choses comme mon père, des aspirateurs, des éponges...

– C'est même pas vrai, bondit David, ton père il vendait des boutons et des fermetures...

– David ! le coupe sèchement Nikitenko, il faut que tu perdes l'habitude d'interrompre les adultes, mon bonhomme, sinon, ça ne va pas aller.

– Il a aussi vendu des aspirateurs, reprend calmement Paul à l'adresse de son fils. Mais, en réalité, je veux bien vendre n'importe quoi, j'ai juste envie de bouger, de rouler dans la campagne.

Agnès est partie, Nikitenko acquiesce gaiement. Cet imbécile, songe encore Paul, je lui aurais dit que j'abandonnais le journalisme pour devenir mineur de fond à Uckange qu'il me regarderait avec la même félicité

– Bon, dit-il, je vais vous laisser.

– En tout cas, tu es le bienvenu.

– Oui, merci. Embrasse Agnès pour moi, je ne sais

pas où elle est passée. Vous m'accompagnez à la grille, les enfants ?

Bijou lui a tendu les bras, David est déjà au portail.

Dix secondes avant de leur annoncer la nouvelle, ça ne l'avait pas effleuré, mais, maintenant qu'il l'a dit, il va le faire : démissionner. Il se sent libre et neuf comme un homme qu'on vient de déplâtrer. À tout désastre il y a une réplique, pense-t-il, l'essentiel est de la découvrir. S'il ne doute pas un instant que sa démission soit la juste réplique, c'est qu'à peine celle-ci formulée il en a ressenti les bienfaits : il lui a semblé qu'il cessait aussitôt de souffrir du départ d'Agnès, du sourire insupportable de Nikitenko, et même de l'éloignement de ses enfants... Pourtant, à priori, il ne voit aucun rapport entre sa vie professionnelle et sa vie privée. Pourquoi éprouve-t-il le besoin, quand l'une lui échappe, de lâcher l'autre ? Ce journal, il en a forcé la porte quinze ans auparavant avec la certitude d'être enfin dans le bon train, même s'il a dû le prendre en marche. Il avait passé son bac, renoncé à fuir en Argentine ou au Canada avec Agnès, et s'était inscrit en licence de philosophie tout en conservant son poste au Chauffage urbain. Alors seulement il avait pu ranger Blaise et ses idées au magasin des accessoires et se pencher sur son époque. Ces gens de 68 avaient passionnément aimé les philosophes et les écrivains qu'il aimait à son tour, il le découvrait. Certains de ces philosophes et de ces écrivains qui le bouleversaient, qui lui donnaient le vertige parfois, avaient même participé à l'insurrection. Et lui pendant ce temps était au Havre... Peu à peu, il avait identifié les grandes familles de pensée qui se côtoyaient en France et constaté que celle qui correspondait le mieux à sa réflexion naissante était bien issue du mouvement de mai (celle de Blaise et de ses amis, qui avait tant compté autrefois, lui était apparue si indigente qu'elle ne figurait pas à son inventaire). Il avait reconstitué tant bien que mal les filiations, les réseaux, et appris qu'il existait un journal censé incarner la pensée politique de ses nouveaux amis. Il avait acheté ce journal puis, immédiatement séduit par son irrespect — il y avait du Blaise dans cette façon de brocarder le pouvoir, ses notables et ses lois —, avait écrit à son directeur, un certain Daniel Hermann-Costes, pour lui proposer sa collaboration. N'ayant pas eu de réponse, il avait pris le train pour Paris et s'était rendu à l'adresse indiquée sur le quotidien. Là, on l'avait laissé errer deux heures durant dans des locaux enfumés, dont les murs étaient couverts de graffitis et d'affiches illisibles, avant qu'une femme d'un certain âge, croisée dans les toilettes, ne lui indique le bureau d'Hermann-Costes, au premier étage d'un petit pavillon, de l'autre côté de la rue. Une fille l'avait fait patienter trois quarts d'heure sur une chaise dont le dossier avait été arraché et les montants grossièrement tordus, de sorte qu'il était impossible de s'asseoir confortablement. Enfin Hermann-Costes était apparu. Il était pressé, il n'avait pas laissé finir Paul. Envoie-moi deux ou trois papiers et rappelle-moi. – Bon, d'accord. Paul avait fait une série de cinq articles sur la vie quotidienne des ouvriers au Chauffage urbain et les lui avait adressés. Deux mois plus tard, Hermann-Costes ne lui avait toujours pas répondu et il était impossible de le joindre par téléphone. Paul était redescendu sur Paris. Le directeur s'était souvenu d'avoir remis ses articles à l'un de ses collaborateurs, mais ce dernier avait démissionné depuis. Par bonheur, Paul avait conservé une copie de son travail ; Hermann-Costes s'était engagé à la lire le soir même. Rendez-vous avait été pris pour le lendemain matin — Paul avait dû se payer l'hôtel et prévenir l'usine qu'il prenait une seconde journée d'arrêt. J'ai lu, c'est pas mal, avait dit le directeur, avant de l'entraîner par les épaules jusque devant un petit homme rond et sombre qui siégeait quelque part dans le cloaque enfumé où Paul avait cru devenir dingue la première fois. Tiens, je te présente… Comment tu t'appelles ?… Il habite le Nord, il pourrait remplacer… Oui, Machin, qui n'envoie jamais rien. Tu vois ça avec lui ? On l'avait embauché quelques mois plus tard et appelé à Paris. Durant une bonne douzaine d'années, il avait eu le sentiment de prendre part à l'histoire de son pays, parfois même intimement, lorsqu'il avait rapporté d'Algérie les preuves des crimes de l'armée française durant la guerre d'indépendance. Dans ces moments-là, il avait l'intuition d'être parvenu à tromper la fatalité qui faisait que de tout temps, chez les d'Audrey, on avait choisi le camp des crétins ou des salauds. Il était à la fois du côté de la morale et de l'intelligence triomphante. Jusqu'à ce que le sentiment d'avoir abandonné les siens — et, au premier rang d'entre eux, Blaise, qui venait de mourir — ne le rattrape à l'occasion du livre de cette jeune femme sur son père. Là, il avait explosé et perdu en quelques minutes tout le crédit accumulé dans sa famille d'adoption.

Il va d'un pas tranquille, rédigeant en esprit sa lettre de démission. Il n'est plus dans le train, déjà, le valeureux train de l'Histoire, et en éprouve un soulagement similaire à celui du soldat enfin admis à renfiler ses vêtements civils. Vendre des choses comme mon père, a-t-il dit. C'est idiot. Le métier de VRP… Un sale métier de bonimenteur, oui, jamais il ne pourra. Et d'abord, qu'est-ce qu'il lui a pris de se confier à Nikitenko ? C'est que l'envie de rouler dans la campagne l'a submergé tout d'un coup. Blaise se foutait bien de vendre des boutons de culotte, des aspirateurs ou des éponges, mais rouler dans la campagne… Ah ! là ! là ! Le cul de sa femme et les nationales au volant de sa 203, il ne demandait pas plus que ça à la vie. Le voilà son héritage. Paul en est tout habité soudain. À cette heure d'avril où le soleil décline, sur la nationale 20, n'est-ce pas, du côté de Brive-la-Gaillarde, ou sur la 164 aussitôt après Mur-de-Bretagne… Il y a ceux qui savent où ils vont depuis toujours, songe-t-il, les bâtisseurs, les conquérants, et les autres qui virevoltent dans la campagne, qui ne vont nulle part. Ceux-là sont des parasites aux yeux des premiers car ils profitent de tout le bel ouvrage accompli — la démocratie, la sécurité sociale, les routes, les routes surtout — et n'offrent rien en retour. Au contraire, par l'inconsistance de leurs propos et leurs errances sans queue ni tête ils sont une humiliation constante pour leurs frères bâtisseurs.

Il ne sait jamais trop comment retrouver sa ruelle et se repère au clocher d'une église désaffectée dont on a muré l'entrée. Il habite une maison de bois désormais, une sorte de chalet suisse miniature, vestige unique du projet d'un agent immobilier genevois pour reconquérir les puces de Montreuil. C'était le chalet témoin, il appartient à une maquettiste du journal qui le lui a prêté pour quelques mois. Il pousse le petit portail champêtre et s'immobilise — le ciel flamboie au-dessus du périphérique dont il perçoit le grondement. La maquettiste a acheté ce terrain pour y faire construire une véritable maison, le chalet ne vaut rien, lui. Le jour où elle y a conduit Paul, elle lui a révélé qu'elle était enceinte, puis ils se sont assis dans les herbes hautes du jardin et Paul a eu envie de la prendre dans ses bras. Il n'a plus de force. Cette démission, c'est un leurre, naturellement. Elle lui a permis de quitter les siens la tête haute, comme un conquérant. Il était arrivé victime, il repartait maître de son destin. Nikitenko avait eu bien raison de rire, il savait, lui : va, mon bonhomme, profite, ça durera le temps d'un feu de paille mais c'est tout ce qu'il te reste. Il est parti sans embrasser Agnès, sans même savoir quand il reverrait les enfants. Bijou… Il ne s'est pas retourné, elle a dû le suivre des yeux par la grille, attendre qu'il lui fasse un au revoir de la main. Oh, Bijou ! Si tu savais combien je t'aime, combien tu me manques ce soir… Il n'entre pas dans le chalet, il repart. Au détour de l'église une brise légère le fait frissonner et il enfile son pull. Les rues sont vides et le ciel maintenant y répand ses cendres, on pourrait croire qu'il tombe une neige grise, sale. Il marche vite. Un instant, l'idée le traverse d'appeler Dominique et il se met à courir pour trouver rapidement une cabine, puis il oublie. Croix-de-Chavaux, le tabac est ouvert. Il va prendre un café et fumer une cigarette, c'est sûrement pourquoi il est venu jusqu'ici. On le sert, puis les derniers clients s'en vont. Il ne voit pas que le tabac ferme, il pense qu'il donnerait tout le temps qu'il lui reste à vivre pour s'allonger une heure auprès de Bijou et l'écouter respirer.

– Je dois encaisser, monsieur.

– Ah, pardon.

Il est de nouveau dehors. Quand un moment plus tard il reconnaît la rue d'Agnès et de ses enfants, il sourit intérieurement. On dirait qu'une main secourable est allée le repêcher pour le ramener vers la lumière, vers la chaleur. Il s'approche à pas de loup. Là-bas, au salon, on regarde la télévision ; la grande pièce, plongée dans l'obscurité, s'illumine par intervalles comme un ciel d'orage. Sur la gauche, les chambres des enfants sont éteintes ; il doit pouvoir les atteindre sans qu'on le remarque, en passant par la cave. La porte basse qui servait autrefois à entrer le charbon n'est qu'à trois ou quatre pas du portail. Il a les clés sur lui. Il ouvre la grille, il a remarqué tout à l'heure qu'elle n'accroche plus, Nikitenko a dû la réparer. Trois ou quatre pas à découvert..., il y est. Il s'agenouille, cherche sur son trousseau la clé courte et se coule dans le sous-sol. Salpêtre et lessive, ces effluves de cave lui tordent le ventre. Il va à tâtons jusqu'au commutateur, puis se ravise ; non, il n'allume pas, un des vasistas est visible depuis le salon. La porte d'accès à l'escalier est tout près à présent, il doit pouvoir la découvrir dans le noir. Il poursuit sa marche en aveugle. Son cœur cogne fort et lui donne par instants l'illusion qu'on déplace des meubles à l'étage au-dessus. Alors il se fige et tend l'oreille. Un lissé de peinture, ça doit être la porte, il lui reste à trouver la poignée, une canne chromée déprimante qu'ils s'étaient juré d'échanger contre un pommeau ancien de porcelaine. Mais, tiens, ils l'ont fait, ils l'ont changée, elle est allée jusqu'à demander ça à Nikitenko... Il entrebâille la porte. Les lueurs de la nuit, filtrées par la verrière du toit, éclairent faiblement les marches de pierre. Il grimpe ; maintenant il peut entendre les voix de la télévision. Et là, tout de suite à sa main droite, la porte de Bijou ; il n'a qu'à tendre le bras. Il n'est plus inquiet, il a réussi. Si son cœur bat trop vite encore, c'est seulement d'émotion, d'impatience. Oh, Bijou ! murmure-t-il en entrant. Il referme sur lui et retient son souffle. Elle émet un sifflement régulier, puis comme le plancher craque, soudain, un bruit précipité de succion. Il attend, il sait qu'elle va téter quelques secondes, puis s'assoupir. Il peut s'approcher. Il se penche, se garde de rire tout haut du plaisir d'être là, enfin. Oh, Bijou ! répète-t-il tout bas. Il discerne sans difficulté son profil, la paupière pâle et gonflée, le nez rond que l'index écrase, le pouce à présent inutile entre les lèvres entrouvertes, et le menton saisi d'infimes contractions comme si elle allait se remettre à téter. Il sourit, vient plus près encore respirer son haleine, presque jusqu'à toucher sa bouche, puis dépose un baiser sur sa tempe où quelques cheveux sont restés collés.

C'est la chute d'un objet métallique sur le carrelage qui l'a tiré de son sommeil. La chambre de Bijou, son lit, et lui allongé sur le tapis. Il cherche ses allumettes et en craque une. Onze heures et quart, ils doivent être couchés, il va partir.

Non. La télévision toujours, mais à mi-chemin du couloir une flaque lumineuse au seuil de la salle de bains. Il pourrait s'échapper par la cave, il le devrait, et cependant il se tient en arrêt. Il s'imagine que c'est Agnès qui se prépare pour la nuit, et si près d'elle il ne parvient pas à renoncer. Il se rappelle sa toilette. Est-ce qu'avec un autre elle a conservé les mêmes gestes ?... Il voudrait lui voler un peu de cette intimité qui lui est devenue étrangère, emporter d'elle une de ces images insoutenables dont il se blessera à volonté par la suite. Il n'a qu'un plaisir morbide à espérer, rien de tendre, rien de joyeux, il le sait, depuis le temps, mais cet espoir-là lui interdit de fuir. Il n'a plus vraiment conscience du danger, il veut la voir comme il ne la verra plus, et peu importe ce qui se passera après. Il s'avance, le corps tendu, et brusquement il la découvre dans le miroir du lavabo. Il met un instant à identifier son sexe au centre de l'image, puis à saisir dans quelle position curieuse elle se tient : c'est que la masse de ses cheveux se confond avec sa toison et qu'autour de celle-ci les mains semblent mener un étrange ballet. Agnès est absorbée dans l'épilation de ses poils pubiens, il vient seulement de le comprendre. Alors inexplicablement il se sent touché par un élan de pure tendresse. Il voudrait lui signifier qu'il est là, qu'il ne fera pas d'histoires. Il n'a vraiment plus aucun désir de lui compliquer la vie. Elle ne lui appartient plus, il est d'accord ; elle se choie pour un autre, il en est bouleversé. Toute cette énergie mobilisée pour plaire à cet autre, jusqu'à se toiletter le sexe poil à poil, la lui rend soudain si vulnérable, si fragile... Mais elle se redresse, et le voit. Sans doute croit-elle rêver car elle replonge aussitôt et de nouveau tend le cou. Ils demeurent l'un et l'autre interdits. Elle n'a plus rien de métallique dans le regard, elle est l'Agnès qu'il a connue, attentive, incertaine. Peut-être cela vient-il de sa situation, fichée sur ce tabouret, à demi nue, les jambes ouvertes. Elle a l'air de se demander ce qu'évoque en elle l'expression de Paul. Il lui sourit, elle écarte les lèvres mais ne dit rien. Alors lui fait deux pas, entre dans la salle de bains et c'est elle qui, se levant, referme doucement la porte. Elle le prend par la taille, laisse aller sa tête. Elle a fermé les yeux, il reconnaît son souffle, ne bouge pas. Et brusquement, comme réalisant que le temps leur est compté…

Ils ont fait l'amour, oui, non, il ne sait pas. Comme elle l'enlaçait il a perdu conscience quelques secondes. Elle a pu ne pas s'en rendre compte, il était si solidement adossé à la porte. Quand il recouvre ses esprits elle se détourne déjà de lui comme pour aller vomir dans le lavabo. Pourquoi vomir ? Peut-être s'accouder tout simplement, reprendre haleine. Cela a été si soudain, si violent. Quoi qu'il en soit, à ce moment-là, lui se rhabille précipitamment et s'enfuit comme un voleur.

Parfois, le soir, il appelle Dominique, elle passe le chercher et l'emmène dîner. Il n'écoute pas vraiment ce qu'elle lui raconte, il lui prête les traits des femmes qu'il rencontre dans son livre. Ces soirs-là, il est très épris de Dominique et de retour au chalet lui fait tendrement l'amour.

C'était un mardi matin, il devait partir sur les routes pour un mois ou deux. La veille, il avait remis sa lettre de démission et pris son argent. Il n'avait pas pu s'en aller : dans la nuit, on lui avait lacéré ses quatre pneus. Les faire changer lui avait pris la journée. Dominique l'avait rejoint au chalet en fin d'après-midi. Ils avaient fumé quelques cigarettes allongés dans l'herbe, puis ils étaient allés marcher dans les rues de Montreuil. C'est alors qu'avait eu lieu l'incident qui devait faire de Paul un écrivain plutôt qu'un voyageur de commerce. Ne te retourne pas, lui avait-elle dit, Antoine nous suit. – C'est qui, Antoine ? – L'homme que j'ai quitté pour toi. Paul ignorait qu'elle avait quitté quelqu'un pour lui. Un type de la famille des chasseurs, à en croire la panique qui s'était emparée de Dominique. Ils avaient hélé un taxi et s'étaient fait déposer place de la Bastille. Cette nuit-là, par prudence, ils avaient dormi dans un petit hôtel du Marais. Le lendemain, alors qu'il s'apprêtait à prendre la route, Paul avait constaté que ses quatre pneus avaient été de nouveau poignardés. Antoine l'avait à l'œil, il était inutile d'insister. Il était retourné au chalet et avait écrit ce jour-là les premières lignes : Nous habitions la grande maison depuis l'automne.

Agnès nous avait quittés presque aussitôt, avec l'architecte de notre maison.

– Il faut qu'on s'en sorte, les enfants, avais-je dit. Ça ne peut plus durer comme ça, nous allons partir.

Dans les villes qu'ils traversent ils demandent invariablement la place du manège, pour Bijou, puis ils lui achètent des souliers qu'elle oublie sous la table, aux terrasses des cafés ; ils commandent des glaces et des fraises à l'eau, marchent dans les rues colorées et tranquilles quand le soleil baisse, Bijou perchée sur les épaules de son père. Elle fait exprès de perdre ses chaussures, dit David, pour que tu la portes. – Tu crois, David ? – Oui, tu te fais tout le temps avoir.

La nuit il cherche Agnès. Les enfants, eux, dorment sous la garde de l'hôtelier — celui de Bray-Dunes, que l'écrivain transporte dans toutes ces villes d'Europe centrale de plus en plus irréelles. Ils roulent vers l'est, obstinément, inexplicablement. Bientôt, il n'y a plus ni manèges ni terrasses de café, et les rues se dépeuplent de façon alarmante. Le lecteur pressent un péril, l'écrivain aussi, mais nos trois héros ne semblent pas en prendre conscience. Ils débouchent sur des places pavées, démesurées et vides, à cette heure où la lumière est hallucinante. Pourquoi les fontaines ne coulent-elles plus ? Pourquoi toutes les maisons ont-elles les volets clos ? Maisons blanches aux volets bleu passé. Autrefois, ces bourgs devaient être vivants, joyeux. Voilà plusieurs jours qu'ils n'ont plus croisé une auto. Parfois, sur ces places de village, traîne encore une carriole dont le cheval amaigri tremble d'épuisement ou de fièvre. Attendez-moi là, les enfants, dit Paul. L'hôtelier de Bray-Dunes a pris de l'âge, ses yeux larmoient à présent, il est de moins en moins audible car dans ces contrées reculées on ne parle plus guère l'anglais, mais il est fidèle au poste et les accueille avec une égale sollicitude. Qu'attend-il pour s'en aller, lui aussi, puisque tous les autres ont fui déjà ? Enfin, un soir, ils passent une frontière de trop sans y prendre garde.

La route grimpe entre les pins, écrit Paul, puis elle franchit un mamelon pelé avant de filer en pente raide. Là-bas, au fond de la vallée, la ville dresse ses cheminées noires.

Je coupe le moteur, je laisse aller la voiture. Bientôt le vent siffle sur les tôles.

– Écoutez, les enfants, dis-je, on se croirait par-dessus les nuages.

Mais soudain une gerbe de terre s'élève dans le champ, sur notre gauche, et le souffle d'une explosion secoue la voiture au passage.

– Tu as vu, papa, on aurait dit une bombe, dit David.

La voiture file à plus de cent à l'heure. Nous sommes loin.

– Je ne comprends pas, dis-je, ça ressemblait à une mine. Peut-être que des soldats s'entraînent.

Alors une deuxième explosion, puis une troisième viennent éventrer l'asphalte à moins de trois cents mètres devant nous.

Cette fois je hurle :

– Couchez-vous, les enfants ! On nous tire dessus.

En même temps je freine désespérément pour éviter les trous, puis je jette la Peugeot dans le fossé.

– Ne bougez pas, restez cachés au fond surtout. Je vais remettre le moteur en route et on va se tirer.

La voiture vole au-dessus des mottes de terre, je fonce vers les pins. À deux ou trois reprises des explosions se produisent encore, puis la forêt nous engloutit.

– Qu'est-ce qui s'est passé, papa ? On a voulu nous tuer ?

– Je ne sais pas où nous sommes, David, nous avons dû entrer dans un pays en guerre. Ça fait des mois que je ne lis plus les journaux.

Depuis quelques jours, l'écrivain pressentait que tout ça finirait mal. La vie fuyait ses personnages malgré lui — il aurait aimé poursuivre sa quête des manèges, continuer de commander des fraises à l'eau, de déambuler dans les rues fleuries de nos provinces, Bijou sur ses épaules — mais non, la vie fuyait, fuyait, précipitant irrémédiablement ses voyageurs vers cet Est mystérieux des bannis, des damnés. Même la nuit, les filles, maintenant, désertaient de plus en plus les ruelles de ces bourgs sans âme et Paul avait toutes les peines du monde à s'endormir pour deux ou trois heures dans le lit d'une Agnès locale. Seul l'hôtelier de Bray-Dunes, avec une abnégation quasi suicidaire, s'obstinait à les précéder, mais, les années s'accumulant à toute allure, il ne tromperait plus la mort bien longtemps.

À présent, si ça ne tenait qu'à lui, l'auteur achèverait volontiers son petit récit par l'une de ces scènes à la Roland Dorgelès où l'on observe le héros se vider de son sang dans une ornière en songeant à ceux qui l'ont aimé. Mais il est inimaginable d'anéantir Bijou et David. Aussi se résout-il, dans les dernières pages, à parachuter Dominique sur le théâtre des opérations. Elle apparaît à Paul pour la première fois sous un tunnel de chemin de fer qui sert d'abri aux assiégés. Alertés par les sirènes et poussés par la foule, Paul et ses enfants s'y sont réfugiés et viennent d'y passer la nuit. Çà et là, des gens ont allumé des bougies. Dominique s'approche et lui demande la permission de tirer sur sa cigarette. Il lui tend son paquet. Dominique est originaire de cette ville, qu'elle a renoncé à quitter avec les siens au début du conflit ; un vieil oncle qui refusait de fuir, ultime évocation de l'hôtelier de Bray-Dunes, a su la toucher et la retenir. L'oncle s'est éteint. Un enfant de six ou sept ans, découvert dans une cave une nuit d'apocalypse, l'a remplacé dans le cœur de la jeune femme. Il est là, couché près d'elle dans le tunnel.

Malgré lui, Paul écrit une fin heureuse : avec le concours de Dominique ses héros parviennent, par miracle, à se soustraire au désastre.

Elle dit qu'il faut cesser de partir sur les routes chaque fois que les enfants sont là, qu'on peut essayer de rester à la maison comme les autres gens, tu ne crois pas, Paul ? Non, lui ne le croit pas, il avait pensé les emmener cette fois-ci dans les plaines de l'Argonne, dormir à Verdun ou au Grand Hôtel de Bar-le-Duc, puis rentrer le dimanche soir. Mais il veut bien essayer. Le vendredi après-midi, elle n'est pas allée au journal. Elle a tondu le gazon autour du chalet avec la machine du voisin (l'herbe n'avait pas été coupée de tout l'été), puis rapporté du centre commercial un portique avec deux balançoires et une corde à nœuds, ainsi qu'un bac à sable qu'on peut couvrir en cas de pluie. Tout cela fourré dans le coffre d'un taxi. Paul était sur le toit, occupé à colmater une fuite avec du papier goudronné, quand il a vu arriver la Mercedes. Le chauffeur a commencé à décharger et Dominique à lui expliquer ce qu'elle comptait faire exactement, ses lunettes de soleil dans les cheveux, le ventre en avant et les mains sur les hanches. Elle n'avait pas l'air de se douter que Paul l'observait de là-haut.

– Attendez, a-t-il crié au type, vous n'allez pas vous taper ça tout seul, je descends.

Cette agitation dans la maison avant l'arrivée de Bijou et de David, Paul ne s'attendait pas à en éprouver une telle joie. Il a offert une bière au chauffeur et l'a raccompagné à sa voiture.

Quand il se retourne, Dominique est debout au-dessus des éléments empilés du portique.

– Tu vas savoir le monter ? demande-t-elle.

Pourquoi lui semble-t-elle si dépitée, si désolée soudain ?

– Mais naturellement !

– J'ai eu peur que tu m'engueules, tu sais. J'avais demandé au taxi...

– Que je t'engueule ?

– Ce ne sont que des choses pour les enfants. Attends, écoute-moi. Hier soir, je suis allée à ton ancienne maison, j'ai escaladé le mur du voisin pour voir dans votre jardin. J'ai acheté le même portique, et le sable, c'est pour Bijou, j'ai vu qu'elle en avait chez vous...

– Tu as fait ça, Dominique ? Tu es allée là-bas ?

– J'en ai marre qu'on trimballe les enfants, Paul. Bijou qui s'endort dans la voiture sans dîner, ces samedis soir à l'hôtel... Mais je pensais que jamais tu ne voudrais refaire ici... J'avais proposé au taxi cinq cents francs pour monter le portique, j'aurais voulu que tu le découvres fini en rentrant, tu comprends ?

– Oh, Dominique !

Il la presse contre lui. Son dos cambré, sa peau moite sous les cheveux, il l'imagine allant et venant toute seule dans ce centre commercial épouvantable, il l'a déjà vue faire, elle peut rameuter le ban et l'arrière-ban quand elle veut quelque chose, et maintenant l'odeur forte de son corps, elle a transpiré, il s'en imprègne, il est ému, sensuellement ému enfin, c'est nouveau, longtemps il lui en a voulu de ne pas sentir comme Agnès, d'avoir même un goût différent sous la langue.

– Oh, Dominique ! répète-t-il.

Plus tard, ils s'assoient dans l'herbe. Elle se tient le dos bien droit, le cou tendu, accoudée sur ses genoux, il n'y a plus que son front et ses yeux pour dire l'inquiétude que tout cela lui cause. Elle n'est pas sûre d'elle-même avec Paul, elle craint sans cesse d'avoir des gestes déplacés. Depuis qu'elle a vu sa maison d'avant, Agnès et Bijou dans le jardin, elle mesure combien elle doit lui paraître légère, presque incongrue parfois. Elle voudrait lui dire qu'elle se sent plus âgée que son âge, lui raconter deux ou trois choses importantes de sa vie d'enfant puis d'adolescente à Saint-Étienne, deux ou trois choses qui lui permettraient de comprendre combien elle se sent proche de lui aujourd'hui. Mais elle attendra qu'il soit prêt à l'entendre, comme elle attend sans impatience ce jour où il lui réclamera les lettres et les cahiers qu'elle continue de lui écrire depuis leur premier après-midi à l'hôtel de la Reine d'Angleterre, l'hiver dernier.

Ils ont dîné tous les quatre dans le jardin, Dominique avait fait des crêpes et acheté du cidre doux. À la fin, Paul a remarqué tout haut que les jours diminuaient déjà, on était au début de septembre, et aussitôt David a bondi vers les balançoires. Dominique et Bijou l'y ont rejoint. À ce moment précis, Paul a eu le sentiment furtif de ne plus souffrir, il s'est même laissé aller à soupirer de bien-être tout en allongeant les jambes, puis se rappelant l'existence d'Agnès et de Nikitenko, il a été traversé par le fol espoir qu'ils se tuent sur la route ce week-end. Durant quelques secondes l'image du 4 × 4 broyé sous un camion, associée à celle d'une paire de gendarmes lui apportant la terrible nouvelle, a provoqué chez lui une vive émotion, certes, mais aussi un profond soulagement. Il a dû se lever, faire quelques pas autour du chalet. Les autres riaient, là-bas, et lui maintenant suppliait qu'on arrête la projection, il en avait assez vu comme ça, oh, par pitié ! Le masque de cire d'Agnès, son corps si chaud au-dedans autrefois, votre maman est morte, les enfants, le chagrin muet de Bijou, les sanglots de David. Assez vu, assez, assez. Qu'elle vive, surtout. Agnès. Pardonne-moi, dit-il tout bas. Sois heureuse, pardonne-moi.

– Dominique ! Passe-moi une cigarette s'il te plaît.

Elle lui prend le poignet et y dépose un baiser, sans cesser de pousser Bijou.

Un peu plus tard, le voisin passe la tête au-dessus de la haie.

– Bonsoir ! dit Dominique. Vous voulez récupérer votre tondeuse ?

– Oh, il n'y a pas d'urgence. J'entendais les enfants... Ce sont les vôtres ?

– Ceux de mon mari.

– Ah, bien, bien.

Mon mari. Elle l'a dit sans hésitation, songe Paul, avec cet incroyable culot qui lui fait croquer les pommes aux étalages avant de les acheter. De les acheter éventuellement. Il se retient de rire, comme il le fait quand il surprend Bijou en train de voler un truc dans les tiroirs de son frère.

– C'est vrai que tu t'es mariée avec papa ? demande David quand le voisin n'est plus là.

– Non, c'est pas vrai.

– Alors pourquoi tu dis que c'est ton mari ?

– Parce que je l'aime.

Nikitenko. L'avant puissant de son 4 × 4 s'est immobilisé derrière le petit portail ; eux finissaient de déjeuner sur l'herbe, ce samedi. David a immédiatement compris qu'il se passait quelque chose de grave ; c'est en le voyant se figer que Dominique a tourné la tête vers la rue.

– Paul ! a-t-elle soufflé.

Paul a eu le même réflexe que son fils ; déjà, il observe Nikitenko tenter de déverrouiller le portail. Le visiteur vient de comprendre qu'un fil de fer bloque l'ouverture (pour empêcher Bijou d'aller sur la rue), et maintenant il le détache nerveusement. Dix pas seulement le séparent des autres, mais aucun n'a encore prononcé le moindre mot, de même qu'on le laisse se débrouiller seul avec le fil de fer.

Il y parvient, s'avance sans paraître les avoir remarqués, puis au dernier moment cherche le regard de Paul.

– Agnès et moi voudrions te voir de toute urgence, dit-il.

– Agnès ne va pas bien ?

– Pas vraiment, non, et c'est une fois de plus par ta faute.

– Attends, je ne comprends pas bien, là...

Paul s'est relevé, il était mal à l'aise assis par terre en tailleur pendant que Nikitenko, debout... Maintenant il le domine, il a près d'une tête de plus que lui.

– Je ne comprends pas, répète-t-il, qu'est-ce que j'ai fait...

– Tu as fait un livre dégueulasse, je pensais tout de même que tu aurais l'honnêteté...

– J'ai fait un livre dégueulasse, moi ! Non mais vous perdez la tête, tous les deux !

Il a haussé le ton, et David, dont les yeux allaient de l'un à l'autre, s'est levé à son tour.

– Et puis merde, poursuit Paul, on ne va pas parler de ça ici. Je passerai voir Agnès tout à l'heure. Ça va aller, David, ajoute-t-il plus doucement en le prenant par le cou. Ça va aller, ne t'inquiète pas.

– J'ai dit à Agnès que je te ramenais...

– Dégage, maintenant, Nikitenko, si tu veux bien. Je passerai tout à l'heure.

– C'est ça, tu passeras tout à l'heure... Je t'attends dans la voiture.

– Dégage !

Cette fois Paul a hurlé. Peut-être qu'à cet instant précis, s'il avait eu un fusil... Nikitenko, qui se dandinait, a lentement tourné les talons.

– Où est Dominique, David ?

– Là, je suis là.

Elle revient de derrière la maison, tenant Bijou par la main. Il n'avait pas remarqué qu'elles s'étaient enfuies.

– On se rassoit. D'accord ? dit-elle. Tu veux du gâteau, Paul ?

Elle se retient de pleurer. C'est la première fois. Paul ne l'a jamais vue pleurer.

– C'est rien, Dominique. Tu m'entends ? C'est rien du tout. Oui, je veux bien du gâteau, et après on se fume une cigarette avec un café.

Ils ont couché Bijou pour la sieste, puis Paul est parti. Un livre dégueulasse ! Il est cinglé ce gros con ou quoi ? Il les a évacués dès la première page tous les deux.

Il entre sans sonner, comme chez lui. Nikitenko épluche une pomme, Agnès en est déjà au café.

– Salut ! dit-il.

– Salut ! Tu veux un café ? demande-t-elle.

Elle a pleuré. Le bleu dilué de ses yeux, après les larmes, les pommettes et le nez un peu bouffis, il connaît. Les sanglots d'Agnès le touchent, depuis toujours.

– Oui, si tu veux. Je voudrais comprendre ce que j'ai écrit de si terrible pour que tu te mettes dans cet état.

– Comment, ce que tu as écrit de si terrible ? Mais tu deviens fou, Paul ! Tu as écrit à la deuxième ligne que j'avais abandonné les enfants et maintenant tu viens...

Il prend son livre, échoué dans la corbeille à pain.

Elle s'est levée pour aller sangloter vers la cuisine.

– Agnès, je suis désolé.

Il la rejoindrait volontiers, mais l'autre est là, à secouer la tête d'un air consterné.

Soudain elle appelle :

– Apporte-moi du coton, vite, je saigne...

Nikitenko a bondi, et Paul aussi. Ils courent ensemble vers la salle de bains. Mais merde, les ampoules hémostatiques et le coton ne sont plus rangés comme autrefois dans l'armoire à pharmacie. Nikitenko les a trouvés, lui, il est déjà reparti à la cuisine.

Quand Paul les rejoint, Agnès est assise sur un tabouret, la tête rejetée en arrière, un torchon à vaisselle sous le nez, et Nikitenko lui prépare une mèche de coton imbibée d'Hémostatine. Trop grosse, se dit Paul, beaucoup trop grosse. Lui l'a fait tant de fois ! Mais il n'ose pas s'emparer de force du coton et des ampoules. Il pense qu'au dernier moment, constatant son incompétence, cet imbécile va lui passer le tout et qu'alors il se débrouillera pour confectionner très vite une mèche et la mettre en place. Mais non, Agnès le laisse faire, et ce geste vertigineux de lui enfoncer le coton dans la narine, ce geste qui n'appartenait qu'à Paul depuis vingt ans, c'est l'autre qui l'accomplit, l'autre qui ne leur est rien.

Je le tuerai, songe Paul. Pour cela je le tuerai.

Le récit d'Agnès

1.

J'ai de la colère quand je me rappelle ma vie d'avant. Nous étions devenus comme mes parents, mais il a fallu que Nikitenko survienne pour que j'en prenne conscience. L'année de mes dix ans, papa a quitté maman pour une jeune femme avec laquelle il n'a jamais voulu vivre maritalement pour ne pas épuiser leur amour.

Je me sentais abîmée et terne sous le regard de Paul. Je devrais dire « auprès de Paul », car en réalité jamais je n'ai surpris son regard sur telle ou telle partie de mon corps. Aujourd'hui si, mais aujourd'hui c'est différent ; Paul semble me redécouvrir depuis qu'il sait que j'ai Nikitenko. Lui ne se jugeait pas non plus resplendissant sous mon regard, il me l'a souvent dit. Quel drôle de couple nous formions quand j'y pense ! Je me souviens qu'un soir, il y a longtemps, s'observant en pied dans la grande glace, il m'avait demandé :

– Agnès, est-ce que tu me trouves beau à poil ?

– Oui, bien sûr.

– Pourquoi tu ne me touches plus jamais ?

– Un peu au lit, tout de même…

J'avais eu ce rire bref que nous avions entre nous pour évoquer les choses du sexe.

– Oui, mais là, pourquoi tu ne me touches pas, par exemple ?

– Là, je n'ai pas envie.

Moi aussi, quand j'apprenais qu'il avait une histoire ailleurs, j'éprouvais de nouveau de la curiosité pour son corps. Depuis que je connais Nikitenko, je n'ose plus employer le mot « désir » s'agissant de Paul. De la curiosité, oui. J'essayais de deviner ce qui lui avait plu chez l'autre, pour lui donner le même plaisir. J'étais blessée, jalouse, je le détestais pour m'avoir préféré une inconnue, mais j'avais épouvantablement peur qu'il me quitte. Au début. Plus tard, au contraire, ses aventures m'ont éloignée de lui. Y compris physiquement, je veux dire. Il partirait un jour, j'en étais certaine, je m'y résignais. Du coup, je ne voulais plus le toucher, il me dégoûtait. Et puis, après quelques semaines, la vie reprenait.

Je suis au sommet d'une échelle, sur le chantier de notre future maison. L'architecte est en retard. En l'attendant, je décolle du papier peint, par jeu. Quand je me retourne, il est là.

– Ça fait longtemps que tu…

Il rougit, nous sommes gênés l'un et l'autre.

De ce moment, je pense à lui différemment. Ça fait des années que nous nous connaissons et c'est chaque fois Paul qui s'est inquiété de n'avoir plus aucune nouvelle de lui.

– Je me demande où il est passé celui-ci…

– Qui ?

– Nikitenko. La dernière fois il partait pour l'Argentine, tu te souviens ? Il m'énerve un peu avec ses airs mystérieux…

Paul devait penser à lui simplement parce qu'il l'énervait ; il a un rapport ambigu avec les anciens de 68. J'essaie de me remémorer ce qu'évoquait alors en moi ce patronyme impossible de Nikitenko. Un visage broussailleux, barbe et cheveux confondus, et, le comble, d'épaisses lunettes à monture d'écaille. Rien qu'à l'imaginer, si je suis honnête, une impression d'ennui peut-être ; le sentiment en tout cas d'en avoir croisé beaucoup de semblables. Quelque chose pourtant devait m'attirer dans sa corpulence car le souvenir de sa silhouette éveillait en moi une très lointaine sensation de bien-être. Aujourd'hui je peux m'avouer que j'aime les hommes trapus, qu'il ne me déplaît pas qu'ils aient du ventre. À l'époque, je trouvais Paul plutôt beau, et j'aurais sûrement dit que Nikitenko, lui, ne l'était pas.

Quelques jours après la scène de l'échelle, il me dit qu'il a à faire au chantier du Grand Louvre et me propose de l'y accompagner ; c'est une occasion de parcourir les galeries souterraines auxquelles le public n'aura jamais accès. Repenser à cette visite m'émeut encore, car depuis certaines expéditions avec mon père — dans les mines profondes du Nord, notamment — jamais plus je n'avais ressenti auprès d'un homme cette impression d'être à la fois si vulnérable et si précieuse. Paul aurait marché devant, me traitant comme sa sœur, tandis qu'aux yeux de Nikitenko j'étais un objet merveilleux foulant la laideur du monde, comme je l'étais enfant aux yeux de papa. J'emploie à dessein le mot objet car il traduit le désir qui m'a prise alors d'abandonner ces lourdes choses qui m'embastillent — mère, épouse de, et même ce métier de prof qui me fiche les nerfs en boule — pour recouvrer ma légèreté d'avant. Un objet se possède, il n'est redevable de rien, il n'a de comptes à rendre à personne, il se satisfait de partager le bonheur momentané de son propriétaire qui le prend à sa guise quand il en a le désir et le pose ici ou là entre-temps. J'ai fait l'enfant quand nous sommes sortis de cette interminable galerie, comme si le retour à l'enfance était la seule voie possible pour accéder à l'état béni d'objet. J'étais si profondément fatiguée.

– Est-ce que je peux encore te conduire à la cour Carrée ? a-t-il dit gaiement. C'est un endroit magique !

– Oui, conduis-moi.

Je lui ai tendu la main, il l'a prise, et nous avons marché ainsi un moment.

Paul, lui, m'a toujours laissée en première ligne. Quand nous nous sommes connus, adolescents, j'avais constamment peur qu'il ne se blesse, ne se tue, et si je l'avais écouté nous aurions passé notre temps sur les routes à fuir ses angoisses. Il était malheureux et un peu fou, je l'aimais pour ça ; pour la sécurité, j'avais papa, c'était amplement suffisant. Plus tard, Paul s'est calmé, mais le pli était pris. Je crois que dans son esprit je suis, dans le désordre, la mère aimante qu'il n'a pas eue, l'infirmière que tout homme malade rêve secrètement de mettre dans son lit, et sûrement aussi la petite sœur avec qui il lui prend parfois le désir de jouer à touche pipi pour éprouver le vertige de la transgression. Enfin, je ne sais pas, nous n'en avons jamais parlé. Mais être prise par la main par un homme, tout simplement, sans qu'entre dans ce geste autre chose qu'une saine aspiration au plaisir, c'était la première fois dans ma vie de femme.

La cour Carrée était encore fermée au public, il était heureux que je la découvre en l'état, avant qu'on installe les nouvelles huisseries qui, me dit-il, la défigureraient. Il avait été consulté pour les fenêtres, cependant, par mesure d'économie, on n'avait pas suivi son avis. Je m'aperçus que sans avoir jamais vu son projet j'étais naturellement de son côté, contre l'administration du Louvre. Il était en colère, je l'étais aussi. Il ne tenait plus ma main mais par instants me prenait par les épaules pour me désigner tel ou tel détail de la façade. Cet accent chantant de la Méditerranée jaillissant d'un visage de prophète biblique me fit soudain songer à Léonard de Vinci. Je me surpris à l'imaginer comme le grand Italien sous les verrières de son atelier, déambulant de sa table à dessin à sa bibliothèque, consultant au passage ces traités anciens d'architecture dont il se réclamait. Ses mains courtes et larges devaient être aussi habiles au crayon qu'au ciseau à bois ; lui aussi devait être sûrement peintre à ses heures, sculpteur, inventeur. Il y eut un courant d'air, le vent, brusquement, sembla vouloir nous entraîner dans un tourbillon de poussière et de sable, mais il ne s'interrompit pas pour autant. À ce moment sa robustesse me plut, pour rien au monde je n'aurais voulu qu'il soit aussi élancé que Paul. Assez de ces hommes fragiles qui ploient sous les tempêtes ; lui était bâti comme un olivier de Judée.

Tous les trois ou quatre jours nous nous retrouvons sur le chantier. Je me promets chaque fois de lui demander de m'emmener visiter son atelier, mais chaque fois je renonce. J'ai fait de cet atelier le lieu unique où je l'imagine, feignant de croire qu'il y passe tout son temps quand nous ne sommes pas ensemble. Une nuit où Paul était en voyage, je me suis amusée à en dessiner les volumes, puis, comme chaque chose paraissait prendre sa place d'autorité — on aurait juré qu'un esprit malin guidait mon crayon —, j'en ai déduit que mon plan était le bon. S'il m'emmène un jour, je veux me tenir dans le vieux fauteuil en cuir, au fond, près de la porte d'entrée, et le regarder dessiner de dos sous la lumière. Il travaille debout, bien campé sur ses jambes. De temps en temps, il s'interrompt et se met à arpenter la pièce. Il réfléchit, il a complètement oublié ma présence. Le sol de grosses planches craque sous son poids. Le chevalet l'attend à l'autre bout. Ici, le plancher est constellé de taches de peinture. Il jette un coup d'œil à l'œuvre en cours, se caresse lentement la barbe, puis repart. En retrait de la verrière, un rideau de toile isole son lit du reste de la pièce. Comment dort-il ? Jamais il ne fait allusion à la présence d'une femme dans son existence. Au tout début de notre relation, il s'était arrangé, m'avait-il semblé, pour me signifier qu'il vivait seul. À sa façon, toujours empreinte de mystère. Il m'avait prêté un livre d'architecture sur les salles de bains ; nous devions, Paul et moi, nous en inspirer pour arrêter certaines décisions et, cela fait, je pouvais éventuellement l'appeler.

– Te téléphoner chez toi, tu veux dire ?

– Oui, mais seulement si tu en as envie, sinon, tu me diras tout à la prochaine réunion de chantier.

– Dis donc, c'est une première ! m'étais-je exclamée. Je ne sais pas si j'oserai...

– Tu aurais tort.

– Tu es sûr que je ne dérangerai personne ?

– Tu me dérangeras, moi.

– Bon, alors peut-être que je t'appellerai.

Comme nos regards se croisaient, il avait failli ajouter quelque chose, puis s'était ravisé.

– À tout bientôt, avait-il lancé.

Je prends l'habitude de l'appeler pour un oui, pour un non. De fait, c'est toujours lui qui décroche. Nous parlons des bouquins illustrés qu'il me passe et sa voix ensoleillée m'enchante. Celle de Paul, un peu trop haut perchée et monocorde, me paraît surgir d'outre-tombe en comparaison de la sienne. Un soir, je ne peux pas me retenir de le lui dire.

– Paul, je te trouve lugubre en ce moment. Tout ce que tu racontes...

– Plus que d'habitude ?

– Je ne sais pas... Oui. Tu pourrais faire un effort quand même, on dirait...

– On dirait quoi ?

– Que tu es complètement mort à l'intérieur.

– Ça ne va pas de me dire des trucs pareils !

Je me suis souvenue que son père était mort récemment et qu'en plus il avait des ennuis au journal.

– Pardonne-moi, je ne pensais pas ce que j'ai dit.

Mais si, je le pensais, et je le pense de plus en plus. Ce long corps maigre, ces mains, il me semble à les frôler éprouver la froideur abyssale de la mort. Et, curieusement, je ne ressens aucune compassion pour le condamné, cet homme que j'ai tant aimé, tant protégé... Il m'inspire plutôt de la colère. Colère contre lui qui n'a que ce qu'il mérite ; à douter sans cesse du bonheur, on finit par douter de sa propre existence. Colère contre moi qui ai donné mes plus belles années pour un si piètre résultat. La mort de son père n'excuse rien. Le mien est mort quelques mois avant le sien, et pour autant je ne prends pas des allures de spectre. Non, moi, je suis résolument du côté de la vie, d'ailleurs, je me bats seule pour notre nouvelle maison — si j'écoutais Paul, nous aurions été astreints à vieillir dans ce pavillon sinistre en bordure d'autoroute. Vieillir. Pendant longtemps ça ne m'a pas préoccupée et soudain je me soucie de mes rides, de mon corps. Voyons, à quel âge est morte maman ? À soixante-six ans, d'un cancer. Il me reste au minimum trente ans, sûrement plus si je m'applique à être heureuse ; maman n'aurait pas fait un cancer si au lieu de pleurer papa comme une madeleine elle était partie à la conquête d'un nouvel amour.

J'ai vu une dermatologue qui m'a prescrit ce qui se fait de mieux en matière de crème antirides, ainsi qu'une lotion indienne à mettre dans le bain pour hydrater la peau. Murielle n'est pas encore rentrée de l'école avec les enfants, autant en profiter et commencer tout de suite. Vous n'échapperez pas aux rides, m'a dit cette jeune femme, mais vous pouvez au moins en freiner l'apparition. Il était grand temps que je m'en inquiète. Un masque par semaine — si j'en faisais un par mois, c'était bien la lune. Résultat, j'ai les pores légèrement dilatés autour des ailes du nez et dans le pli du menton ; elle m'a passé un miroir grossissant pour que je me rende mieux compte, c'est affolant. Quand je pense que je détestais mon nez, enfant ! Je dois reconnaître que c'est Paul qui nous a réconciliés. Ses baisers sur les narines... Pendant des années ! Je m'y prêtais avec plaisir ; maintenant, je ne le supporterais plus. Il faut que je veille à la peau du cou, aussi. Flûte ! j'ai mes règles, j'ai même dû tacher mon jean... Non, enfin, à peine. C'est drôle, j'ai toujours été gênée d'avoir autant de poils, alors que si ça se trouve... Je me souviens qu'adolescente, à la piscine... Certaines filles en avaient très peu et on devinait nettement les lèvres dessous. Chez moi, c'est comme un triangle de crin, touffu et fauve. Je ne sais pas ce qui est le plus attirant pour un homme. J'ai lu dans un magazine qu'ils sont plus sensibles que nous aux odeurs corporelles et que le plus beau cadeau qu'une femme puisse faire à l'homme qui la désire est de s'offrir à lui « dans son animalité ». Sous-entendu : sans se laver quinze fois avant de le rejoindre au lit, et sans se parfumer la chatte, surtout. La chatte... La mienne est plutôt mignonne, non ? Enfin, je crois. Mais rien n'était dit sur les poils, signe fort d'animalité pourtant, au moins autant que les odeurs. Je me redécouvre en ce moment curieuse de toutes ces choses, exactement comme je l'étais à quinze ans, avant de faire l'amour pour la première fois avec Paul.

David, comme un boulet de canon contre la porte. J'ai cru que le verrou allait sauter.

– T'es là, maman ?

– Oui, mon chéri. Tu as passé une bonne journée ?

– Ouvre-moi, vite, j'ai plein d'encre.

– Je suis dans mon bain, demande à Murielle de te laver les mains à l'évier.

– Elle peut pas, elle s'occupe de Bijou.

– Eh bien, tu attends !

– Mais en plus j'ai très envie de faire pipi !...

– David, ça suffit ! Va faire pipi dehors si tu ne peux pas te retenir, et cesse de secouer cette porte. Merde à la fin.

Dans la nouvelle maison, les toilettes ne seront plus dans la salle de bains ; c'est infernal avec les enfants. J'ai un peu de mal à les supporter en ce moment. C'est par périodes. Il m'est arrivé de passer des après-midi entiers à plat ventre à jouer avec David, sans m'ennuyer une seconde. Au début, plus maintenant. Ça m'attendrissait de repérer sur ses traits de bébé certaines expressions de Paul, alors qu'aujourd'hui ça m'agace, en fait. Je n'aimerais pas qu'il ait l'air ténébreux de son père, plus tard. Surtout qu'il n'y a aucune raison, lui au moins ne pourra pas prétendre avoir eu une enfance malheureuse. C'est énervant tous ces adultes pleurnichards ! Leur vie est un éternel ressassement. Vachement sympa pour les autres... Mes seins ? Hum... Ni trop gros ni trop petits. La dermato n'a pas voulu me croire quand je lui ai dit que j'avais nourri mes deux enfants. Ils ont gardé une bonne élasticité et les bouts n'ont pas cet aspect sec et racorni des vieilles tétines, comme chez certaines femmes. Ça n'est pas grâce à Paul, en tout cas, il n'a jamais rien su faire avec ; soit il les suce et j'ai l'impression de me faire téter, soit il les mordille, mais tellement fort que je me retiens de crier. Avec Béatrice — il faudrait cesser de l'appeler Bijou, c'est ridicule, ce surnom —, avec Béatrice, je n'ai jamais pu jouer tranquillement. Longtemps je me suis dit que c'était David qui m'en empêchait, mais c'est faux ; seule avec elle, je trouve n'importe quel prétexte pour filer à la cuisine, téléphoner, ou m'asseoir devant mon secrétaire. Elle me regarde aller et venir de ses beaux yeux bleus, et aussitôt je me revois scrutant le visage triste de maman. Je lui souris, mais c'est un sourire de circonstance ; c'est curieux, je ne parviens pas à être complètement naturelle, complètement détendue avec elle. Quand Paul est là, si. Ou Nikitenko. L'autre dimanche, par exemple, sur le chantier, c'était très bien. Il l'avait prise sur son dos comme le fait Paul, elle était gaie et moi aussi.

À propos, Paul, je ne serai pas là le week-end prochain. Tu te souviens, je t'en avais parlé, on a ce séminaire annuel des profs de sciences... Ça m'enquiquine, mais je ne vois pas bien comment y échapper... Non, c'est idiot. D'autant plus que Nikitenko, lui, ne va pas se cacher. Il n'y a rien à cacher, d'ailleurs ; il m'invite à l'accompagner à Rome, un point, c'est tout. Pour une fois que c'est moi qui suis absente un week-end… Tu ne te fais pas une ou deux séances de bronzage intégral avant de partir ? Quelle gourde cette Laurence ! Du coup, j'ai piqué un fard comme une vraie gamine. J'ai l'impression qu'elle ne se refuse pas grand-chose la Lolo… Remarque, avec le mari qu'elle a, on la comprend… Tous les deux profs, et dans la même école en plus… Nikitenko m'invite à Rome le week-end prochain, ça ne t'ennuie pas trop, Paul, de rester seul avec les enfants ? Tu sais, c'est une occasion inespérée…

Nous nous sommes donné rendez-vous devant les guichets d'Alitalia. Sur la droite, une petite foule silencieuse attend l'arrivée d'un vol. Tout de suite je repère celle que je suis d'habitude, celle que je serai dans quelques années, en l'occurrence : une femme blonde, plus vraiment jeune, dont les deux aînés cabriolent sur les garde-corps chromés. Elle fait sautiller le troisième sur son épaule, pour le délivrer d'un rot ou le dissuader de brailler, tout en surveillant les grands d'un œil. À intervalles réguliers, elle tend le cou, constate que les portes sont toujours closes, et soupire d'impatience en haussant les sourcils. Elle attend son mari, l'homme qui lui a fait les trois enfants. Peut-être a-t-elle eu pour lui, hier soir, une pensée tendre, ou lasse, avant de s'endormir. Mais, ce matin, elle n'en a sûrement pas eu le temps. Les faire déjeuner, les habiller, les coiffer, se pomponner vaguement soi-même pendant qu'ils se disputent derrière la porte, puis vite, vite, retrouver la voiture, mais courez, voyons, on va être en retard, conduire, s'arracher les cheveux aux feux rouges, supporter le fracas ahurissant des bolides sur l'autoroute, puis le parking, la course à pied encore, les courants d'air… A-t-elle vu que le petit lui a fait un fromage sur le col de son chemisier rose ? L'homme va embrasser les enfants, tout à l'heure, et cela fait il lui mettra discrètement la main aux fesses en lui mordillant le lobe de l'oreille. Arrête, Paul, pas maintenant... J'étais enceinte de Bijou la dernière fois. Paul rentrait d'Australie. À quatre pattes sur notre lit je devais avoir l'air d'une vache. J'avais honte. Et lui... Pendant toute son absence je m'étais imaginé qu'il me trompait avec l'envoyée spéciale de la deuxième chaîne, une jeune fille aux yeux clairs qui me ressemble avec dix ans de moins. Je te jure que non, Agnès, et même si c'était arrivé, quelle importance ? Je t'aime tant... J'avais honte. J'aurais voulu qu'une fois dans sa vie il soit contraint de souffrir la même humiliation, de perdre sa silhouette, son élégance, pendant que moi je courrais le monde. Ç'avait été si différent pour David. Alors il m'avait semblé que Paul et moi grossissions ensemble. Peut-être était-ce l'effet de la découverte ; nous mesurions mon ventre, nous l'écoutions beaucoup aussi, nous soupesions mes seins, il n'y en avait que pour mon corps, celui de Paul ne nous intéressait plus.

– Bonjour, toi !

– Oh ! Tu m'as fait peur.

– Tu n'étais plus parmi nous, j'ai vu ça de loin. Ça va ?

– Oui. Emmène-moi boire un café, tu veux bien ?

Machinalement j'ai posé ma main sur la sienne, il s'en est emparé fermement et m'a entraînée.

Nous sommes assis face à face.

– Deux cafés, vite, lance-t-il au garçon, nous n'avons que cinq minutes.

Puis il prend mes mains et se tait. Ses yeux sont attentifs et bienveillants, ils ne quémandent pas, jamais. Avec lui, j'ai constamment cette impression d'être comprise sans avoir à prononcer un mot. Lentement je le rejoins.

– Je suis heureuse qu'on parte ensemble, dis-je enfin tout bas.

Il porte mes doigts à ses lèvres et y dépose un baiser.

Nous nous détachons pour sucrer nos cafés, les boire. Nos regards se croisent encore, le sien est serein, tranquille.

Il a pris nos deux sacs. Je le vois tendre les billets à l'hôtesse. Je l'entends décider pour l'enregistrement des bagages, les places, non, plutôt ici que là, mademoiselle, j'ai de nouveau la sensation d'être fragile et précieuse, et cela plus que tout contribue à me rapprocher de lui, à m'éloigner de ma vie auprès de Paul.

Avant le repas, dans l'avion, il commande discrètement deux coupes de champagne. Nous trinquons, mais nous ne disons pas à qui, à quoi. Depuis le décollage, d'ailleurs, nous ne conversons qu'avec nos doigts, les miens dans les siens, les siens dans les miens. Une fois, j'embrasse son poignet, à l'intérieur, où le sang chaud coule à fleur de peau.

Ma respiration se précipite quand l'hôtesse annonce que nous commençons notre descente sur Rome. Il le perçoit et me murmure à l'oreille des mots qui m'intriguent et me touchent :

– Sois heureuse, pense à toi.

Papa m'avait dit quelque chose d'avoisinant au début de mon histoire avec Paul, pense un peu à toi, Agnès, le bonheur, tu sais... Et voilà que Nikitenko lui fait écho. Comme si je rentrais à bon port après une longue errance. Tant de coups reçus, tant d'espoirs déçus. Je laisse aller ma tête, j'aimerais pouvoir pleurer. Je me sens si pleine de gratitude, soudain.

Il pleut sur Rome, le pilote nous a prévenus ; la météo prévoit cependant pour dimanche de belles éclaircies. Il me fait monter la première dans le taxi, donne brièvement ses consignes au chauffeur, puis s'adosse. Durant toute la course nous sommes loin l'un de l'autre, il regarde droit devant, ne me tient plus. À quoi pense-t-il ? Il est plus âgé que Paul, il a eu le temps de vivre plusieurs vies, il parle l'italien, peut-être même a-t-il habité Rome. Quand ? Avec qui ? Je ne sais rien de lui.

Les essuie-glaces, la buée sur le pare-brise que le chauffeur nettoie énergiquement à chaque feu rouge, et maintenant les klaxons. On devine une pagaille sans nom derrière les glaces dégoulinantes. Mais demain il fera beau, je veux le lui dire, et puis je renonce. Il est ailleurs, il n'a pas semblé s'apercevoir que je l'observais.

Deux ou trois chaos, le grincement mouillé des freins, les portières qui s'ouvrent subitement. Des chasseurs vêtus de capes noires et coiffés de casquettes rouges ; l'un d'entre eux s'est déjà emparé de nos bagages. Une porte à tambour, un parfum de tabac blond, des tapis moelleux ; la jeune femme de la réception acquiesce à tout ce qu'il dit. Je suis essoufflée. Elle me remet en souriant la clé de ma chambre, puis lui tend la sienne. Notre silence dans l'ascenseur. Enfin, lui, sur le palier :

– Quel numéro de chambre as-tu ? Ah, 327, je t'accompagne à ta porte.

J'ouvre. Il va me laisser, il commence une de ces phrases rituelles :

– Repose-toi un moment, et si tu veux...

– Non ! Je te rejoins dans dix minutes.

Je le lui ai dit violemment, en pleine figure, comme s'il était mon mari, comme s'il rentrait de captivité après cinq années d'absence. Et j'ai claqué la porte. Cinq années durant lesquelles je l'aurais attendu. Colère noire et soudaine du désir. Pourquoi ? Pourquoi fait-il semblant de rien, lui ? Des jours que je l'attends. Oh, je t'en supplie, ni ce soir ni demain, maintenant. J'ai illuminé la salle de bains. L'éclat un peu fou de mes yeux, tu le vois, Nikitenko ? Là, dans la glace. Mes narines toutes dilatées déjà. Nikito. Ne fais pas semblant, arrête. Des jours que je t'attends et tu crois que... Je me fiche de Rome, de la villa Borghèse, du Palatin, je me fiche de Rome, je te veux toi, je veux tes reins, je veux...

J'ai sangloté. Je ne savais pas que ça pouvait arriver après le plaisir. Je me souviens qu'il m'a ramenée contre lui, murmuré des mots très tendres, très doux, mon tout petit, mon trésor, ma beauté..., les mots que j'avais besoin d'entendre, et j'ai sombré. A-t-il dormi, lui aussi ? Il m'a recouverte avant de s'en aller, a mis de l'ordre sur le lit, rassemblé mes vêtements dont il a fait un petit tas sur le guéridon. De cet embrasement qui semblait ne jamais devoir s'arrêter, au point que je crois avoir hurlé comme sous un ciel brutalement déchiré par la foudre, il me demeure une sensation de brûlure. J'aimerais la garder toujours, comme sa marque.

Dans le mot qu'il m'a laissé j'entends ce drôle de gémissement qu'il a eu au moment de jouir, une sorte de long râle. Je crois que désormais tout ce qu'il me dira, m'écrira, sera empreint de cette plainte, si profonde, si secrète, que nous partageons maintenant. Oh, le retrouver ! « Quand tu te réveilleras, prends un taxi, demande-lui de te déposer piazza di Trevi. J'ai un rendez-vous au restaurant Fedelinaro. Je t'y attends, prends tout ton temps. »

Il lit le journal devant un verre de vin.

– Je peux ? dis-je.

– Agnès ! Non, viens.

Il m'attire sur la banquette près de lui. Le parfum rugueux de son vin, dans ma bouche. Puis il prend mon visage entre ses mains et, ses yeux dans les miens :

– Mais tu pleures !

– D'émotion, de bonheur... Laisse.

Il me tient par la taille, nous marchons au même rythme. Je n'ai pas vu tomber le soir, la rue est pleine de lumières. Il dit que c'est une des plus animées de Rome.

– Tu dois avoir faim, on va dîner un peu plus loin, derrière la place Barberini.

Je l'embrasse furtivement au coin de la bouche. Il ne pleut plus mais sous le ciel aux lueurs mauves filent de gros nuages sombres. Il veut me montrer le palais Barberini. Il me parle de Maderno, du Bernin, de Borromini, surtout, dont il connaît toutes les œuvres. Je me suis assise sur les marches et lui est debout. Il se souvient de moi soudain.

– Je suis en train de te saouler et tu n'oses pas m'interrompre.

– Non, continue.

Il entrouvre les lèvres, renonce, on dirait un instant que ses yeux chavirent, puis il vient s'accroupir deux degrés au-dessous de moi, son buste large entre mes jambes.

– Agnès…

– Chut ! Embrasse-moi.

Il a constitué seul le menu, un assortiment de petits plats froids et chauds arrosés d'huile d'olive et de chianti. Il mange sans précipitation mais avec obstination. Quand deux ou trois plats sont vides, le serveur en apporte d'autres, différents. Alors il pique une bouchée et me la tend. Il guette les frémissements de mon visage. Nous ne parlons pas, nous nous sourions seulement. Tout est délicieux. Quand il prend une gorgée de vin, j'en prends une également. J'ai plaisir à imaginer que nos palais, nos ventres, connaissent une jouissance similaire, comme si secrètement nous ne formions plus qu'un ce soir. Y songe-t-il aussi, lui ? Le vin m'enivre, nos yeux brillent étrangement. Je n'ai plus tout à fait conscience de l'endroit où nous nous trouvons. Nous emmêlons nos jambes, il tend le bras et caresse ma bouche.

– J'ai très envie de toi, dis-je dans un souffle.

– Viens.

J'ai ouvert les yeux. Un rayon vif découpait un triangle lumineux dans la pénombre. On avait imparfaitement tiré les rideaux hier soir. Lui ? Moi ? Lui, sûrement. Hier soir… Soudain, j'ai pensé à Paul et mon cœur s'est affolé. Comme si en m'offrant pour la première fois à un autre, en m'offrant si totalement, j'avais pu le perdre. Paul ! Mais il n'a été témoin de rien ! ai-je protesté, et puis quoi, mon corps m'appartient, tout de même. Ça ne m'a pas apaisée. Je ne suis pas certaine d'être seule dépositaire de mon corps, pas certaine surtout de vouloir l'être. Cela signifierait que je n'appartiens plus à Paul, qu'il ne m'appartient plus non plus, et c'est inconcevable. Il m'a semblé que je regrettais qu'il n'ait pas été témoin de mes ébats, justement. Oui. Ainsi, il aurait su, il aurait tout su de moi comme d'habitude, et nous serions demeurés dans cet état fusionnel si particulier à notre couple. Est-ce que ce n'est pas également ce qu'il recherche quand il me met au courant de ses histoires ? Jamais il n'a voulu me les cacher, comme s'il pensait que notre amour est d'une nature différente. Il doit l'être, en effet, puisque à mon tour je souhaite confusément l'associer à ma liaison… Je regarde l'homme qui dort à côté de moi ; il me tourne le dos, respire lourdement. Alors je me rappelle une phrase de Paul : « Le moment de vérité, c'est au réveil. » Malgré moi, je souris. Espèce de crétin ! Tiens, tu vas voir, le moment de vérité. J'enjambe le corps de Nikitenko et entreprends de lui lécher l'oreille. Bientôt il roule sur le dos en gémissant. À califourchon sur lui je l'engloutis à petits coups de reins, puis lui fais l'amour avec application sans cesser un instant de sourire à Paul.

Dans l'avion du retour, de nouveau je pense à lui, à eux. Il me tarde de les retrouver tous les trois. Bijou et David à table, et Paul au-dessus d'eux, la mèche dans l'œil : « C'est bon, les enfants ? Tu veux encore du gruyère râpé, mon Bijou ? David, arrête de te bourrer, tu vas avoir mal au ventre. » Tout le week-end ils ont dû manger des pâtes et des crêpes. Il a dû les emmener faire du vélo autour du lac de Vincennes, leur payer des gaufres à la buvette. Bijou sur son tricycle… Regarde-la,

Agnès, elle est trop mignonne. – Mais oui, mon chéri, si jolie, si mignonne… Tu craques complètement avec Bijou. – Mais regarde, au lieu de faire l'andouille ! – C'est toi que je regarde. Je t'assure que ça vaut le déplacement. – T'es chiante à la fin !… – Non, laisse-moi t'embrasser, au fond, j'aime bien que tu sois comme ça. C'est marrant, ces week-ends en famille qui m'enquiquinaient dernièrement, j'y pense avec nostalgie maintenant. En réalité, je crevais d'envie d'avoir une histoire avec ce type, de me faire sauter, tout simplement, et j'ai perdu les pédales. Qu'est-ce que je suis allée dire à Paul l'autre fois ? Ah oui, qu'il était mort à l'intérieur. Quelle salope ! En fait, j'exprimais le désir qu'il disparaisse afin de pouvoir m'envoyer en l'air. Le pauvre, il n'a rien dû comprendre… J'aimerais bien que les enfants ne soient pas couchés, qu'on puisse boire une tisane tous les quatre. J'ai l'impression d'être partie depuis un siècle. Ce que je préférerais, c'est qu'ils m'attendent à l'aéroport, enfin, ça, c'est impossible, Paul ne sait même pas sur quelle compagnie je voyage… Quoique s'il veut vraiment le savoir…

– Agnès, je te raccompagne en taxi tout à l'heure ?

– Euh… Oui, oui, je ne sais pas. Il se peut que Paul…

– Ah bon.

Il a posé sa main velue sur la mienne et l'a retirée aussitôt. Là, je dirai que pour moi l'aventure est terminée. C'était bien ce dimanche encore, ce matin dans les jardins du Vatican et à midi en terrasse sur les berges du Tibre, mais le désir s'épuisait, je le sentais. Après ce déjeuner au soleil où nous avons beaucoup bu, beaucoup trop, nous sommes retournés à l'hôtel. Lui a voulu faire l'amour une dernière fois, je n'ai pas trouvé ça désagréable, mais déjà je me serais satisfaite de dormir.

Paul et les enfants ne sont pas là, je suis déçue. Nikitenko s'est arrangé pour se tenir en retrait. Je retourne vers lui.

– Non, il n'y a personne. On se prend un taxi pour deux ?

– Comme tu voudras.

Il est peut-être vexé, je le réalise à l'instant ; c'est aussi bien comme ça. Si le taxi n'était pas si cher, je serais rentrée seule, j'aurais préféré, en fait. Je me sens un peu sale et lasse de tant de sensualité, j'ai envie des choses simples de la maison et ces choses ne le regardent plus, un bain brûlant, la voix de Paul en train de lire une histoire à David, plus tard l'odeur animale de notre lit — hum, ça sent un peu le lion là-dedans, tu ne trouves pas ? — Paul ne la rate jamais, celle-ci, puis il se pelotonne dans son coin et je me colle dans son dos, ses reins contre mon ventre. Nous dormons comme ça depuis toujours. Tiens, je m'aperçois que je souris, et qu'on arrive aussi ; le taxi vient de quitter l'autoroute. Je cherche un mot gentil, on ne s'est rien dit de tout le trajet.

– On se retrouve mercredi matin sur le chantier, comme d'habitude ?

Il acquiesce silencieusement.

– Alors à mercredi. Dors bien.

J'ai déposé un baiser sur sa joue barbue.

– Agnès !

– Oui ?

– Je vais penser à toi d'ici là.

– Moi aussi. Au revoir !

Paul devait guetter le taxi ; il s'est dressé comme un ressort, son livre à la main, et a plaqué son visage contre la vitre.

– Salut ! Tu fais une drôle de tête… Les enfants sont déjà au lit ?

– Tu rentres tard. Qu'est-ce qui vous est arrivé ?

– Rien, j'espérais vaguement que vous viendriez me chercher à l'aéroport.

– C'est vrai ? Je n'y ai pas pensé. C'est bête, si j'avais su… Tu as pris des couleurs. Je peux t'embrasser ?

– Vite, alors, j'ai très envie de faire pipi.

Des toilettes, je crie :

– Les enfants ne m'ont pas trop réclamée ?

– Si, un peu. Surtout ce soir, ils ont voulu t'attendre avant d'aller se coucher.

– Je leur ai rapporté des petits trucs.

– Ah, c'est bien. Je te fais réchauffer un dîner ?

– Non, sers-moi juste un grand verre d'eau, j'arrive.

Il m'observe en train de boire avec cet air bizarre qu'il a ce soir.

– Tu m'as manqué, Agnès.

J'avais encore le nez dans mon verre, j'ai failli répliquer gaiement toi aussi, figure-toi, mais la conscience soudaine de sa faiblesse a éveillé en moi des sentiments plus obscurs, plus lointains. Une excitation d'enfant. Comme avec les scorpions dans le Midi, l'été, après que papa les eut écrasés. L'envie de les blesser encore, de leur arracher les petites pinces de devant. Une excitation trouble d'enfant, oui. Lui si conquérant à ses retours de voyage, et ce soir cet air de chien battu...

– S'il te plaît, Paul, arrête de me regarder comme ça.

– Comment ?

– Je ne sais pas, moi, avec ces yeux de... de cocker malheureux.

– Excuse-moi.

– Mais non, arrête.

Je me suis approchée sans intention précise, peut-être simplement pour lui passer la main dans les cheveux, j'étais agacée, en proie à une émotion que je ne contrôlais pas. Il a voulu m'enlacer et je me suis dégagée.

– Bon, je vais prendre un bain.

– Je peux t'accompagner ?

Oui, non, je ne savais pas. Sa présence m'aurait été agréable s'il avait été comme d'habitude, indifférent et fort. S'il m'avait raconté les enfants, par exemple, en riant tout seul de leurs idioties.

Il se taisait ; je priais pour qu'il s'en aille, qu'il me

laisse jouir tranquillement des picotements brûlants de l'eau.

– Agnès, est-ce que tu as fait l'amour avec Nikitenko ?

J'ai levé les yeux vers lui.

– Oui, ai-je dit en souriant.

Mon cœur a bondi, il m'a semblé que jamais je n'avais éprouvé un tel sentiment d'orgueil.

– Mais vraiment, Agnès ?

– Vraiment, oui. On l'a même fait debout, si tu veux savoir.

Il est parti. Un instant plus tard j'ai entendu claquer la porte d'entrée. Je me suis redressée pour ajouter un peu d'eau chaude, puis j'ai fermé le robinet et me suis rallongée. Je ne souriais plus. Quelque chose venait de me blesser, mais quoi ? Son départ. Je n'avais plus d'interlocuteur, voilà. D'interlocuteur, Agnès ? Mais oui, pour raconter. Tu ne crois pas qu'il en sait assez ? Non, je commençais juste, j'ai besoin qu'il m'écoute. J'ai eu deux orgasmes consécutifs, Paul, ça ne m'était jamais arrivé. Mais tu sais… Pose-moi des questions, je préfère. J'ai envie de tout te dire, même les détails. Au lieu de ça, il s'est enfui. Quand c'est lui qui rentre, je l'écoute bien, moi. Enfin, plus trop ces dernières années, c'est vrai, mais, au début, oui. Tiens, après… Comment s'appelait-elle, celle-ci ?… Toute la nuit. Tu l'aimes tant que ça, Paul ? – Non, mais je ne sais pas comment te dire… – On peut essayer de faire l'amour autrement, si tu veux. C'est ça ? Tu t'ennuies avec moi ? – Mais non, Agnès, je ne serais pas revenu, sinon. – Paul, dis-moi alors, je t'en supplie, je t'aime plus que tout, mon chéri. – Moi aussi, mais ne t'en fais pas, ça va passer… On avait marché des heures. Au petit matin, je lui avais fait l'amour sur un banc, comme une petite pute. J'aurais fait n'importe quoi. J'avais tellement peur qu'il me quitte.

Quand il rentre, je viens d'enfiler mon peignoir.

– Agnès, vite !

– Mais… Mais qu'est-ce qui t'est arrivé ?

Il s'est ouvert le front, l'arcade sourcilière, le nez aussi peut-être, il a tout le visage en sang, jusque dans le cou.

– Oh, Paul !

– Colle-moi vite un truc, que ça s'arrête, j'ai envie de vomir…

– Oui, oui, allonge-toi, calme-toi.

Plus tard, je prends sa tête sur mes genoux. Il a fermé les yeux.

– Je t'aime beaucoup, Agnès.

– Moi aussi.

– Tu ne vas pas t'en aller, hein ?

– Mais tu es fou !

Je me suis réveillée joyeuse, ce qui est inhabituel chez moi, un lundi surtout. Joyeuse et décidée.

– Tu me laisses lever les enfants, Paul.

J'ai couru vers la salle de bains, lui était encore sous les couvertures. On m'aurait demandé pourquoi mes yeux riaient ce matin, j'aurais dit les enfants, l'arrivée du printemps, mon teint hâlé…

On avait commencé le petit déjeuner quand Paul nous a rejoints. J'avais prévenu David et Bijou qu'il était rentré dans un poteau en se promenant tout seul, hier soir. David n'avait pas voulu me croire.

– Bon, eh bien, tu verras, il a un gros pansement sur l'œil.

On s'est levés pour l'embrasser, il nous a serrés tous les trois contre lui, ostensiblement, comme si nous étions les seuls rescapés d'une apocalypse. J'en ai ressenti un léger agacement, tout en songeant confusément qu'il n'avait plus les moyens de m'atteindre, que j'avais bien tort de m'énerver. Un événement d'exception venait assurément de pulvériser cette peur panique de le perdre qui me liait étroitement à lui depuis l'adolescence, et cet événement m'est apparu clairement au moment précis où il m'emprisonnait : Nikitenko. Se pouvait-il que mon entrain ce matin-là soit dû à la présence de cet homme ?

Cela s'est confirmé à la récréation de dix heures trente. Déjà, je ne pensais plus aux enfants, mais à lui. Il y avait ma vie à la maison dont je connaissais tous les ressorts usés, et ailleurs une histoire toute neuve dont j'étais l'unique héroïne. Pas une fois Nikitenko n'avait fait allusion à Paul, aux enfants, on aurait dit qu'à ses yeux rien de tout cela n'avait jamais existé ; j'étais une femme sans passé sous son regard, sous ses caresses, et comment résister à l'illusion qu'on peut effacer, recommencer, ne serait-ce que l'espace d'un week-end, de quelques heures volées çà et là ? Effacer ! Ça ne va pas, Agnès !... N'exagérons rien, je ne suis pas dupe, quand même... Mais quel plaisir vertigineux ! C'est moi qui lui ai fixé rendez-vous mercredi, pour la réunion de chantier. Mercredi. Une éternité. Et il n'a pas protesté, comme si ça l'arrangeait, au fond. Il n'était peut-être pas mécontent, comme moi, d'ailleurs. Oui, enfin, moi, c'est différent, j'étais pressée de retrouver les enfants, tandis que lui... Lui n'a personne d'autre dans sa vie que moi, et pourtant il n'a pas protesté... Il n'a peut-être pas osé ? Mais non, c'est stupide, quand il désire quelque chose il ose parfaitement le prendre. Quelle heure est-il ? Vite ! La sonnerie dans cinq minutes. Si je cours, j'ai le temps de remonter à la salle des profs et de l'appeler. Pourvu que Laurence et toute la bande...

– Ah ! j'ai eu peur que tu ne sois pas là. C'est moi...

– Agnès !

– J'ai juste une minute. Excuse-moi pour hier soir...

– Mais non.

– Tu ne veux pas qu'on essaie de se voir avant mercredi, je ne sais pas...

– Aujourd'hui tu pourrais ?

– Oui, mais juste un moment, alors, après mes cours. Je termine à seize heures trente.

– Je t'attendrai au bout de la rue.

– C'est vrai ? Je suis contente.

– Tu as vu ce soleil ?

– Oui, c'est formidable.

– À tout à l'heure.

Aussitôt j'ai regretté d'avoir accepté. Le lundi soir, Murielle ne peut pas garder les enfants après dix-sept heures trente ; on aurait qu'une petite heure. J'aurais voulu lui signifier crûment qu'il saute une mère de famille, ai-je pensé, que je ne m'y serais pas prise autrement. On n'allait rien pouvoir faire, et surtout il mesurerait dans quelle aventure sans issue il s'était lancé. Quelle idiote ! Mais quelle idiote ! Il a feint tout le week-end de nous croire seuls au monde, probablement parce que c'est indispensable au désir, chez l'homme, et moi, à peine rentrée à Paris, je ne trouve rien de mieux que de lui ficher le nez dans la réalité...

J'ai donné un devoir sur table pour avoir la paix et durant une heure et demie je n'ai pas cessé d'échafauder des plans. Aucun n'était sans conséquence. Ordonner à Murielle de rester — lui faire rater la danse, en somme — me vaudrait un mot désobligeant des parents ; demander à Paul de rentrer plus tôt du journal exigeait que je lui serve rapidement une explication convaincante, et je ne voyais pas quoi ; annuler Nikitenko risquait tout autant de me poser en mère de famille débordée... Comme prévu, Laurence m'a fondu dessus à la cantine, mais curieusement sa présence m'a été un soulagement. Je n'allais pas devoir faire semblant de m'intéresser à la vie de l'établissement ou à la dernière circulaire du ministère, nous pourrions évoquer la seule question qui me préoccupait. Elle m'a entraînée à travers le brouhaha des élèves vers l'une des petites tables du fond réservées aux enseignants.

– Alors, en tout bien tout honneur, ton petit week-end à Rome ?

– Pas vraiment, non.

– Qu'est-ce que je te disais ! Oooh ! c'est trop !

On a posé nos plateaux, elle n'attendait que ça, elle m'a prise par les épaules et embrassée en riant comme une folle. Et subitement :

– C'était bien, au moins ?

J'ai acquiescé, les pommettes écarlates.

– Oh, je t'adore ! s'est-elle encore exclamée. Puis plus bas, en me poussant du coude : Mieux qu'avec Paul ?

– Je ne sais pas.

– Eh bien, moi, je peux te dire que c'est chaque fois mieux qu'avec Bertrand !

Nous nous sommes assises. Céleri-rémoulade, steak haché frites, camembert, pomme. Elle s'est jetée sur ses céleris. Mieux qu'avec Paul ? Voilà, j'ai entrouvert la porte, elle s'y engouffre, ai-je pensé, je ne peux m'en prendre qu'à moi. Je m'en suis voulu de n'avoir pas su éluder la question avec légèreté. J'avais songé à l'extrême complexité de nos rapports physiques avec Paul, comme si j'avais dû lui en rendre compte, au lieu de m'en sortir par une formule de boulevard comme elle venait de le faire elle-même pour son Bertrand.

– Tu le trompes souvent ? ai-je demandé, feignant l'insouciance.

– Qui ? Bertrand ?

– Oui.

– Disons que si une occasion se présente je ne la laisse pas filer.

Elle a eu un petit gloussement de poule tout en engouffrant un morceau de pain. Paul l'a surnommée la cheftaine parce qu'elle est trop bien bâtie à son goût, qu'elle doit se décolorer la moustache et qu'elle a le bassin confortable. Il prétend que même après six mois d'abstinence…

– Mais comment tu fais, avec les enfants, le boulot ?... En plus, toi, tu en as trois...

– Comment je fais quoi ? Pour trouver le temps de m'envoyer en l'air, tu veux dire ? D'abord je suis toujours tombée sur des hommes mariés, comme ça on était à égalité... Trois partout, la dernière fois. Il en a combien, le tien ?

– Niki... Il n'a pas d'enfant.

– Quoi ? Pas marié, pas d'enfant ?

– Non.

– Mais quel âge a-t-il ?

– Je ne sais pas, quarante-cinq peut-être.

– Alors ça, j'ai jamais connu ! D'un côté, remarque, c'est plus cool, au moins vous savez où aller, c'est pas l'hôtel à tous les coups... Moi, l'hôtel, c'est un truc qui m'enlève déjà la moitié du plaisir. Enfin, bon... Mais fais gaffe, quand même, un type seul...

– Gaffe à quoi ?

– Ben, suppose qu'il tombe amoureux fou.

J'ai ri, un peu malgré moi.

– Quelle gourde ! On n'a plus vingt ans, Lolo.

– Pourquoi tu crois qu'il t'a emmenée à Rome ?

– Je ne sais pas...

– Si c'était juste pour te sauter tranquillement, j'ai rien dit. Tu ne finis pas tes frites ?

– Non, vas-y. On se revoit tout à l'heure, tu sais.

– Ce soir, là ?

– Oui, il passe me prendre.

J'ai encore souri, malgré moi.

– Et ça a vraiment l'air de t'enquiquiner, ma pauvre biquette !

On s'est regardées dans les yeux et on a éclaté de rire.

– Cela dit, je crois que j'aurais mieux fait de refuser... Je n'ai qu'une heure, c'est pas très malin...

– Ah, ça, ma belle, ça te regarde. Je te rapporte un café ?

– Oui, s'il te plaît.

J'avais vaguement espéré qu'elle m'interrogerait, de telle façon qu'à la fin nous soyons deux à anticiper ce rendez-vous. Peut-être m'aurait-elle conseillé de faire rentrer Paul, tout en me soufflant un mensonge plausible dont elle se serait portée garante en cas de problème. Mais de toute évidence l'intérêt qu'elle me prêtait n'allait pas jusque-là.

Quand a retenti la sonnerie de quatre heures et demie, le feu m'est monté aux joues. Penser qu'il était à trois cents mètres… Je n'avais rien résolu, mais tant pis. Ne pas courir dans les couloirs, surtout, marcher comme d'habitude en répondant aux saluts des enfants. Au revoir, madame. – À demain, les garçons. – M'dame, pour le contrôle… – Tout le programme depuis la leçon 9, je n'ai pas d'autres précisions à vous donner. S'ils savaient !… J'ai seize ans, je ne vois plus rien au-delà de l'heure à venir. M'attend-il au milieu du trottoir ? En ce cas, je vais devoir lui tendre la main. Remarque, dans la voiture, c'est à peine mieux, surtout cette espèce de camion, si des élèves me voient grimper là-dedans…

Tiens, là-bas, en double file. Fourmillement de bonheur, ou d'appréhension, le long des cuisses. Ça va, le gros de la troupe est loin derrière. Il m'a vue, il se penche pour entrouvrir la portière.

– Salut, toi !

C'est moi qui dépose un baiser rapide sur ses lèvres.

– Démarre vite, c'est plein d'ados qui me connaissent, ici.

Et un instant plus tard, comme nous nous éloignons :

– C'est bien que tu sois venu, je ne me voyais pas attendre jusqu'à mercredi.

Il me jette un coup d'œil amusé mais ne réplique rien. Aurait-il attendu sans m'appeler, lui ?

– Veux-tu qu'on dîne ensemble ? Je pensais t'emmener…

– Non, pas ce soir. Mais demain, j'ai mon après-midi libre…

Il n'a pas relevé. Est-il en train de réaliser… ?

– Nikito, je n'aurais pas dû accepter que tu passes, je dois être à la maison dans trois quarts d'heure. Excuse-moi, je regrette.

– …

– Tu m'as entendue ?

Il s'est engagé dans une rue sans circulation et cherche manifestement une place. Voilà, il se gare.

– Agnès, dit-il solennellement en s'emparant de ma nuque, je sais que tu as deux enfants et un mari, je ne te demande rien, tu n'as pas à t'excuser, à regretter quoi que ce soit. Tu es libre demain après-midi, eh bien, voyons-nous demain après-midi. Tu sais, je crois que tout ce qu'on entreprend dans la vie doit avoir pour seule finalité de nous apporter du bonheur en plus, une jouissance nouvelle. Si c'est le contraire qui se passe, il vaut mieux renoncer. Tu comprends ?

– Oui, embrasse-moi.

Du bonheur en plus, exactement. C'est étonnant comme cet homme sait aller simplement au-devant du plaisir. Au contraire de Paul, qui semble toujours submergé par les difficultés d'une situation nouvelle avant d'entrevoir un motif de satisfaction. Il a fini par me passer son virus ; je complique tout. Cette fin d'après-midi avec les enfants que j'envisageais comme un tunnel se révèle un pur moment de bien-être. « Profite du jardin et des enfants, m'a-t-il dit en me laissant, et à demain. » J'ai suivi ses conseils, je me suis installée dans un transat au soleil et comme par hasard David et Bijou, qui d'ordinaire ne me lâchent pas d'une semelle, ont entrepris de jouer ensemble. Même le grondement de l'autoroute participe à mon bien-être, il est la preuve tonitruante que j'ai eu raison d'acheter la maison de Montreuil. Dans un mois, un mois et demi au plus tard, on y sera. Paul aura boudé pendant tout le chantier. N'empêche que la dernière fois il a eu du mal à cacher son émerveillement. Dans son futur bureau, surtout. Son émerveillement et son émotion. Nikitenko est parvenu à transformer une partie du toit en verrière, c'est magnifique. Comme cette maison lui ressemble ! à Nikitenko, je veux dire. Ça me saute aux yeux brusquement. Elle est ouverte à la lumière, à la vie, partout, je crois qu'il ne doit pas subsister un seul recoin obscur, et tous ses volumes sont harmonieux, généreux... Tiens, voilà Paul.

– Tu rentres tôt ! Ç'a été, ton œil ?

– J'avais besoin de te voir. Où sont les enfants ?

– Dans leur cabane. Tu ne m'as pas répondu pour ton œil...

– Oui, ça tire un peu. C'est bien de te trouver là, au soleil...

– Si tu allais te chercher un transat au lieu de rester planté devant moi... En plus, tu es à contre-jour.

– Je peux t'embrasser ?

Il s'agenouille, pose doucement ses lèvres sur les miennes.

– Agnès, tu voudras bien qu'on fasse l'amour, ce soir ?

– Oui, si tu veux.

J'ai pensé que je n'en avais pas envie et cependant il m'a semblé qu'en acceptant j'adhérais à cette « philosophie » du bonheur que m'avait exposée Nikitenko deux heures plus tôt. En nommant Paul, en se satisfaisant de mes seuls moments libres, il avait implicitement souhaité que rien ne bouge dans ma vie, que l'harmonie qui avait prévalu jusqu'à présent entre nous tous demeure. Un plaisir nouveau, avait-il dit — et il en était un, assurément —, ne devait pas se payer en sacrifices et en bouleversements, sinon, il valait mieux y renoncer. Je pouvais, je devais tout garder ; continuer d'aimer Paul, le laisser m'aimer, et me donner à Nikitenko.

Il est allé chercher un transat puis, à demi allongés l'un près de l'autre, nous nous sommes pris la main.

– Reconnais tout de même que tu l'aimes, la nouvelle maison.

Il ne m'a pas rendu mon sourire.

– Elle est assez belle, oui.

– Mais elle te plaît !

– Oui... Je ne sais pas, en fait. Je n'arrive pas encore à m'imaginer dedans.

– Ça, c'est un peu normal, en tout et pour tout tu as dû venir quatre fois sur le chantier, et encore...

– Pour le moment, je suis surtout triste de quitter celle-ci.

– Tu es vraiment chiant, Paul, si tu savais le mal que s'est donné Nikitenko pour...

– Il est même allé jusqu'à te sauter, le pauvre, je compatis...

– Arrête ! On discute de la maison, là, de quelque chose d'essentiel pour nous, pour les enfants. Si j'avais su, je ne t'aurais rien dit.

– Si tu avais su quoi ?

– Que tu le prendrais comme ça. J'avais besoin d'en parler, hier soir, mais je regrette...

– Non, excuse-moi. Tu n'étais quand même pas forcée de me dire que vous l'aviez fait... Enfin si, d'ailleurs, je préfère tout savoir. Excuse-moi, je veux bien t'écouter maintenant, j'arrête de faire l'idiot.

– Sûrement pas, je n'ai plus aucune envie de te raconter quoi que ce soit.

– Par moments, ça m'explose la tête de t'imaginer...

– Et tu crois que moi ça ne m'explose pas la tête quand tu rentres amoureux !

– Si, mais je ne m'en rendais pas compte. En tout cas, je n'ai jamais pensé te quitter pour aucune d'entre elles.

– Tu dis ça maintenant...

– Tu sais bien que non, Agnès. Tu sais bien... Avec

les autres filles, je me rassure sur moi-même, je fais l'amour normalement, voilà, tandis qu'avec toi je n'ai jamais pu, je n'ai jamais réussi. Mais tu le sais, voyons, je suis tellement ému chaque fois...

– C'est pas toujours formidable, mais c'est pas si mal. Arrête de...

– Tu vois ! Tu le reconnais toi-même. C'est pour ça que je ne supporte pas l'image de ce type debout en train de te... Un homme, quoi, un gros con d'homme comme on est tous capables de l'être, sauf moi avec toi. Je n'ai jamais pu avec toi, Agnès, c'est comme si tu m'étais inaccessible, comme si je n'avais jamais réussi à te conquérir. Après vingt ans, tu te rends compte ?

– Tu dramatises tout, Paul.

– J'ai peur de te perdre. Toute la journée j'y ai pensé. Si je te perdais maintenant, ça serait comme si je ne t'avais jamais donné de plaisir. On ne se remet pas d'un tel désastre.

– Mais t'es complètement cinglé, à la fin !

– Avoue qu'avec Nikitenko c'est mieux qu'avec moi.

– Et quand bien même ça serait mieux, qu'est-ce que ça change ? Tu crois que je vais cesser de t'aimer parce qu'un autre me baise mieux que toi ?

– Tais-toi, Agnès, seulement de t'entendre, là...

– Non, laisse-moi finir, c'est ta faute, cette conversation stupide. Avec je ne sais plus laquelle tu baisais mieux qu'avec moi, c'est pas vrai ? Souviens-toi. Et pourtant, tu viens de le dire, tu n'as jamais pensé me quitter pour elle. Alors pourquoi moi...

– Arrête, Agnès. Arrête, s'il te plaît. Dis-moi juste si tu m'aimes encore.

– Oh, Paul ! Tu es pire qu'un enfant...

À propos d'enfants, les voilà, justement.

– Mais t'es là, papa ! Viens vite, Bijou, il va nous pousser dans la prairie.

Ils dévalent le talus en luge, c'est le nouveau jeu. Paul

ne voulait pas, avant, parce que ça esquinte l'herbe, mais maintenant qu'on s'en va...

– D'accord, je vous pousse. Va chercher la luge, David.

– Bon, je vais préparer le dîner. Vous voulez manger dehors ?

– Ouais ! Dehors ! Dehors !

– Tôt, alors, dit Paul, sinon on ne voit pas ce qu'on bouffe.

Le ciel commence juste à rougeoyer derrière les tours de Pantin. J'entends David et Paul hurler, et par moments le rire de Bijou, ses premiers fous rires d'enfant. Paul a raison, c'est trop mignon. Ce Paul !... Les choses ne vont jamais de soi avec lui, au lit comme ailleurs. Il m'énerve !... On dirait qu'il fait tout pour m'empêcher d'être une femme normale, ça serait sûrement trop simple. Les premières années ça m'attendrissait de le voir perdre ses moyens. On passait des après-midi entiers à essayer de faire l'amour. Tu es tellement belle ! Tellement belle !... – Mais non, Paul, je suis jolie comme beaucoup d'autres, ni plus ni moins. Regarde-moi, calme-toi. J'ai envie de toi, moi aussi, tu sais. Tu vas venir tranquillement et prendre tout ton temps... D'où sort-il cette émotion inouïe, et finalement désastreuse, que je lui inspire ? Comme s'il était contre nature qu'il me touche, comme s'il commettait chaque fois une sorte d'inceste. Apparemment, avec les autres, tout va bien ; il n'y a qu'avec moi, qui comme par hasard suis sa femme... Finalement, ça fait vingt ans qu'il se prive du bonheur simple et naturel d'être un mari, le mien en l'occurrence, qu'il se refuse le plaisir, et me le refuse par la même occasion, comme si au fond il n'attendait qu'une chose, c'est qu'on se casse la figure. Se retrouver seul et abandonné comme son père, ce pauvre cinglé de Blaise, voilà probablement ce dont il rêve inconsciemment. Si c'est ça, c'est plutôt drôle, parce que moi j'aurais vécu ces mêmes années dans la hantise qu'il me quitte, comme papa a quitté maman…

– Paul ! Vous mettez le couvert ? C'est bientôt prêt.

Ça devient surréaliste, le quartier ; nous sommes les derniers habitants de ce côté-ci de la rue, côté talus de l'autoroute, et naturellement c'est le genre d'ambiance fin du monde qui met Paul en transe. Au lieu de préparer David au déménagement, il passe son temps à lui expliquer tout ce qu'on aurait pu faire de formidable si on était restés ici : racheter les pavillons à l'abandon, réunir les jardins, planter des dizaines d'arbres, monter un mur antibruit… C'est horripilant !

– Mais oui, Paul ! Mais oui ! Tu ne te rends même plus compte que tu cours après tes chimères d'enfant, le domaine, ton père, ses éternels copains complètement déjantés, la brouette chaque dimanche, et j'en passe… Je regrette que la vie soit si courte, je te laisserais volontiers t'enferrer dans ton truc ; au bout de trois ou quatre ans tu en aurais marre de trimballer des parpaings et on pourrait peut-être profiter de la vie.

– On en profite, de la vie !

– Non. En tout cas, pas moi.

– Qu'est-ce qui te prend, tout d'un coup ?

– Il me prend que je me bats toute seule pour qu'on ait une maison digne de ce nom et que toi tu fais exactement comme si tout ça n'existait pas. Depuis le début du dîner…

– Bon, j'arrête, excuse-moi. Agnès a raison, David, on va avoir une belle baraque… En plus, je suis sûr qu'une fois dedans elle me plaira, et à toi aussi.

On a pu parler aux enfants de leurs chambres, de la façon dont on allait circuler dans la maison, de la cheminée, du jardin, et le repas s'est terminé plus joyeusement qu'il n'avait commencé.

J'ai posé la main sur sa cuisse et il a démarré. Il m'attendait à trois cents mètres de l'école, comme la veille.

Il me semble que l'un et l'autre nous avons même cessé de respirer tant l'attente est une souffrance. Je songe au moment où nous serons derrière la porte close ; je l'enlacerai et aspirerai d'un coup tout l'air de la pièce. Oui, au moins. En attendant, j'accompagne chaque geste de sa conduite. Je suis solidaire ; en apnée quand le feu passe au rouge, soulagée dans les brefs instants de fluidité. Nous traversons la Seine, dépassons le Palais de justice, enfin il s'engage dans une rue étroite, tourne deux ou trois fois en chevauchant le trottoir, franchit un porche et s'immobilise dans une cour pavée.

– Viens ! dit-il.

C'est un hôtel.

– J'ai réservé. Nikitenko.

– Parfaitement, monsieur.

La jeune femme offre la clé, puis son œil glisse insensiblement de lui à moi avant de replonger dans son registre. Pourquoi cet œil... Pas une fois, à Rome... Parce qu'elle sait ce qu'on vient faire, à cette heure, sans bagages. Moi, l'hôtel... Laurence. Sur le moment, je n'avais pas compris...

– Entre. Ça va, Agnès ?

– Oui, oui, referme vite. Prends-moi dans tes bras. Vite !

Voilà, ses bras, son souffle. Peu importe l'hôtel. Maintenant il m'entraîne, oui, entraîne-moi, défait le lit, m'y allonge sans ménagement, sans ménagement, oui, s'il te plaît, Paul est si..., on dirait qu'il a peur, tu sais, j'entends ton souffle tout près à présent, je reconnais tes gestes, tes gestes de désir, et cependant tu ne t'impatientes pas, tu ne trembles pas, je peux fermer les yeux, te laisser faire, juste me concentrer sur mon désir, comme un soleil qui couve. Tu me découvres les seins, puis le buste, et là tu t'interromps. J'ouvre les yeux. Je te vois dressé. Loin. Tu t'es reculé, comme pour mieux te rendre compte. Tu me fais penser à un sculpteur et je suis presque étonnée que tes mains puissantes, tes mains d'ouvrier, ne tiennent aucun outil. C'est comme si tu m'avais créée. Je suis à toi, dis-je tout bas, et je referme les yeux. Je veux que tu continues de m'inventer.

Plus tard, pendant que tu m'aimais, l'idée m'est soudain apparue, lumineuse, que j'étais prise, et éprise. Jamais je n'avais songé à rapprocher les deux mots, prise et éprise, et que cela me vienne au moment, justement..., m'a amusée et distraite de toi un instant. Puis j'ai compris que ça n'était pas l'effet du hasard, mais l'explication de ce qui nous lie l'un à l'autre. Tu fais de moi une femme, Nikito. Je n'oserais jamais te le dire, ça serait humiliant pour Paul.

Nikitenko attisait le feu un genou à terre quand on est arrivés. Au grincement de la grille il a tourné la tête et s'est aussitôt redressé pour nous accueillir. Ses yeux m'ont évitée, pour mieux embrasser la scène, sûrement, puis, comme David s'exclamait « Ouah ! Le feu ! », son attention s'est portée sur lui :

– Tu veux t'en charger ?

– Oui !

– Alors tu ajoutes du bois en faisant bien attention à ce que les flammes ne s'étendent pas plus loin que les pierres. Tu as compris ?

Il a acquiescé.

– Là, tu peux être sûr qu'il est content, ai-je dit en riant. David et le feu !

– Salut, toi !

On a échangé un baiser rapide sur la joue. Paul se tenait légèrement en retrait, Béatrice dans les bras. Ils se sont serré la main. Je les ai observés, Nikitenko très mobile malgré sa corpulence, l'air d'être monté sur un ressort, et Paul un peu raide, mais souriant tout de même.

– Ça a changé, ici, a-t-il dit.

Nikitenko n'a pas compris, je l'ai vu tout de suite, il lui a renvoyé un sourire énigmatique, attendant la suite en se balançant d'un pied sur l'autre. Moi je savais que c'était un compliment, venant de Paul, un mot gentil pour lui signifier qu'il avait remarqué la métamorphose de la maison.

– Allez visiter ensemble, si vous voulez, ai-je proposé, je reste avec les enfants.

– Oh non, Agnès, s'il te plaît !

Paul ne s'était pas contrôlé, il s'était adressé à moi comme si nous étions seuls, jusqu'à ce ton vaguement enfantin et complice qu'il prend parfois pour m'apitoyer. Que Nikitenko soit témoin de cette scène m'a gênée. Paul lui rappelait, sans le vouloir, tout ce qui nous unissait. Du coup, il semblait embarrassé d'être là, ses yeux maintenant allaient alternativement de Paul à moi, de moi à Paul…

– Bon, bon, je vous accompagne.

On est entrés tous les quatre, Nikitenko en tête, Paul et Bijou, puis moi, par le salon, donnant de plain-pied sur le jardin.

– Mais c'est complètement fini ! s'est exclamé Paul. Qu'est-ce que c'est grand !

– Vingt-cinq mètres carrés de plus que prévu.

– Ah bon, bon…

– Tu as l'air surpris ?

– Je t'en avais parlé, Paul…

Nos regards se sont accrochés quelques secondes, manifestement il ne se souvenait de rien et j'ai eu un doute, brusquement : ces vingt-cinq mètres carrés avaient été à l'origine de tant de discussions en cours de chantier que j'avais pu oublier d'y mêler Paul.

– L'idée était de préserver un vestibule virtuel, si tu

veux..., a commencé d'expliquer Nikitenko après nous avoir de nouveau observés l'un et l'autre.

– D'accord, a dit Paul, qui a paru préoccupé par autre chose.

– Tu vois, ou j'explique ?

– Excuse-moi, je n'y suis plus, là. Tu expliques quoi ?

Nikitenko a eu un sourire méditatif, les yeux dans le vague quelques instants, comme s'il cherchait en lui-même la meilleure façon de repartir du bon pied.

– La règle du jeu, en architecture, a-t-il repris, c'est qu'à chaque espace corresponde une fonction, peu importe que cette fonction soit objectivement matérialisée ou non.

– Oui, oui.

– Le problème qu'on avait ici, c'est que le salon va devenir, de toute évidence, l'entrée principale de la maison, même si nous avons voulu conserver l'entrée traditionnelle sur la rue...

– Avec le perron.

– Exactement. On s'est donc beaucoup interrogés, avec Agnès...

– Et vous avez décidé d'agrandir le salon, l'a coupé Paul.

– Si on ne le faisait pas, suis-je intervenue vivement, c'est le salon lui-même qui serait devenu le vestibule !

– D'accord, d'accord. Je peux te poser, Bijou ? J'ai mal au dos.

J'ai vu que Nikitenko était agacé d'avoir été interrompu, et j'ai regretté ma dernière phrase : j'avais pu donner l'impression de voler à son secours alors qu'il eût été plus habile de demeurer silencieuse au côté de Paul. Je me suis rapprochée de lui.

– Passe-moi Bijou, si tu veux.

Il a évité mon regard.

– Non, laisse, je vais lui donner la main, elle peut marcher. On continue ?

Pour la cuisine, je me suis tue. À un moment, Nikitenko était en train de parler, Paul s'est accroupi à côté de Béatrice et lui a murmuré quelque chose à l'oreille. Elle a souri sans lâcher son chiffon. J'ai eu envie de la prendre dans mes bras et de rejoindre David dehors, mais je n'ai pas osé. J'aurais dû. Cela m'aurait évité d'être prise à partie dans la scène humiliante et grotesque qui a suivi.

On venait d'entrer dans la salle de bains.

– Mais vous avez viré le bidet ! s'est étonné Paul.

J'avais effacé cette histoire de ma mémoire. Quand la question s'était posée d'installer un porte-serviettes chauffant, Nikitenko, d'habitude plus discret, avait assez maladroitement pris les devants : on a regardé avec les plombiers, le seul emplacement possible, c'est à la place du bidet. Sauf si tu y tiens absolument, je le fais enlever. – Euh... Oui, oui, d'accord. – C'est le genre de truc qui bouffe une place folle et dont plus personne ne se sert... Moi et Paul, si, mais je ne m'imaginais pas le lui expliquant.

– Oui, pour mettre le porte-serviettes, ai-je rétorqué sur le ton de l'évidence, espérant qu'il en resterait là.

– Mais c'est complètement con, enfin !

– Paul !

Des yeux je l'implorais. Nikitenko s'était figé.

– Écoute, Agnès, si on ne peut pas parler bidet avec son architecte, il vaut peut-être mieux...

– C'est ma faute, l'a interrompu Nikitenko. J'ai cru... J'aurais dû poser la question plus clairement.

– Tu me l'as posée et je t'ai dit de l'enlever.

Paul était partagé entre l'envie de passer à autre chose et un désir qui le dépassait manifestement de faire un scandale. Il s'est penché pour reprendre Bijou dans ses bras, comme s'il voulait partir, puis s'est ravisé.

– Agnès n'a pas osé te dire qu'on était des inconditionnels du bidet, Nikitenko.

– Tu es vraiment lourd, Paul.

– Oh, arrête ! Merde, à la fin ! C'est une réunion de chantier ou un…

– Les réunions de chantier, on ne t'y a pas beaucoup vu, je te signale.

– Tu n'avais pas l'air trop malheureuse d'y aller sans moi.

On se faisait face, je m'apprêtais à lui répondre que si, justement, que j'étais fatiguée d'avoir dû prendre toutes les décisions seule, quand un flot de larmes a tout éteint, tout noyé en moi.

– Oh, Agnès, non…

Paul a voulu m'enlacer.

– Non, laisse-moi.

– Mais c'est idiot, tu ne vas pas pleurer pour ça, je n'en ai rien à foutre de ce bidet en réalité.

– Laisse-moi, maintenant. S'il te plaît.

Il a pris Bijou par la main et est parti.

– Bon, rejoins-nous quand ça ira mieux, m'a soufflé Nikito.

Je les ai retrouvés accroupis côte à côte devant le feu ; ils discutaient de la cuisson des saucisses et David les écoutait, la bouche entrouverte. Bijou était allongée plus loin, sur une couverture, avec des peluches et son téléphone.

– Tu me prêtes tes lunettes de soleil, Paul ? J'ai l'air d'une compote…

– Oui, tiens… Tu sais, Agnès, Nikitenko me disait que si on semait rapidement on pourrait avoir du gazon pour la fin juin.

– Ah oui ?

– On devrait le faire cette semaine, qu'est-ce que tu en penses ?

J'étais debout au-dessus d'eux, Paul s'était retourné et se retenait à mon genou.

– Si tu veux.

– Si vous commencez mercredi ou jeudi, je vous

donne un coup de main, a proposé Nikitenko sans cesser de piquer les saucisses.

– Mercredi alors, a repris Paul, comme ça David aussi nous aidera.

Ce pique-nique, c'était une idée de Nikitenko pour fêter la fin du chantier, la presque fin — une multitude de détails restaient à régler. Il aurait pu s'en dispenser mais, paradoxalement, depuis le début de notre liaison, on aurait dit qu'il guettait les occasions de nous rapprocher de Paul, de l'associer à tout ce que nous entreprenions autour de la maison. Je suis restée près d'eux un moment, ils se sont mis à parler de la préparation du terrain avant de semer. Paul voulait ajouter du terreau ou des engrais, Nikito trouvait cela superflu. Ils se contredisaient sans animosité, se souriaient. Nikitenko savait que Paul était au courant, pour nous, mais il ne semblait pas en éprouver un embarras quelconque. Quant à Paul, l'affaire du bidet paraissait avoir épuisé toute son agressivité du jour. Est-il normal qu'un mari trompé converse tranquillement avec l'amant de sa femme ? La question m'a effleurée mais je ne m'y suis pas attardée. J'ai remercié secrètement Paul d'être aimable avec Nikitenko, jamais je n'aurais pu supporter d'être prise entre deux hommes violents.

– Tu nous remplacerais, pour les saucisses, qu'on installe la table ?

– Bien sûr.

Ils sont partis fouiller dans la décharge des ouvriers et ont commencé à en extraire quelques planches et des briques. Il avait fait froid et j'avais craint en venant qu'on ne puisse pas déjeuner dehors, mais le ciel se dégageait, à présent, et les premiers rayons me chauffaient le dos.

– Là, ça doit être bon, a dit Paul.

– Pour la table, oui. Mais je verrais bien un banc avec…

– Tu crois ?

Nikito et David retournaient les gravats, indifférents aux nuages de plâtre et de ciment qu'ils soulevaient ; Paul s'était reculé.

– Mais oui, papa, il a raison, on va pas manger debout, quand même…

– Alors repassez-moi des briques.

Quand ils ont eu le compte, ils ont encore discuté du mur le mieux ensoleillé pour y adosser le banc, puis ils ont monté la table. David et Paul étaient excités et heureux comme des gamins devant un Meccano ; Nikito, lui, travaillait en silence, un infime sourire aux lèvres quand les autres s'extasiaient bruyamment.

– On va la garder toute la vie, elle est super bien, a dit David à la fin.

Paul a éclaté de rire en le ceinturant. Nikitenko avait tout apporté, des assiettes en carton aux petites serviettes. Ils ont mis le couvert, débouché le vin.

On a mangé et bu en silence, tout le monde avait faim. Le hasard nous avait placés de part et d'autre de Nikitenko, Bijou et moi d'un côté, David et Paul de l'autre.

– Ça sera tout de même plus gai avec le gazon, a dit Paul. Vu sous cet angle, on se croirait un peu à Berlin en 44.

Les braises d'où s'élevait une colonne de fumée, la terre hérissée de bouts de bois, d'éclats de tuiles, de morceaux de plâtre, le monticule de gravats au fond et, sur la gauche, nous surplombant, cette usine désaffectée, une ancienne boulonnerie promise à la démolition : il n'avait pas complètement tort, mais personne n'a relevé.

Nikitenko a proposé de servir le fromage, parce que, avec nos couteaux en plastique… Alors seulement David a remarqué le sien.

– Fais voir. Oh, la chance !

On s'est tous interrompus pour regarder David et le couteau.

– Et ça sert à quoi, ce truc ?
– Pour les épissures.
– Sur les bateaux, lui a précisé Paul, quand on veut faire une boucle au bout d'une corde, par exemple.
– C'est un couteau de marin ?
– Oui, mais ça va aussi pour le fromage, tu vois…
– T'es marin, en plus d'être architecte ?
– Euh… Plutôt architecte en plus d'être marin, a dit Nikitenko en souriant largement. Dans la vie, tu sais, on est rarement une seule chose. Regarde ton père, il n'est pas que journaliste…
– Si. T'es que journaliste, toi, papa ?
– Un peu jardinier, mais c'est tout.
– Et où il est, ton bateau ?
– Il doit être en Argentine à l'heure actuelle. Si tu veux tout savoir, dans un mois je serai dessus.

Mon cœur a bondi. Durant une matinée, à Rome, je m'étais promenée avec ce couteau dans la poche et pas une fois Nikitenko n'avait fait allusion à la présence d'un bateau dans son existence, encore moins, naturellement, à son départ pour l'Argentine.

– Dans un mois tu seras en Argentine ? a repris Paul.
– Oui, on voudrait tenter le passage du cap Horn.
– Oh, putain !
– Je vous sers du fromage ?

Le faisait-il exprès ou ne comprenait-il pas le choc que représentait pour moi l'annonce brutale de son départ ? Et pour un voyage qui s'annonçait long.

Il coupait le fromage, on se taisait tous de nouveau. Le regard de Paul a croisé le mien, je l'ai fui. J'ai deviné qu'il cherchait à interpréter mon silence. Il devait penser que j'avais été mise au courant et se demander si cela me touchait.

– Tu reviendras quand, tu crois ?

C'était moi. La question m'avait échappé. Paul a tendu le cou.

– Plus ou moins fin septembre, a rétorqué Nikitenko.

Puis il m'a souri. Mais pas l'ombre d'un sentiment de culpabilité dans ce sourire. Non, on aurait cru une conversation polie entre deux étrangers soucieux de paraître s'intéresser l'un à l'autre.

J'ai quitté la table sous prétexte d'aller chercher de l'eau pour le café, mais arrivée dans la cuisine j'avais complètement oublié ce qui m'y avait amenée. J'ai ouvert tous les placards, m'efforçant de me souvenir, ils sonnaient vide et sentaient fort la peinture. J'étais oppressée, les battements de mon cœur se répercutaient dans mon cou, me frappaient sourdement aux tempes. Bon, il allait partir, mais quoi, il reviendrait, je n'étais pas… Il ne t'abandonne pas, Agnès, il ne te quitte pas. Reprends-toi. Et puis Paul est là. Paul ! Tu ne me quitteras pas, hein ? J'ai besoin de toi, si tu savais ! Mais je suis complètement piquée, moi. Qu'est-ce qui me prend de les mélanger ?

Ils en étaient aux fraises quand je les ai rejoints. Paul, comme d'habitude, trempait les siennes dans un petit tas de sucre.

– Je peux tremper avec toi ?

– Si ça te dégoûte pas…

Je me suis accoudée près de lui et j'ai croqué une fraise au sucre.

– Ça ne va pas ? m'a-t-il murmuré à l'oreille.

– Si, si.

Je lui ai caressé la joue.

David est parti près du feu puis Paul, en quête d'une casserole pour faire chauffer l'eau.

– Je t'envie de naviguer tout l'été, ai-je dit à Nikito en feignant de rêver.

– Vraiment ? Tu es la bienvenue, tu sais. Paul aussi, naturellement.

– Avec les enfants ?

– Non. Ça risque de ne pas être facile tous les jours.

– Tant pis, une autre fois peut-être… Je ne savais pas que tu aimais la mer à ce point.

Il m'a souri de façon énigmatique, l'air de ne pas comprendre, comme si je m'étais mise subitement à parler une autre langue, et soudain, à cause de ce sourire peut-être, l'idée m'a traversée de lui demander enfin de m'amener à son atelier.

– Mardi prochain, tu voudras bien qu'on se voie chez toi ?

– Chez moi ?

– Là où tu travailles, quoi, dans ton atelier.

– Ah, si tu veux, oui.

On a bu le café en regardant crépiter les flammes — David avait entrepris de brûler les bouts de bois qui jonchaient le terrain. Des nuages s'amoncelaient au-dessus de Paris et on avait le sentiment d'être parmi les derniers à profiter du soleil. Paul a fait une plaisanterie convenue sur le microclimat de Montreuil, par gentillesse, j'ai levé le nez au ciel. Puis Nikito a commencé de rassembler assiettes et couverts à jeter.

– Laisse, on fera ça tout à l'heure.

– Je dois y aller, là.

– Déjà ?

Il n'a pas relevé.

– En tout cas c'était une bonne idée, ce pique-nique, a dit Paul.

On l'a raccompagné à sa voiture et aussitôt après son départ Paul a été pris d'une frénésie de nettoyage.

– Bon, a-t-il lancé à David, on va cramer toutes ces saloperies, il faut que mercredi ça soit impeccable, ici.

– D'accord, papa.

David n'aime rien tant que de voir son père s'engager dans ces opérations d'envergure qui promettent de les tenir en haleine des heures durant, voire des semaines. L'été dernier, c'étaient les châteaux de sable qui devaient à tout prix résister à la pleine mer. À Bagnolet, ç'avait été la construction d'un réservoir pour récupérer l'eau de pluie du toit. Ils ont déniché des barres de fer, en ont fait des pioches, et en quelques instants leur chantier s'est mis à vivre. Paul éventrait la terre, David tapait sur les mottes, triait les résidus. Le feu avait doublé de volume, ils étaient maintenant torse nu, David courait sans arrêt entre son ouvrage, le brasier qu'il alimentait et le tas de gravats sur lequel il balançait vieilles boîtes de conserve, tuiles, verre, etc. Bijou s'était endormie, la tête sur mes genoux ; je l'ai allongée dans le salon, sur les manteaux, et suis ressortie les regarder. Au bout d'un moment j'ai proposé d'aller leur chercher à boire. Si tu veux, a rétorqué Paul sans s'interrompre. – Du jus de pomme, alors, m'a crié David. T'es d'accord, papa ? Petit homme, va ! Les occasions sont rares où je me propose de servir Paul ; alors il faut voir avec quel empressement David colle à son père ! Du jus de pomme, c'est entendu. Aujourd'hui je suis heureuse de leur être dévouée. On dirait qu'ils dompteraient la nature, nous construiraient une maison, nous protégeraient des éléments cruels, et que moi je leur apporterais le réconfort d'un foyer bien tenu, raccommodage et confitures. On dirait... Pourquoi ai-je entrepris de nous démolir ? Oui, deux bouteilles. Non, pas de monnaie. Mais je ne démolis rien, voyons, je ne sais même pas si je l'aime, ce type. D'ailleurs, il part, tout ça va s'arrêter de soi-même. On avait furieusement envie de baiser, on l'a fait, et lui déjà s'éloigne. C'est aussi bien. Qu'est-ce que je croyais ? Je n'ai pas l'habitude. L'habitude des histoires de..., des plans cul, comme dit ce crétin de Paul. Je devrais annuler pour mardi après-midi. Remarque, si ça se trouve, il s'en ficherait, maintenant qu'il a eu ce qu'il voulait... Il m'énerve quand il prend cet air d'imbécile heureux ! En fait, chaque fois que je lui pose des questions un peu personnelles. Non, il ne me regarderait pas avec ces yeux émerveillés en faisant l'amour s'il s'en fichait...

– Ça y est, le jus de pomme. Vous vous arrêtez un peu, les garçons ?

Ils jettent leurs outils, s'approchent en soufflant,

boivent un premier verre et se resservent. Après, selon un geste que je lui ai toujours vu faire, Paul enfile les mains dans les poches arrière de son jean pour évaluer son travail, de loin, et David à son tour cherche ses poches arrière. Puis il observe à la dérobée le ventre de son père, revient au sien, le rentre, compare. Doucement, je l'enlace par-derrière et l'embrasse dans les cheveux.

– Petit homme, va !

Il se dégage.

– On continue, papa ?

À présent tout le ciel menace et leur excitation croît au fur et à mesure qu'approche le déluge.

– T'as vu ce qui va tomber, David ? crie Paul.

– Ouais !

– Il faut foncer, on n'y arrivera jamais, sinon.

Ils ont plaisir à se figurer en péril. David est un cheval fou qui file au-dessus des flammes, et Paul, Noé de Montreuil. Il ne sent plus la fatigue, la douleur, ses mains doivent être en sang et son dos se couvre de la terre qu'il fait jaillir à chaque coup de pioche.

À la première alerte, David hurle :

– J'ai reçu une goutte, papa !

– On continue, on n'arrête pas !

– Je rentre vos vêtements, les garçons.

Ils ne m'ont pas entendue. Bijou dort toujours ; je m'agenouille et dépose un baiser léger sur sa tempe. Un martèlement précipité, puis, soudain, le sentiment que là-haut le plus grand silo à grain qu'on puisse imaginer vient de rompre les vannes. Un déferlement inouï, acharné. Là-bas, Paul redouble d'ardeur.

– On est complètement foutus ! hurle David.

Un moment encore ils feignent de lutter. Enfin Paul abandonne, aussitôt rejoint par David.

– J'avais jamais vu une pluie pareille. T'avais déjà vu, toi, papa ?

– Non, jamais. Tu peux pas résister, c'est impossible.

– Même les animaux d'ailleurs… Qu'est-ce que tu crois qu'ils font, les animaux ?

– Ils se mettent à l'abri, comme nous.

On a regagné Bagnolet. Pendant qu'ils se douchaient je leur ai préparé des chocolats chauds.

Ce soir-là, j'ai dit à Paul que je voulais m'endormir dans ses bras. Il a renoncé à se tourner et m'a prise contre lui.

– Tu veux bien qu'on ne fasse pas l'amour ? J'ai juste besoin de te sentir là.

– Agnès, tu le savais, qu'il partait tout l'été ?

– Oui… Non.

– Tu pleures ?

– Laisse. Serre-moi.

– Mais tu l'aimes ?

– Un peu… Je ne sais pas.

– Pourquoi vous ne repartez pas un week-end ensemble ?

– Tu voudrais bien ?

– Il vaut peut-être mieux que tu vives cette histoire.

– Pour nous, tu veux dire ?

– Oui, pour toi, pour nous.

– Je t'aime, Paul. Tu ne peux pas savoir comme ça me fait du bien…

– Je ne devrais peut-être pas te dire ce genre de truc.

– Si. Je crois que je ne supporterais pas que tu sois jaloux. C'est déjà suffisamment compliqué…

– Mais je *suis* jaloux !

J'ai laissé échappé un petit gémissement d'aise en me rencognant.

– Par moments, je me demande ce que je lui trouve à Nikitenko.

– Moi aussi, pour tout t'avouer.

Il a ricané.

– Tu es con ! Il n'est vraiment pas beau ? Je ne me rends pas compte.

– Peut-être que sans la barbe ça serait pire, c'est ce qu'il faut se dire.
– Tu ne l'aimes vraiment pas, hein ?
– Je ne l'ai jamais aimé.
– Parce que tu n'as jamais pris la peine de le connaître.
– Tandis que toi…
– Oui, bon, ça va. Laisse-moi dormir, maintenant.

Une ancienne manufacture de chaussures, derrière la Bastille. Lui d'habitude si parcimonieux sur sa vie privée me raconte en chemin toute l'histoire de sa maison. Ils se sont mis à quatre pour l'acheter, l'ont divisée en autant de lots, puis chacun a aménagé son espace. En l'écoutant, je me reproche de ne pas l'avoir sollicité plus tôt ; on dirait qu'il n'attendait que cela pour s'épancher. Ses airs mystérieux qui agacent tant Paul ne cachent peut-être qu'une timidité maladive. J'apprends que parmi les copropriétaires figure le skipper du bateau sur lequel il va embarquer. Un autre est médecin dans une organisation humanitaire et le dernier travaille au siège de la Communauté économique européenne, à Bruxelles.
– C'est drôle, c'est le même genre d'hommes que toi, tes amis.
Cependant, là encore, il me sourit sans paraître comprendre.
– Je veux dire… Ils n'ont pas d'enfants non plus, par exemple ?
– Ah, non, non.
Il se tait un moment et soudain reprend gravement :
– Agnès, il faut que je te dise quelque chose qui doit rester strictement entre nous : je travaille pour les services secrets d'un pays étranger.
– Tu es… espion ? rétorqué-je stupidement sans pouvoir dissimuler mon émotion.
– Je fais du renseignement, oui.

– Mais pourquoi…

– Je te le dis parce que sans cela je crois que tu ne peux pas comprendre ma façon de vivre. Je suis d'une génération qui n'a jamais cessé de militer. Bien avant 68… J'ai connu les trois amis dont je te parle à Prague. Ils n'ont pas déposé les armes, ils continuent, aujourd'hui encore, chacun dans son domaine. C'est peut-être la raison pour laquelle nous n'avons pas fait d'enfants.

Pendant plusieurs minutes je ne trouve rien à dire, et lui ne vient pas à mon secours. Il conduit sans hâte, avec des gestes souples et précis. C'est idiot mais il m'intimide, à présent. Quel intérêt éprouve-t-il, venant d'où il vient, à fréquenter une petite prof dont toute la vie se résume à ses deux enfants, à son mari et à son pavillon ?

– Je me sens bête, tout d'un coup…

– Pardon ?

– Rien… Je me demandais ce que tu fichais avec moi.

– Comment ça ?

– Qu'est-ce que je t'apporte, Nikito ? Qu'est-ce que tu aimes…

– Chut ! Dans la vie, toutes les choses ne sont pas bonnes à dire.

– Je ne comprends pas.

– Si je t'avouais ce qui me bouleverse en toi, tu ne le comprendrais peut-être pas non plus.

– …

– Que tu sois mère, par exemple.

Son désir, brusquement, en même temps que les mots. Puis nos regards qui se frôlent, très vite.

– Au prochain feu rouge, dis-je dans un souffle, tu m'embrasseras.

La pièce est étonnamment étriquée, fonctionnelle. On voudrait en repousser les murs. Quatre chaises autour d'une table étroite au plateau carrelé. Derrière, un de ces buffets de bois blanc vitrés laissant deviner piles d'assiettes, verres à pied, bocaux de cerises à l'eau-de-vie. Dans le coin opposé, l'âtre, flanqué d'un banc circulaire en béton brut. Des coussins beiges, soigneusement ajustés, habillent le banc.

– C'est marrant, je ne t'imaginais pas… Et là ?

– La cuisine, dit-il en ouvrant.

– Tout le confort moderne ! Tu as même une machine à laver la vaisselle ; Paul ne veut pas en entendre parler.

J'essaie d'être légère, lui ne l'est pas.

L'escalier prend à droite de la cheminée.

– Je peux ?

– Oui, je te suis.

Pourquoi a-t-il accepté que je vienne s'il n'en avait pas envie ?

– Alors là, c'est ton atelier.

– Mon bureau. Entre, puisque c'est surtout cet endroit qui t'intéressait.

Une bibliothèque en ordre. Une table orientable sur laquelle rien ne traîne. Stylos, crayons et règles reposent sur une console métallique à côté du téléphone.

– Quand je t'appelle, c'est ici…

– Que je te prends, oui.

– J'avais l'impression de t'entendre marcher d'un bout à l'autre…

– …

– Il n'y a pas une autre pièce où… Je ne sais pas pourquoi je m'étais figuré que tu peignais, ou que tu sculptais…

– Ah, non, non. On continue ?

Il m'a prise par la main, cette fois. Nous passons devant deux portes closes qu'il ne propose pas d'ouvrir, grimpons un étage encore. Sa chambre à coucher est plongée dans la pénombre. Légèrement mansardée, fraîche et vaste. Le lit comme un bateau sur une mer de plancher.

– Oh, j'aime, ici ! dis-je tout bas.
Il va seul jusqu'au lit et s'y assoit. Il m'attend.

Trois ou quatre jours après le départ de Nikitenko pour l'Argentine, j'ai reçu par la poste un paquet de la taille d'une grosse boîte d'allumettes. Il contenait la boucle d'oreille que j'avais perdue ce mardi après-midi. Sur un minuscule bristol une main anonyme m'indiquait qu'elle l'avait découverte dans le lit en changeant les draps.

2.

Durant quelques semaines j'ai pu croire que je ne souffrirais pas du départ de Nikitenko. Par bonheur, sans doute, notre emménagement à Montreuil a coïncidé avec le début de son absence. Son dernier week-end en France, nous l'avions passé ensemble, à Deauville, avec le consentement de Paul. Même s'il ne l'avouait pas, Paul escomptait que notre liaison ne survivrait pas à son expédition au cap Horn, et cela, sûrement, l'avait aidé à se comporter en seigneur. À vrai dire, je pensais comme lui que ce week-end à Deauville serait le dernier de notre histoire.

L'emménagement fut une fête. Ensemencer le terrain puis aller l'arroser chaque jour après dîner avait fini par susciter chez Paul du désir pour notre nouvelle maison et précipité sa rupture avec celle de Bagnolet. Il avait décidé qu'on se passerait des déménageurs. En fin d'après-midi, aussitôt rentré du journal, il chargeait la voiture et nous filions tous les quatre pour Montreuil, vitres baissées, par les rues silencieuses des soirs d'été en banlieue. J'avais pris soin de préparer un pique-nique. Pendant que Paul et David déchargeaient, j'installais un petit buffet sur la table grossière qu'ils avaient construite le fameux jour du feu et de la pluie. Le gazon avait poussé, la table semblait être là depuis toujours. On dînait dans ce crépuscule rose de juillet qui n'en finit pas de tromper la nuit. La maison était ouverte autour de nous, portes et fenêtres, elle paraissait se demander pourquoi nous nous refusions à l'habiter. Paul n'était pas pressé. On va visiter ? proposait-il au dessert. On laissait les enfants jouer sur l'herbe. Je devais sans cesse m'enthousiasmer avec lui pour les volumes, l'espace inouï dont nous allions disposer, tel ou tel détail qu'il découvrait à l'instant. Il avait oublié que ces choses, jusqu'aux plus modestes d'entre elles, m'avaient préoccupée tout l'hiver, mais je me gardais bien de le lui rappeler. Maintenant, il louait le talent de Nikitenko, son intelligence, son perfectionnisme. Mais tu as vu ce qu'il nous a fait là ? Il est incroyable, ce mec... Ça ne me faisait pas souffrir, au contraire. Nous n'évoquions plus ma liaison avec l'homme, mais nous parlions abondamment de l'architecte, et pour le moment cela suffisait à combler son absence.

Peu à peu, Bagnolet se vidait au profit de Montreuil. À la nuit, nous retournions dormir dans une maison dévastée qui nous renvoyait l'écho de nos pas, de nos voix. Nous couchions les enfants sans allumer, puis nous errions un moment dans ces espaces désormais meublés de nos seuls souvenirs. La lune nous assistait silencieusement, de pièce en pièce ; le vent remuait doucement les huisseries, nous le laissions faire. Nous étions conscients de vivre les dernières heures d'une belle partie de notre existence. Nous nous complaisions dans la nostalgie, si douillette quand on se sait attendu ailleurs ; nous nous enlacions, nous murmurions des bribes d'histoires que nul autre que nous n'aurait comprises. Tu te souviens... – Oui, tu attendais David. – Et la fois... – On avait tellement ri. J'aimais les baisers de Paul, ils n'éveillaient pas ma sensualité mais me ramenaient à notre adolescence, à nos maladresses, à nos naïvetés, à tous ces trucs auxquels on avait cru si fort et dont on souriait maintenant.

Enfin est arrivé le jour où nous avons chargé les lits.

Cette nuit-là, pour la première fois, nous dormirions à Montreuil. Bijou et David ont écourté le dîner, ils étaient impatients de s'installer dans leurs nouvelles chambres. On a lu les histoires, laissé les portes entrouvertes, mais dix minutes ne s'étaient pas écoulées que Bijou nous rejoignait dans le jardin : un bonhomme bougeait derrière sa fenêtre.

– Attends, on va voir qui ça peut être, a dit Paul.

Il l'a prise dans ses bras et ils ont disparu sur la droite. C'était une branche agitée par le vent.

– Tu n'as plus peur, Bijou. D'accord ?

Elle s'est endormie, mais alors c'est Paul qui a commencé à avoir peur. En verrouillant la maison il s'est aperçu que la porte d'entrée ne fermait pas à clé. Ainsi n'importe qui aurait pu nous cambrioler ces nuits où nous étions repartis pour Bagnolet, et cette nuit même quelqu'un pouvait entrer. Paul a déposé deux ou trois chaises derrière cette porte et nous sommes montés nous coucher à l'étage.

– Ça ne suffit pas ! s'est-il exclamé un quart d'heure plus tard.

Je ne dormais pas. Allongés l'un près de l'autre nous écoutions malgré nous le silence, nos cœurs bondissant au moindre craquement. Le grondement sourd de l'autoroute nous manquait, comme sur un paquebot celui des machines.

– Qu'est-ce qui ne suffit pas ?

– Les chaises.

– Tu crois ?

– Il faut que je trouve un moyen de fermer.

Il est redescendu. Je l'ai entendu aller et venir, souffler, jurer.

– J'ai foutu une commode en travers, a-t-il claironné au retour.

– Chut ! Tu m'as réveillée.

C'était vrai. Le sentir en alerte, veillant sur nous, m'avait rasséréné et j'avais commencé à sombrer.

Des rumeurs de déménagement m'ont encore tirée du sommeil. J'allais secouer Paul quand j'ai reconnu sa silhouette traversant notre chambre. Il portait Bijou dans ses bras et l'a déposée dans le lit, entre nous.

– Qu'est-ce qui lui arrive ? Elle a fait un cauchemar ?

– Non, mais je ne veux pas la laisser toute seule en bas avec cette porte.

– Tu ne m'as pas dit…

– Ça ne suffit pas, la commode, un type peut quand même entrer.

La fin du mois de juillet, nous l'avons passée à bricoler. Des dizaines de petits aménagements qui nous préoccupaient du matin au soir. J'étais en vacances et Paul n'écrivait plus. Quand il passait au journal il en profitait pour faire des courses, rapporter tel ou tel objet dont nous avions besoin. J'attendais son retour avec impatience. Certains après-midi, nous demandions à Murielle de venir et partions tous les deux courir les magasins. Courir est bien le mot. Nous avions le sentiment que le temps nous manquerait, d'être débordés par la multitude des tâches à accomplir, et cela nous maintenait dans une excitation permanente, délicieuse. Le monde avait provisoirement cessé de respirer autour de nous et il me semble que si Nikitenko m'avait appelée du cap Horn je l'aurais entretenu avec passion de la lampe de chevet de Bijou, du bureau de David, ou même du porte-savon. On se couchait fatigués, avec en tête le programme pour le lendemain. Que Paul ait alors envie de me faire l'amour m'apparaissait incongru, plus que d'habitude, si j'ose dire. Toute la journée nous nous étions enflammés ensemble, avions partagé déceptions et fatigue, mais sans jamais nous toucher, sans un geste amoureux, comme des amis intimes ou des frères et sœurs, et soudain il redevenait mon mari.

– Mais vraiment envie, Paul ?

– Oh oui, ça me fait tourner la tête.

Pour le mois d'août, nous avions loué un camping-car, avec le projet de parcourir la France par les départementales, de se baigner dans les rivières, les torrents, d'éviter les plages, de dormir en forêt. Nous étions libres comme des oiseaux et cependant, dès le premier soir, un sentiment confus d'enfermement a commencé de m'empoisonner. Bijou, David et Paul avaient entrepris de ramasser du bois pour le feu, j'étais censée leur préparer des assiettes froides en attendant, et je n'y arrivais pas tout simplement. Je démarrais une chose, passais à une autre, cherchais le beurre qu'une seconde plus tôt j'avais posé là, j'en étais certaine, tournais dans ce camion comme une mouche folle, en descendais, remontais, trébuchais, oubliais le beurre, revenais au saucisson. Nous étions quelque part en Sologne, en lisière d'un bois de hêtres entre les troncs desquels chatoyaient les rayons couchants, à vingt mètres de moi Bijou semblait expertiser silencieusement chaque brindille avant de s'en emparer ou non, les deux autres chahutaient plus loin, j'aurais dû chantonner, m'attendrir, et curieusement je n'avais plus de souffle. Par bonheur, je me suis coupée en tranchant le saucisson, et ils sont accourus. Paul m'a collé un pansement et je n'ai plus eu qu'à les regarder. Mais je n'étais pas avec eux. De toutes mes forces je luttais contre la montée d'un désespoir qui allait me noyer, me submerger si je ne parvenais pas à l'endiguer. Un désespoir affolant et non identifié encore. Il avait trait au déracinement que m'imposaient ces vacances en camping-car, oui, sûrement, puisqu'il avait attendu notre départ pour se manifester. Il était en rapport avec la conscience soudaine d'un deuil, mais quel deuil, mon Dieu ? Pourquoi avais-je envie de sangloter et qu'on rentre d'urgence à Montreuil ? Oh, par pitié ! Si je n'étais pas forte je l'aurais déjà crié : Rentrons, Paul ! Rentrons ! Je n'en peux plus. Tant pis pour le feu qui démarre, tant pis pour Bijou et David dont chaque mouvement dit le bonheur d'être là. La nostalgie déchirante de Montreuil… Mais non, voyons. Imagine-toi un seul instant te réveillant demain matin dans le silence terrifiant d'août, là-bas, et toute une longue journée à vivre, sous ce soleil impitoyable, insipide. Non. La nostalgie plutôt de cette année morte, cette année… Oh, Nikito ! Tu me manques tellement tout d'un coup. Si tu savais ! Mon amour… C'est donc toi qui viens me relancer jusqu'en Sologne. Cette année de bonheur que tu m'as donnée ! Dans le feu des journées je ne mesurais pas bien, tu sais… Et même en juillet, tu n'étais déjà plus là pourtant, mais décorer la maison c'était comme nier ton absence, poursuivre ton chantier, *notre* chantier pendant tout cet hiver. Cette année morte, maintenant… Je t'ai laissé partir, je ne t'ai pas dit combien ç'avait été merveilleux. Oh, c'est insupportable brusquement ! J'ai le sentiment qu'ils me retiennent prisonnière, tu sais. Paul, David, Bijou, qu'ils me barrent la voie jusqu'à toi. S'ils n'étaient pas là, si présents, si vivants, si lourds, je m'envolerais pour l'Argentine. Je te retrouverais, où que tu sois. Comment ai-je fait pour t'oublier en juillet ? T'oublier, oui, pas un mot de toi et je dois avouer que je n'en ai pas souffert. Mais ce soir, alors…

– Ça ne va pas, Agnès ?

– Si, si, ça va.

– Tu n'as rien mangé…

Il a froncé les sourcils, n'a pas insisté.

– Je vais emmener les enfants faire une balade avant la nuit, comme ça tu seras un peu seule. Tu veux ?

Je suis allée dans le camion pour qu'ils ne me voient pas pleurer. Ils se sont enfoncés entre les troncs élancés et droits des hêtres, David en avant avec un bâton, Bijou sur le dos de Paul.

Plus tard, on s'est retrouvés, lui et moi, autour du feu. Il m'a parlé des enfants, comme si déjà ils lui manquaient. Tu as remarqué, Agnès, comme ils étaient contents de se coucher ensemble, pour une fois ?

J'aurais voulu que tu les entendes dans la forêt ; Bijou avait peur, tu sais... Et David : T'en fais pas, Bijou, après on va rentrer dormir dans le camion et un camion c'est bien plus solide qu'une maison, hein, papa ? Parce que c'est en fer un camion, tu peux pas le casser, tandis qu'une maison... – Oui, c'est dur un gros tamion, disait Bijou, dur comme ça, même, et elle serrait les poings...

Paul riait, moi, je n'y arrivais pas. J'aurais voulu lui dire que ça n'allait pas du tout, qu'à l'instant je n'avais qu'un désir, monstrueux, celui de les abandonner tous les trois pour rejoindre Nikitenko. Il me semblait que si j'avais pu seulement exprimer ce désir, il aurait été moins cruel à porter. Paul savait, naturellement, mais il avait dû décider qu'on serait heureux malgré moi et il ne m'a pas tendu la main.

Tout cela m'est apparu très exagéré le lendemain matin et mes premières pensées sont allées à Paul pour le remercier. Grâce à lui, rien n'avait été dit d'irréparable ou de grotesque, de sorte qu'un moment plus tard, quand Bijou s'est glissée entre nous, bientôt rejointe par David, nous avons pu nous câliner et chahuter comme n'importe quelle famille un matin d'août.

Nous allions rouler, flâner sur les chemins du Morvan, il y aurait des villages, des petits plaisirs à s'offrir, un déjeuner en terrasse, au bord d'un lac peut-être, où il serait possible de se baigner... Allongée sous le petit corps essoufflé de Béatrice, j'avais envie de cette journée. Tout n'était donc pas perdu.

– On est heureux dans le gros tamion, hein, mon Bijou ? me suis-je entendue dire tout haut.

Paul s'est détourné de David pour m'embrasser.

– Reste encore au lit avec eux, m'a-t-il murmuré, je vais préparer le petit déj. D'accord ?

On a bu notre café sous la fraîcheur matinale des hêtres. Paul m'observait en souriant, un peu trop ostensiblement ; quand il a proposé de me beurrer mes tartines, j'ai refusé et il a compris. L'idée qu'il pouvait être attentionné simplement parce qu'il avait peur de me perdre m'a traversé l'esprit et mise mal à l'aise. Finalement, je ne l'aime jamais tant que dans la situation inverse, lorsque c'est moi qui ai peur qu'il ne me quitte, ai-je pensé, et alors je l'aime parce qu'il m'apparaît fort et conquérant. Je ne le supporterais pas longtemps en amoureux transi. C'est marrant, d'ailleurs, ça me donne même plutôt envie d'être méchante, comme papa a pu l'être avec maman... Tiens, elle aussi lui beurrait fébrilement ses tartines quand il lui faisait l'honneur de passer prendre son petit déjeuner à la maison.

Je ne sais plus exactement comment s'est passée la suite, les jours se confondent un peu tous dans ma mémoire à présent. Plaisir d'avancer le matin, puis de se garer sous un platane, de les regarder courir vers la fontaine, d'acheter des fruits, d'échanger quelques mots avec une épicière dont on scrute la boutique avec des yeux d'anthropologue en pays canaque — Tu as vu son comptoir ? – Oui, et les bocaux à bonbons derrière... —, de commander des cafés plus loin, d'écouter Paul nous installer pour la énième fois dans la maison à vendre qu'on vient de croiser. Mais de quoi on vivrait, ici, toute l'année ? – Tu pourrais être prof à la communale... Plaisir des baignades l'après-midi, de céder au sommeil allongée sur les galets brûlants pendant qu'ils construisent un barrage et que le bruit du torrent couvre leurs cris.

Le soir, Paul, un peu déconfit :

– On ne fait plus l'amour, Agnès.

– Non, c'est vrai.

– Tu n'as jamais envie de moi ? Dans la journée, je veux dire.

– Non.

– Pourtant on est bien !

– Oui. Ça me donne plutôt envie de dormir.

– Dors, alors. Je t'aime.

– Moi aussi, Paul.

Le rythme lent du voyage, sa tendre monotonie m'avaient anesthésiée. Le souvenir de Nikitenko m'habitait à chaque instant mais il ne me précipitait plus dans la folie. Avais-je appris à composer avec lui, à me contrôler ? On l'aurait juré. Des mots à lui me revenaient, parfois toute une scène de notre histoire, à Rome, dans sa voiture, sur le chantier bien avant qu'il n'ose m'embrasser pour la première fois, et cependant je bâillais, souriais à Paul, essuyais le menton de Bijou qui dégoulinait de glace. Je grossissais, j'en avais la certitude ; à Paris, cela m'aurait conduite à mettre en place un plan d'urgence, ici, curieusement, l'idée de réagir ne me venait pas à l'esprit. Et soudain cette apparente sagesse m'a quittée, j'allais écrire : aussi mystérieusement qu'elle m'était venue, mais c'est faux. Je me rappelle parfaitement les circonstances.

Nous venions de passer plusieurs jours dans les alpages, sous un ciel lumineux, cristallin, et nous redescendions sur Bourg-en-Bresse quand subitement le temps a changé. Comme si nous sortions de l'été pour entrer dans l'automne. Un vent d'est s'est levé, chassant par le travers des nuées sales, et au fur et à mesure que nous remontions vers le nord, que s'assombrissait l'horizon, on aurait dit que les automobilistes perdaient le goût de flâner. Assez rêvé, revenez à la réalité, semblaient-ils nous crier, lancés maintenant à toute allure, moteur hurlant, sur des routes à quatre voies. Ils m'ont réveillée. Nous aussi nous rentrions, même si ça n'était pas avoué. Il nous restait à visiter la Champagne, mais nous aurions pu être à Montreuil au milieu de la nuit. Mon Dieu, Montreuil ! Cette seule perspective a ranimé mon impatience. Peut-être m'avait-il écrit, peut-être donnait-il la date de son retour...

– Si tu vois une cabine, arrête-toi, Paul, je vais appeler Murielle.

– Murielle ?

– Qu'elle aille regarder le courrier.

– Ah !

Il a sûrement deviné mais il s'est tu. J'ai eu Murielle une première fois, et une demi-heure plus tard je l'ai rappelée. Les enfants s'étaient endormis, Paul avait quitté la nationale et garé le camion sur la place d'un village. Lui aussi est descendu. Il a fait les cent pas pendant que je téléphonais, puis il s'est immobilisé en me voyant revenir.

– Bon, a-t-il dit, tu as une lettre d'Argentine.

Je souriais, je ne pouvais pas m'en empêcher.

– Deux ! ai-je fait avec les doigts.

On s'est retrouvés face à face, il secouait la tête d'un air faussement navré.

– Agnès ! Mais tu l'aimes vraiment ce type…

– Je ne sais pas. En tout cas je suis contente !

– Ah bon ?

– Crétin !

Je l'ai pris par le cou et on s'est embrassés.

– On va faire l'amour, ai-je murmuré, tu veux bien ?

– Toute la nuit. Viens, on se cherche un hôtel.

On s'est réveillés le lendemain matin l'un et l'autre énervés et malheureux. Paul n'a pas ouvert la bouche de tout le petit déjeuner et son silence a décuplé mon désir de le blesser. Maintenant, j'aspirais à rentrer, à changer d'horizon, ça n'avait que trop duré ce tour de France. Or non seulement nous n'échapperions pas à la Champagne mais en plus il allait falloir supporter ses humeurs.

– Si tu dois faire la gueule jusqu'à la fin des vacances, Paul, je préfère rentrer.

– Eh bien, rentrons.

– T'es vraiment chiant à la fin !

Je les ai laissés terminer seuls. Un quart d'heure plus tard, Paul m'a rejointe dans la chambre.

– Il faut qu'on arrive à faire l'amour, Agnès.

– C'est pas très important. Où sont les enfants ?

– Dans le parc… Si, c'est très important. Tu ne veux pas qu'on essaie, là ?

– Maintenant ? J'ai pas du tout envie.

– Cette nuit tu avais envie.

– C'est passé.

– Oh, putain, Agnès...

– Arrête, Paul ! S'il te plaît. On ne va pas éternellement recommencer.

Sans doute avais-je besoin, après cela, de me prouver que moi, du moins, j'étais capable de réagir en adulte. J'ai supporté la Champagne avec le sourire, me répétant constamment que je le faisais pour les enfants. J'éprouvais du plaisir à me sacrifier pour eux, comme si l'occasion m'était ainsi offerte de les dédommager par avance du bonheur qui m'attendait à Montreuil et dont j'étais fière de savoir reculer l'instant.

Enfin, un soir, nous avons touché Montreuil. Un soir tard, les enfants s'étaient endormis et nous avions roulé deux ou trois heures en silence, dans la nuit. Paul a coupé le moteur.

– On ouvre tout et on les trimballe après. D'accord ? a-t-il chuchoté.

Il avait hâte de voir le jardin comme à chaque retour de voyage. On a poussé la grille ensemble et je crois qu'on a ressenti la même émotion : surprise sous un mince croissant de lune, la maison semblait enfouie sous la végétation.

– C'est trop joli, tu ne trouves pas ? a dit Paul après un moment.

– Si.

Les herbes hautes commençaient à se coucher et les arbres fruitiers paraissaient tout près de céder sous le poids d'une frondaison exubérante.

On s'est avancés à grandes enjambées, comme soucieux de ne rien abîmer. Couple d'intrus, de voleurs. À l'intérieur, les murs avaient conservé le souffle chaud, un peu suffocant, de l'été. On a tâtonné un instant à la recherche des commutateurs, et soudain la pièce s'est illuminée. Alors la magie a cessé net, mon regard est allé vers la table ; le courrier y était posé, les lettres d'Argentine sur le dessus.

J'ai feint d'effectuer un premier tri parmi les autres lettres ; Paul a erré quelques secondes dans la pièce, puis il est retourné au camion.

Je pensais qu'on allait fourrer les enfants au lit et je m'imaginais déjà bouclée dans la salle de bains, lisant et relisant, mais David est arrivé sur ses jambes et Béatrice dans les bras de Paul, également réveillée. Durant quelques instants ils ont eu l'air ahuris, sans doute s'attendaient-ils plutôt à retrouver la maison de Bagnolet, on avait si peu vécu dans celle-ci, puis David a pris le chemin de sa chambre et Bijou l'a suivi, le pas mal assuré.

– Tu viens ? a dit Paul. On va les regarder.

Je me suis souvenue de l'an dernier à la même époque. Ils avaient passé la moitié de la nuit à redécouvrir leurs jouets, à s'extasier, Bijou serrant convulsivement des peluches usées jusqu'à la corde et David hurlant de bonheur comme un soir de Noël. Paul et moi étions émus, sidérés aussi de constater combien le temps est plus long pour eux que pour nous — on aurait dit qu'une année venait de s'écouler. Nous n'avions pas eu le cœur à les interrompre et bientôt tout le contenu du coffre et de l'armoire s'était retrouvé sur le plancher.

Paul s'assoit par terre dans la chambre de Bijou, comme au spectacle ; je reste debout dans l'encadrement de la porte. Déjà on entend des chutes d'objets dans la pièce à côté, chez David. Béatrice, elle, va droit sur son pot et s'y installe. Puis elle se relève, se retourne, l'observe avec satisfaction avant de s'en détacher. Alors elle repère sur la commode les poupées russes que Paul lui a rapportées de Moscou, s'en empare et commence à les ouvrir une à une sur le tapis, entre ses jambes. Comme la troisième ne cède pas, elle l'emporte et finalement l'abandonne pour soulever le couvercle du coffre. L'apparition de ses peluches, parmi lesquelles se sont glissées quelques poupées, semble un instant la laisser perplexe. Enfin elle prend les poupées par les jambes ou les cheveux et les jette derrière elle, ce qui confirme ce que Paul et moi savions : qu'elle n'aime pas les poupées. Quand le ménage est fait, elle se penche et pose son profil dans les fourrures.

Un autre soir j'aurais été touchée. Mais là, non. Ainsi je mesure combien je suis loin d'eux tout d'un coup, et simplement du fait de ces lettres, dans ma poche. L'agacement, puis très vite la colère me gagnent. Non pas contre les lettres, oh non, mais contre eux. Contre eux, à la fin ! Tous ces liens qu'ils ont tissés et noués serrés pour m'intéresser, me capturer. Leur amour insatiable, leurs rituels, je leur donne tout mon temps, toute ma vie, et ça ne leur suffit pas encore, bientôt je devrai même ruser pour m'isoler aux toilettes... Quand tu penses que je n'ai pas encore pu trouver cinq minutes pour parcourir ces lettres que j'attends depuis un mois !... Cinq minutes ! Et puis merde, ils se passeront de moi, ils penseront ce qu'ils voudront...

Je lis ses mots d'amour, quelques phrases enflammées postées de Rio Gallegos. J'ai hâte, écrit-il, d'être au plus profond de toi... Au plus profond de moi. Certaines images me traversent que je chasse aussitôt. Mon cœur cogne si fort, je dois m'asseoir. À présent, appuyée contre cette baignoire, je reprends haleine. Ouvrir la seconde enveloppe, vite. Il rentre le 18 septembre, c'est un samedi. Je ne dois pas venir le chercher à l'aéroport, des gens des Services y seront. Il m'appellera dès le lundi, et si mes nouveaux horaires me le permettent... Lui aura sa journée.

Je ne suis plus du tout impatiente de le voir, maintenant. Être fixée sur la date de son retour m'a apaisée et rendue aux miens. Sa présence va de nouveau bouleverser cette harmonie qui ne demande qu'à renaître entre nous. Quelle faculté étonnante nous avons pour vivre ensemble sans faire de vagues ! Après chacune des infidélités de Paul nous avons su reprendre notre rythme quotidien, comme s'il ne s'était rien passé, nos dîners en famille, nos soirées silencieuses, moi devant la télé, lui le nez dans un livre. De la même façon, dès le lendemain de notre arrivée à Montreuil, à peine débarqués du camping-car, les choses se sont remises en place sans qu'on y prenne garde. Pour tièdes qu'ils puissent paraître, ces rituels ne nous en donnent pas moins un sentiment de puissance et d'éternité ; dehors la vie peut bien soulever des tempêtes, notre paquebot roule, tangue, mais il maintient le cap. À l'intérieur, l'existence y est un peu ennuyeuse, mais douillette. Si douillette que je me satisferais volontiers, quelques mois encore, du rêve de Nikitenko.

J'avais dit à Paul qu'il rentrait le 18. Comme la date se rapproche, il prend les devants, un soir.

– Tu vas aller l'attendre à l'aéroport ?

– Non.

– Tu n'en as pas envie ?

– Si… Je ne sais pas. Ça ne te regarde pas vraiment, de toute façon.

– Un peu quand même.

Il me sourit par en dessous.

– C'est lui qui m'a demandé de ne pas venir.

– Ah bon ! Il a une autre copine qui passe le prendre ?

– Ha ! Ha ! Ha ! Ce que tu peux être drôle par moments…

– Assez, oui. N'empêche que je le vois mal rentrer tout seul en taxi…

Il m'a exaspérée, subitement. Je l'ai trouvé petit, mesquin, et la tentation de le remettre à sa place l'a emporté sur la promesse que j'avais faite à Nikitenko.

– Il travaille pour un service d'espionnage, voilà, et des gens viennent le chercher. C'est un secret, évidemment, je te demande…

– Attends, c'est lui qui t'a raconté cette connerie ?

– Arrête, Paul ! T'es vraiment chiant à la fin ! C'est pas parce que tu ne l'aimes pas qu'il ne peut pas...

– Agnès, enfin !

– Je regrette bien de te l'avoir dit.

– Mais comment peux-tu croire ce genre de fadaises ?

– Merde !

Je l'ai abandonné à ses ricanements pour aller m'enfermer dans la salle de bains. Nikitenko n'est pas encore en France que ça recommence, ai-je pensé. Cependant, là, j'aurais eu plaisir à me rhabiller pour filer le rejoindre, ostensiblement, et toiser sur le pas de la porte le regard soudain chaviré de cet abruti de Paul.

L'idée de me rendre malgré tout à l'aéroport, mais clandestinement, m'a surprise le lendemain matin sur le chemin du collège. J'étais à l'arrêt du bus, mon visage a dû s'en trouver illuminé car dans les instants qui ont suivi j'ai croisé à plusieurs reprises, sans y prêter vraiment attention, le regard d'un homme qui patientait comme moi et que je semblais éblouir. Clandestinement, le mot me plaît pour ce qu'il suppose d'encanaillement. Décidément, depuis l'irruption de Nikitenko dans ma vie, je prends un drôle de plaisir à lacérer mon cocon de femme tranquille. D'ailleurs, avant lui, je n'aurais jamais songé à entreprendre seule ce type de choses inavouables. Ç'aurait été avec Paul ou rien. Ma liberté toute neuve, mon autonomie me grisent subitement. Ainsi, je vais entrevoir Nikitenko parmi ces gens du renseignement qui me sont inaccessibles, qui doivent ignorer mon existence, et par la même occasion je moucherai Paul. Je lui livrerai, l'air de rien, deux ou trois détails qui lui couperont définitivement l'envie de rire.

Tiens, l'homme a trouvé le moyen de s'asseoir en face de moi. Il a le regard pâle et vulnérable d'Aragon jeune — la photo qui était sur le bureau de papa à Roubaix. Ils s'étaient connus au parti communiste. Je lui souris de là-bas, de mon enfance.

– Votre visage me touche beaucoup, dit-il gravement, pardonnez-moi. Vous ressemblez à Nastassja Kinski en plus humaine, beaucoup plus humaine.

– …

– On vous l'a déjà dit, naturellement.

– Non, jamais.

Je souris encore et me tourne vers la fenêtre.

– Vous allez au travail ? reprend-il.

– Oui. Vous aussi ?

Il acquiesce.

– Porte de Bagnolet, précise-t-il.

– Moi c'est dans Paris.

– Vous êtes professeur, n'est-ce pas ?

– Comment le savez-vous ?

– Nous avons déjà voyagé ensemble, il y a quelques jours. Vous corrigiez des copies, vous ne m'avez pas vu.

– Ah !

– Excusez-moi, je dois descendre. J'espère vous revoir sur cette ligne.

Il s'est levé, je l'ai suivi des yeux stupidement sans parvenir à rétorquer quoi que ce soit.

Le reste du trajet, je m'en suis voulu. Il a dix ans de moins que moi, ce type, ai-je songé, et même dans cette situation je me laisse traiter avec condescendance, comme une enfant.

Laurence est amoureuse d'un pilote de l'armée de l'air. Elle l'a rencontré sur la plage, cet été, à Royan, pendant que son Bertrand passait ses journées à enseigner la natation aux enfants du club Mickey. Elle ne me l'aurait pas dit que je l'aurais deviné. Laurence est de ces femmes, comme les hommes dont elle se moque, dont le visage trahit l'appétit ou la satisfaction sexuels. Une certaine insolence dans le port du derrière, aussi. Je devrais dire de la croupe, en ce qui la concerne. Depuis la rentrée, il suffit de la regarder pour deviner qu'elle sort d'une séance avec son pilote, ou que ça la démange d'y retourner. Elle me dégoûte, et cependant me fascine, comme l'animalité peut fasciner parfois. Je m'entends l'interroger sur sa liaison tout en ayant parfaitement conscience de me déshonorer. D'ailleurs, le sourire de connivence qui me vient alors m'enlaidit, je le sais.

– Et toi, c'est pour quand, ma biquette ? réplique-t-elle.

– Quoi ?

– Le retour de ton chéri.

Qu'elle puisse de ses mots salir à la fois Paul et Nikitenko me révulse. J'ai honte de lui avoir livré les deux hommes de ma vie, de les avoir trahis l'un et l'autre. Combien ils seraient blessés s'ils apprenaient en quels termes vulgaires nous parlons d'eux ! Pourtant, je ne fuis pas. Je confirme, aussitôt prise d'un léger tournis.

– Le 18, je te l'ai déjà dit.

– Ah oui, c'est vrai. Et tu dois attendre le lundi... Vous allez vous retrouver où ?

– Je ne sais pas, chez lui, probablement.

– Dis donc, ça va fumer !

Elle éclate de rire, et moi aussi, avec un temps de retard.

– Ce que tu peux être con !

– C'est pas vrai peut-être ? Rien que d'y penser tu es déjà écarlate...

– Arrête, Laurence, s'il te plaît. En plus, n'importe qui peut nous entendre.

Alors plus bas :

– Dis-moi un truc, à propos. Tu fais toujours l'amour avec Paul, toi ?

– Ça nous arrive, oui.

– Eh bien, moi, non ! Tu sais pas ce que je lui ai dit ?

– À qui ?

– À Bertrand, pomme à l'eau. Que le gynéco m'avait donné trois mois d'abstinence !

De nouveau le fou rire.
– Tu es complètement cinglée, ma pauvre Lolo...

La scène s'est passée si vite que j'ai pu, l'instant d'après, douter qu'elle ait jamais existé.

Je m'étais rencognée sous un taxiphone ; de là, pensais-je, je serais en mesure d'observer le flot des passagers sans être remarquée. En marge de la foule qui patientait, j'avais repéré un homme seul d'une cinquantaine d'années, grand, aux traits fins, qui pouvait être, selon moi, agent des renseignements.

Nikitenko a surgi parmi les premiers, son sac marin sur l'épaule. À ce moment-là mon cœur m'a paru sur le point d'imploser, et un bref éblouissement a escamoté la suite. J'ai dû me passer une main sur les paupières pendant que de l'autre je tenais toujours le combiné. Quand j'ai repris mes esprits, Nikitenko franchissait en toute hâte la porte extérieure, mais il était accompagné d'une femme dont je n'ai pas même pu deviner le visage et qui portait un sac similaire au sien. L'homme que j'avais pris pour un agent les avait laissés filer sans broncher.

Ça ne s'était pas passé comme je l'avais imaginé. Pas du tout. Et d'où sortait cette femme ? J'ai raccroché l'appareil, abasourdie, et me suis dirigée par prudence, les jambes encore flageolantes, vers une porte plus éloignée. Là-bas, les taxis embarquaient les gens au fur et à mesure de leur arrivée. Nikitenko et cette inconnue avaient disparu.

Nikitenko !... Mon Dieu ! Et si j'en avais pris un autre pour lui ? Cela m'est apparu subitement dans le train qui me ramenait à Paris. J'avais cru le reconnaître mais j'avais pu me tromper ; des barbus de sa corpulence il m'arrivait souvent d'en croiser et l'émotion chaque fois m'enflammait le cœur. J'avais complètement perdu la tête. J'ai regretté de ne pas être restée, alors certainement je l'aurais vu sortir, réellement vu, reposé et souriant, cherchant discrètement des yeux ses collègues des Services. D'ailleurs, l'agent ne s'y était pas trompé, lui. Quelle gourde ! Mais quelle gourde ! J'avais fait tout ce déplacement pour rien.

Le week-end en famille s'est écoulé ; ni les enfants ni Paul n'ont paru s'apercevoir de mes absences. Cependant, je n'ai pas cessé de me tourmenter : c'était bien lui, je n'avais pas la berlue, tout de même, mais en ce cas qui était cette femme ? Non, j'avais rêvé la scène, ce Nikitenko fuyant à grandes enjambées, et comme poursuivi par son ombre, sortait tout droit d'un de mes cauchemars. Enfant, j'avais eu de telles hallucinations. Avec papa, les nuits précédant ses retours. On allait le chercher à l'aéroport. Ces jours-là, maman ne pleurait pas et se fardait beaucoup pour être belle.

Sa voix, le lundi matin, attentionnée et enjouée.

– Bonjour, toi !

À la seconde j'ai su que, réel ou fantasmé, l'homme de l'aéroport n'était pas lui.

– Oh, Nikito ! Tu m'as manqué…

– Toi aussi. Beaucoup.

– Mon chéri…

– J'ai hâte de te serrer.

– Si tu veux… J'ai cours seulement cet après-midi.

– Je passe te prendre. Dans une demi-heure, ça ira ?

– Oui… Nikito ?

– Dis-moi ?

– C'est bon de t'entendre.

Effacer les traces du petit déjeuner, vite… Il fait pas un peu mémère, ce soutien-gorge ? Qu'est-ce qui m'a pris de mettre ce vieux machin ? Le noir… Oui, mais il va se voir dessous. Et puis merde, je n'ai qu'à ne rien mettre du tout. Tant que j'y suis je vais me passer un coton sous les bras. C'est ça, toute la vaisselle sale dans le lavabo, bravo, Agnès ! La fille pas stressée, déjà… Je devrais faire pipi aussi, parce que après… Oui, bon, la vaisselle d'abord, pipi, ensuite je m'occupe de moi. Il aime bien ma mèche, c'est lui souvent qui me la replace sur l'œil. Les dents ? Ça va. Ah, tiens, fais voir si ça m'irait un anneau dans la narine ?... Ouais, c'est plutôt mignon... C'est lui qui l'avait suggéré, je ne sais pas si Paul apprécierait beaucoup. L'école non plus, d'ailleurs... Il va sonner et... J'aurais dû lui dire d'entrer sans sonner, on ne peut pas s'embrasser à la grille, c'est trop risqué...

Il est entré sans sonner. Je sortais de la salle de bains quand je l'ai vu traverser le jardin. Nous nous sommes enlacés sous le porche et quelques minutes plus tard nous faisions l'amour.

Avec le léger recul dont je dispose aujourd'hui, je peux dire qu'à partir de cet instant l'idée de quitter Paul pour Nikitenko ne m'est plus apparue comme une utopie vertigineuse. J'ai soudainement mesuré combien l'été avait été ennuyeux auprès de Paul. Jusqu'à quand allait-il m'enchaîner ? Je lui avais donné les vingt plus belles années de ma vie et il n'avait jamais cessé de regarder ailleurs. Il venait de me voler un nouvel été, et pour quel résultat ? Dans la balance, ces trois mois en famille me laisseraient moins d'émotion que cette demi-heure où Nikitenko et moi nous étions aimés. Sur le plancher.

– Tu m'as manqué, je n'ai fait que t'attendre..

– ...

– Non, reste sur moi, j'en ai besoin.

– Et si...

– Personne ne viendra, reste.

– ...

– À quoi penses-tu ?

– Tu m'as manqué, toi aussi.

– Nikito, je crois que je t'aime vraiment, tu sais.

– C'était bien votre tour de France ?

– Bof...

– Tu as bronzé en tout cas.

– Je te plais ?

– Beaucoup, oui.

– Embrasse-moi encore, tu veux bien ?

Paul bricolait dans le jardin quand je suis rentrée le soir. Tout au long de l'après-midi, ma rancœur à son égard s'était abreuvée d'innombrables souvenirs. Il se passait décidément quelque chose d'insolite depuis le matin, comme si le retour de Nikitenko m'avait donné la force d'instruire enfin le procès de Paul.

– Salut, Agnès ! a-t-il lancé. Ça va ?

David était avec lui, je ne l'avais pas remarqué. Je leur ai vaguement souri ; ils étaient perchés sur le mur d'enceinte.

– Tu ne nous demandes pas ce qu'on fait ?

J'ai prétexté un besoin urgent pour ne rien leur demander, non. Murielle donnait son bain à Bijou, je les ai embrassées au passage et suis montée m'enfermer dans le bureau de Paul pour téléphoner. Certitude qu'il m'attend. Il devait essayer de se libérer pour le soir même.

– C'est moi.

– Toi Agnès ?

– Moi Agnès.

– J'ai pensé à toi toute la journée.

– Mon amour…

– C'est arrangé pour ce soir. Je passe te prendre ?

– Pas à la maison. À l'arrêt du bus, je préfère. En bas de la rue à droite. Vers huit heures ?

– Vers huit heures, d'accord. Sois belle.

Rien ne vaut le sentiment de plaire. Sois belle. Oh mon chéri, pour toi je le serai, longtemps, aussi longtemps que tu m'aimeras. Vois comme je respire sous ton regard, comme je suis vivante, dans un instant tu m'embrasseras, mais tu attends, tu retiens ton plaisir, notre plaisir… Paul n'a pas de miroir, naturellement, mais il y en a un dans notre chambre… Voilà. Sois belle… Toi Agnès ? – Moi Agnès. Tiens, il ne m'a jamais dit s'il aimait mon prénom ? Agnès. C'est assez sensuel, non ? Je n'ai que trente-six ans, bientôt trente-sept. Dans deux mois, déjà ? Non, trois... Le profil gauche est plus joli que le droit, c'est une chance en voiture, à condition d'être passagère, bien sûr... Certaines femmes sont encore superbes à près de cinquante... Pas maman, avec toutes ses rides, mais elle l'avait bien cherché... Son cher malheur, il lui tenait lieu d'amant... Bon, je mets le dîner en route et ils se débrouilleront sans moi.

– Eh, Agnès, tu pourrais venir voir, quand même !

Moi, par la fenêtre de la cuisine largement ouverte sur le jardin :

– Quoi ?

– Je monte une éolienne pour David. Viens, s'il te plaît...

– Juste une seconde, alors. Je prépare le dîner et je m'habille.

– Tu n'es pas là ce soir ?

– Non.

J'en étais certaine, il a rappliqué dans les cinq minutes.

– Tu sors avec lui ?

– Oui.

– Agnès, on ne va pas recommencer comme au printemps...

– Recommencer quoi ?

– Tu m'avais dit...

– Je ne t'ai jamais rien dit, Paul.

– C'était implicite, il partait de son côté et nous...

– Arrête, on ne va pas avoir cette conversation maintenant, et ici, avec David et Murielle...

Je m'étais mise à chuchoter, lui désignant du menton la salle de bains où David venait de rejoindre Murielle et Bijou. Alors lui, également à voix basse :

– Mais tu ne m'aimes plus, Agnès ?

– Je ne sais pas, si, sûrement... Tu veux bien terminer ?

Je lui ai tendu la cuillère en bois. Je souriais ; ce

sourire était un premier acompte. Comment n'y avais-je pas songé plus tôt ? J'avais été jusqu'à le supplier de me raconter ses amours impossibles, pauvre conne, alors qu'il suffit d'être aimée par un autre, désirée par un autre. Ses yeux très noirs, son teint de cendre maintenant. L'ombre de lui-même.

– Tu fais attention à ce que ça n'attache pas, surtout. Ça ira ?

Je l'ai retrouvé à minuit et demi, allongé à plat ventre en travers de notre lit : il feuilletait les albums de photos de mon enfance. Un moment, j'ai cru défaillir. Étions-nous ensorcelés, frère et sœur siamois vraiment, ou Paul m'espionnait-il ? Une bonne partie de la soirée Nikitenko m'avait interrogée sur mon enfance, et ces mêmes albums, j'avais proposé de les lui apporter la prochaine fois. Je les avais récupérés à la mort de maman ; Paul, alors, n'y avait prêté aucune attention.

– Comment sais-tu…

– Comment je sais quoi, Agnès ? Je suis plongé dans ta vie depuis trois heures…

– Dis-moi pourquoi…, j'ai absolument besoin de savoir…, pourquoi tu as attendu ce soir pour les ouvrir ?

– Mais ça va pas, qu'est-ce qui te prend ? Je cherchais des trucs à toi… J'ai même respiré tes pulls un par un, tu me manquais. Tu me manquais, voilà. J'ai pensé aux photos, les nôtres, pas celles-ci, et je suis tombé dessus.

– C'est pas vrai.

– Je te jure que c'est vrai, Agnès.

– Ces photos, tu n'en avais rien à faire, alors pourquoi ce soir, justement…

– Qu'est-ce qu'il y a ce soir ?

– J'ai promis à Nikitenko de les lui montrer et comme par hasard je te trouve le nez dedans.

Il a bondi sur ses jambes et est allé se réfugier dans le coin, près de la fenêtre.

– Tu ne montreras pas ces photos à ce mec, ça ne le regarde pas.

– Tu deviens cinglé, Paul. Je te signale qu'ils sont à moi, ces albums.

– À nous !

– Non, à moi. Tu t'en fichais complètement jusqu'à ce que Nikito…

– Tu l'appelles Nikito ?

– Je l'appelle comme je veux, et arrête de me regarder comme ça. On dirait…

– Si tu lui montres ces photos je suis capable d'en mourir.

– Mais tu es réellement fou, à la fin !

– Agnès, c'est comme si tu lui donnais ton sang. Tes photos et ton sang, c'est à nous deux. Tu comprends ? Dis-moi que tu comprends, je t'en supplie.

J'ai quitté la pièce en haussant les épaules pour aller faire ma toilette. Quand je suis remontée, il s'était couché et semblait dormir.

Un remue-ménage épouvantable m'a tirée du sommeil. Je crois avoir crié : Paul ! Il y a quelqu'un dans la maison, avant de réaliser qu'il n'était plus dans le lit. J'ai eu le pressentiment à ce moment-là que c'était lui dans l'escalier ; ce que j'avais entendu pouvait être la chute d'un corps.

J'ai sauté du lit, allumé ; il était en bas, recroquevillé sur le carrelage.

– Oh, Paul !

Il se tenait la tête comme un homme qu'on vient de tabasser et qui tente désespérément de se protéger. J'ai écarté ses bras, il a ouvert les paupières.

– Qu'est-ce qui s'est passé, Paul ?

– Je ne sais pas, je suis tombé, non ?… Mais tu pleures ?

– J'ai eu peur, c'est rien. Tu as mal ?

– Dans le dos. Aide-moi à me relever.

Je l'ai recouché, il grelottait. D'instinct, je me suis

fourrée contre lui, mon bras gauche autour de sa taille, comme autrefois.

J'ai découvert le lendemain matin qu'il était descendu vomir ; il avait dû tomber en remontant. J'ai dit aux enfants qu'il était malade et nous l'avons laissé dormir.

En milieu de matinée l'histoire des photos m'est revenue. Je me suis souvenue combien je m'étais sentie heureuse et confiante en regagnant la maison, la veille au soir, à l'idée de présenter mes albums à Nikitenko. Qu'il s'intéresse à mon enfance me touchait infiniment, c'était la marque d'un amour tellement plus généreux que celui de Paul ! Ainsi ces photos n'appartiendraient qu'à nous ; elles seraient l'une de ces très rares choses de ma vie que nous n'aurions pas à partager à trois. Je le pensais, et me trompais. Mû par une sorte d'instinct de survie, Paul nous avait donc doublés au dernier moment. De survie et de nuisance, ai-je songé en souriant nerveusement. D'un bonheur à venir, frais et léger, il était parvenu à faire un drame. J'ai revu son corps en position fœtale en bas de l'escalier, mais, au lieu d'en éprouver de l'émotion, des pulsions assassines m'ont aussitôt submergée. L'envie de lui cracher au visage, de le piétiner, de l'anéantir enfin. Il n'était pas tombé là par hasard, en travers de mon chemin, nu comme un nouveau-né. Non, tout ce théâtre donnait évidemment dans l'allégorie : Tu devras enjamber mon corps pour le rejoindre. Et moi, pauvre gourde, plutôt que de l'enjamber effectivement et de lui claquer la porte sur les doigts, je m'étais agenouillée et j'avais versé les larmes d'usage…

Soirée mutique jusqu'au coucher des enfants. Puis moi :

– Paul, je ne te pardonne pas ce que tu as fait cette nuit.

– Je me suis cassé la gueule dans les escaliers, ça aurait pu t'arriver aussi.

– Tu sais très bien que c'est autre chose.

– J'ai dû m'évanouir, oui.

– Tu te rends malade exprès, tu ne supportes pas que je vive en dehors de toi.

– Nous ne pouvons pas vivre l'un sans l'autre, Agnès, nous avons grandi ensemble, tout découvert ensemble. Tu portes une part de moi et moi…

– C'est toi qui le dis.

– Agnès, tu me regardes comme si tu me haïssais. Tu t'en rends compte ?

– Je te regarde comme je peux.

– J'ai peur qu'on ne s'en sorte pas, tout d'un coup…

– …

– Tu m'entends, Agnès ?

– Oui.

– Dis-moi ce que tu penses, essayons de parler normalement.

– J'ai envie d'être avec lui. Parfois, j'ai la certitude de l'aimer, et à d'autres moments je ne sais plus.

– Oh !

– S'il te plaît, Paul, ne pleure pas. Tu ne peux pas savoir ce que…

– Si, je sais. Excuse-moi, c'est la fatigue… Ça va passer.

– Tu veux un café ?

– Je veux bien… Pourquoi tu ne pars pas ?

– Et les enfants ? Et toi ?

– Le lendemain du départ de ma mère, papa a eu cet accident, à Villeneuve-Saint-Georges, avec les deux types de l'OAS. Je me demande s'il n'a pas fait exprès de se balancer sous le camion.

– Tu vois bien ! Et c'est toi qui proposes de parler normalement…

– Tu survivrais très bien à…

– Paul ! Si tu dis un mot de plus je m'en vais… Tu n'es qu'un salaud ! Un pauvre salaud !

Je me suis mise à sangloter au-dessus de la cafetière

et c'est lui qui est parti. Il n'a pas dormi à la maison cette nuit-là.

Au fil des jours, des semaines qui ont suivi, Paul m'est devenu indifférent. Je n'ai bientôt plus eu de lui qu'une image morbide, atone, celle d'un homme amaigri au teint diaphane remuant des idées dont la noirceur avait complètement cessé de m'atteindre. Il avait rallié dans mon esprit la communauté exécrée des victimes dont maman m'avait dégoûtée à jamais. Il semblait se complaire dans son malheur et, plutôt que de m'inspirer une quelconque compassion, sa croix, si ostensiblement portée, m'arrachait des mimiques exaspérées. Nous dormions encore dans le même lit, mais chacun de son côté. Nous échangions, matin et soir, en évitant soigneusement de nous regarder, les quelques informations indispensables à la marche de la maison. Voilà tout ce qu'il restait de notre vie de couple. Je ne lui demandais plus son avis, ni pour découcher ni pour partir en week-end. Cependant, certains dimanches soir, je le retrouvais debout, arpentant le salon les mains dans les poches. Nous nous enfoncions dans l'automne, il avait pris la peine de faire du feu. Il essayait de donner le change, de paraître vivant.

– Tu m'attendais ?

– Non, je réfléchissais... C'était bien ton week-end ?

– Oui, je suis crevée. Et les enfants ?

– Je les ai emmenés à Vincennes, on a pique-niqué.

– Ah, c'est bien !

– Tu veux une tisane ? Je m'en fais une...

– Vite, alors, je dors debout.

On la buvait devant la cheminée en échangeant d'un air convaincu des propos absolument anodins, sur le chien des voisins qui n'avait pas arrêté d'aboyer, la qualité des bûches ou la voiture qui démarrait de plus en plus mal décidément. L'un ou l'autre pouvait émettre un petit rire, un soupir, mais nos yeux se fuyaient ; notre histoire en décomposition était devenue une sorte de cloaque épouvantable que nous nous gardions désormais d'approcher.

Le plus souvent, Paul s'était couché sans m'attendre. Maintenant il dormait sur le dos, ce que je ne l'avais jamais vu faire en vingt années. La nuit où je m'en étais aperçue, j'en avais ressenti une inexplicable tristesse, et j'étais donc restée un moment à l'observer. Alors j'avais compris ce qui me blessait : plus catégoriquement qu'avec des mots, Paul venait de me retirer ma place auprès de lui. Un instant, j'avais songé à le rouler sur le côté pour la récupérer, ma place, puis, un peu perdue, j'avais effleuré son bras, cherché sa main : elle reposait sur son sexe, comme la carapace sur la tortue.

Il a dormi ainsi jusqu'à la fin. Un matin, quelques jours avant qu'il ne cesse brusquement de partager mon lit, je lui en ai fait la réflexion.

– Paul, tu sais que tu ne t'endors plus sans te couvrir le zizi ?

– J'ai remarqué, oui, merci. Pour ce que tu t'en sers ça ne doit pas trop te gêner.

– Tu es con ! Mais tu sais pourquoi ?

– Pourquoi je me tiens les couilles ?

– Oui.

– Je me suis renseigné : j'ai peur qu'on me les coupe.

– Qui « on » ?

– Toi, par exemple.

On a ri ensemble, ça ne nous était pas arrivé depuis des lustres. Du coup, j'ai eu envie de le caresser et il a joui dans ma main. Puis nous nous sommes éloignés l'un de l'autre, confus. Quelle folie avait pu nous précipiter dans cette intimité alors qu'on avait même perdu l'habitude de s'embrasser ?

Il hantait la maison de sa triste silhouette et cependant jamais comme en cet automne la vie ne m'avait paru aussi pleine d'intérêt, aussi attrayante, aussi joyeuse. Elle semblait d'ailleurs vouloir me remercier pour l'attention nouvelle que je lui portais, la vie : à la convoitise des hommes, je mesurais chaque jour combien j'étais devenue plus lumineuse, plus sensuelle aussi, sûrement. La certitude d'être belle, et non plus seulement mignonne, d'avoir la taille fine et les fesses plus haut perchées que je ne le croyais — Nikitenko célébrait mon corps comme jamais Paul ne l'avait fait — m'avait donné l'audace d'entrer chez les quelques couturiers branchés du moment. À présent, les devantures me renvoyaient une image conforme à celle de ces femmes qui troublaient manifestement Nikitenko, délicieusement féminines, mais conquérantes, sûres d'elles-même, qu'on regarde filer avec nostalgie, disait-il, en songeant qu'elles ont malheureusement tout ce qu'il leur faut à la maison.

– Tu n'es qu'un sale dragueur, en réalité.

– Non, mais quand une femme est malheureuse, j'ai l'impression de pouvoir faire quelque chose pour elle. Tandis que là...

– Si, mon chéri, continue de faire quelque chose pour moi, s'il te plaît...

J'avais revu mon jeune amoureux transi du bus. Pour une raison que je ne m'expliquais pas, sa présence en pointillé dans mon existence contribuait à mon bonheur. En quittant la maison, le matin, je me demandais s'il allait être là, et s'il n'y était pas cela jetait une ombre passagère sur ma journée. J'étais parvenue à reprendre l'initiative et il était certainement la seule personne de mon entourage que je dominais complètement et qui m'était entièrement dévouée. C'est moi qui menais la conversation et lui m'écoutait avec une telle ferveur qu'il m'arrivait de m'interrompre pour le lui dire.

– Mais ne me regardez pas comme ça, on dirait un enfant devant la Sainte Vierge.

– Excusez-moi.

– Non ! Vous n'allez pas, en plus, vous excuser...

Je riais. J'avais le sentiment auprès de lui d'être

infiniment précieuse et inaccessible. Une fois, pour l'embarrasser, j'avais feint de le consulter.

– Tenez, donnez-moi un conseil : l'homme que j'aime voudrait que je porte un petit anneau d'or à la narine, qu'est-ce que vous en penseriez, vous ?

Il avait rougi. Ses yeux pâles s'étaient autorisé une courte pause sur mes narines.

– Vous avez un joli nez, en avait-il conclu.

– Merci.

– Je ne sais pas si...

– Vous n'aimeriez pas, c'est ça ?

– Voilà, oui.

Il était responsable du rayon photo au supermarché Auchan de la porte de Bagnolet. Comme il avait fait des études de lettres il s'était autorisé à réclamer la librairie, mais la place était prise. Il en était désolé.

– Vous avez tort, lui avais-je dit un jour, je trouve que vendre des appareils photo c'est bien plus intéressant que de vendre des livres.

– Vous le pensez vraiment ou vous dites cela...

– Je le pense vraiment ; les gens qui aiment les livres m'ennuient, figurez-vous.

Il avait eu l'air interloqué. Comment aurait-il pu deviner que je faisais référence à Paul ?

Retrouver Laurence au collège était également un de mes petits plaisirs quotidiens. En sa compagnie, je changeais radicalement de registre : j'étais la petite sœur soi-disant naïve que la vie avait précipitée par hasard dans un roman pour adultes et qu'il convenait de déniaiser d'urgence si on ne voulait pas qu'elle s'y noie. Pourquoi Laurence, que je tenais en mon for intérieur pour une idiote, vulgaire de surcroît, m'inspirait-elle ce personnage falot ? C'est un des mystères des relations humaines. Je me dégoûtais, et cependant chaque matin ou presque je cédais à la tentation de m'abaisser avec le même empressement. La question, selon elle, était de savoir si nous devions en reprendre pour vingt ans avec nos vieux « machins » ou les larguer au profit, elle, de son pilote, et moi de Nikitenko.

– On a d'autant moins le droit à l'erreur, répétait-elle, que l'occasion ne se reproduira plus, si tu veux mon avis. Tu as quel âge ?

– Trente-six.

– Moi trente-huit. Dans cinq ans, ma biquette, on n'intéressera plus personne.

– Tu crois ?

– Mais tu rêves ou quoi ? À part Catherine Deneuve, cite-moi une seule femme qui tienne encore la route après quarante-quarante-cinq ans. Les hommes, tu sais…

– Nastassja Kinski.

– Oui, bon, disons qu'on les compte sur les doigts d'une main.

– Tu sais qu'un type m'a dit que je lui ressemblais ?

– À la Kinski ?

– Oui, en mieux, enfin en plus…

– Remarque, il y a de ça… C'est ton Nikito ?

– Non, un mec qui me court après, dans le bus.

– Oh ! depuis quand ?

– Je ne sais pas, deux ou trois mois.

– Et tu m'avais caché ça ?

– Je ne te dis pas tout, Lolo.

– Moi si. Tiens, au fait, Édouard a accepté mon marché.

– Arrêter de fumer ?

– Non, ça, c'était pour rire. Quitter l'armée si je plaque Bertrand.

– Houaou !

– J'ai demandé un mois de réflexion.

– Tu veux voir si avec Bertrand…

– Tu rigoles ! Non, mais pour l'échauffer un peu, l'autre… Qu'il n'aille pas non plus s'imaginer que ça va lui tomber tout cuit dans le bec !

– Moi je ne suis pas encore certaine de pouvoir me passer de Paul, définitivement, je veux dire.

– Dis donc, il te ferait pas un peu de chantage au suicide, ton bonhomme ?

– Je ne sais pas… Si, peut-être.

– Alors là tu laisses tomber tout de suite, Agnès. Ce genre de décision, ça se prend seule. S'il veut se foutre en l'air c'est son problème.

– C'est vrai, mais quand même…

– Quand même quoi ?

– J'ai du mal à envisager la vie sans lui.

– Oooh, toi, je sens que tu vas me lâcher… Tu n'oublies pas ce qu'on a dit, hein : si l'une y va, l'autre suit.

– On avait un peu trop bu ce soir-là.

– Je sais, je sais… Non mais sans blague, ne te laisse pas embringuer par Paul. Si tu voyais le cinéma que me fait Bertrand ! La dernière fois, il devait se jeter dans la Seine, et tu sais où je l'ai retrouvé ?

– Non.

– Roulé en boule sur le canapé avec la chienne.

Décembre. Conseil de classe jusqu'à sept heures, puis retour à la maison. Il a neigé en début d'après-midi, insuffisamment pour que ça tienne mais assez pour transformer les rues en bourbier. Le bus progresse lentement, prisonnier d'un flot de tôle luisant piqueté d'éclats incandescents ; j'ai les pieds trempés, Nikitenko est en voyage pour toute la semaine, les gens, ce soir, me paraissent plus vieux que d'habitude, plus malheureux aussi.

Paul et les enfants m'ont attendue ; nous dînons tous les quatre. Paul et moi ne nous adressons pas la parole, feignant d'être complètement absorbés, lui par le repas de Bijou, moi par les histoires à n'en plus finir de David — le récit des exploits alpins de son instituteur. David l'admire plus que de raison. Je n'écoute que d'une oreille et me reproche pour la énième fois de n'avoir pas trouvé le temps de le rencontrer.

Après le coucher des enfants, comme je vais prendre un bain, Paul demande à me parler.

– Tout de suite ?

– Je préférerais, oui. Si tu veux, j'allume un feu, ça te réchauffera les pieds au moins autant qu'un bain brûlant.

C'est ce qu'il fait, et durant ce temps nous demeurons silencieux.

– Agnès, commence-t-il enfin, je suis censé garder pour moi ce que je vais te dire maintenant, mais je ne vois pas l'intérêt de te le cacher. Nikitenko est venu déjeuner avec moi à midi et...

– À midi aujourd'hui ?

– Oui.

– C'est impossible...

Je me suis arrêtée à temps. J'allais dire : C'est impossible, il est en voyage à l'étranger depuis hier matin.

– Pourquoi c'est impossible ?

– Non, rien, je suis idiote, continue.

– Il est donc arrivé à l'improviste pour « faire le point », plus sautillant que jamais. Entre guillemets « faire le point ». Le point sur quoi ? j'ai dit. Je ne vois pas bien. – Je crois qu'on aurait tout intérêt à se concerter, toi et moi, Paul. – Se concerter ?... Je ne comprenais rien à ce qu'il me voulait, toujours est-il qu'on est allés bouffer ensemble... Tu m'écoutes, Agnès, ou tu n'en as rien à foutre ?

– Je t'écoute.

En réalité, je suis abasourdie par la découverte du mensonge de Nikitenko et occupée à reconstituer nos derniers instants : nous avions dormi ensemble la nuit précédant son départ et je l'avais accompagné le matin jusqu'à la station de taxis. Il me semble bien l'avoir entendu lancer au chauffeur : « Roissy-Charles-de-Gaulle ! » Se peut-il qu'il m'ait joué cette comédie ?

Non, c'est grotesque. Et dans quel but d'ailleurs ? Son voyage a dû être annulé au tout dernier moment. Oui, mais alors pourquoi ne m'a-t-il pas immédiatement prévenue… Je brûle du désir de l'appeler, non pas à Berlin, où il ne m'a laissé aucun point de chute, mais chez lui, à Paris. Seulement j'hésite à interrompre Paul, il peut le prendre mal et disparaître pour la nuit avec ses secrets.

– Je t'écoute.

– Attends, je prends une cigarette.

– Tu fumes, maintenant ?

– Depuis quelques jours… Il s'est contorsionné sur sa chaise pendant dix minutes avant d'en venir à son affaire : Paul, je crois qu'il est temps maintenant que les choses reprennent leur place. – Quelles choses ? – Si j'ai bien compris ce que m'a dit Agnès, tu tiens à elle… – Jusqu'ici ça ne t'a pas empêché de la sauter. Il a secoué la tête, l'air réellement navré…

– T'es vraiment un salaud, Paul.

– Pourquoi tu me dis ça ?

– Mais t'as vu comment tu parles de moi ?

– À cause de ce connard ; cette tronche de faux cul qu'il tirait…

– Bon, bon, arrête, s'il te plaît. Continue.

– J'ai envie de le tuer, Agnès.

– Arrête !

– L'air réellement navré du faux cul, donc. Où tu veux en venir, exactement ? je lui ai demandé. – Je pense que maintenant chacun doit reprendre sa place. – Tu veux dire que tu me rends la mienne auprès d'Agnès, c'est ça ? – Vous avez deux enfants ensemble, Paul. – J'ai remarqué, merci. Et donc soudain la culpabilité te broie les tripes… – Est-ce qu'on peut parler sérieusement, Paul ? – Oui, excuse-moi. Parlons sérieusement, Nikitenko. – Je me sens de plus en plus en porte à faux dans cette histoire. – Tu vas t'en aller, donc, quitter Agnès, et ce déjeuner c'était pour m'avertir. Je crois qu'il a acquiescé, cet imbécile, mais je n'en suis même pas sûr. Il a peur des mots, il dit sans dire, je déteste ça. Tu as l'impression qu'il se garde une possibilité de revenir en arrière. Moi, mais j'ai jamais dit ça !

Je ne pleure pas, je soutiens même un instant le regard exaspéré de Paul.

– Agnès, c'est une ordure, ce mec.

– Tais-toi !

– Je sais qu'il a quelqu'un d'autre dans sa vie...

– Même si c'était vrai, ça ne te regarderait pas.

Il allume une cigarette et se tait. Oh, qu'il se taise encore un peu, par pitié. Tant de violences à surmonter, vite. Tant de violences. Mais non, la vie est toujours plus compliquée qu'on ne l'imagine. Il faut prendre le temps d'analyser, de comprendre. C'était lui à l'aéroport ; l'autre week-end, j'ai reconnu son sac marin sur la banquette arrière de sa voiture. C'était lui, et donc l'inconnue... Il a eu l'élégance de ne jamais évoquer son existence. C'est elle évidemment qui m'a renvoyé ma boucle d'oreille au printemps dernier. Elle doit lui faire un chantage au suicide et il n'a pas la cruauté...

– Comment sais-tu qu'il a quelqu'un d'autre, d'abord ?

– Je les ai vus à une terrasse de café ; elle est très jolie, elle te ressemble.

– Je sais.

– Tu la connais ?

– Il n'y a plus rien entre eux depuis longtemps.

Il me regarde gravement.

– Agnès, pourquoi est-ce que je te raconte ce déjeuner, tu penses ?

– Tu es trop content de me le raconter, tu crois que ça ne se voit pas ?

– Je suis trop content de te montrer Nikitenko sous son vrai jour, oui.

– Sous son vrai jour, c'est ça. Et tu n'as pas songé une seconde qu'il essayait de te dire autre chose...

– Quoi, par exemple ?

– Il se sent coupable depuis le premier jour, à cause des enfants, de la maison. Il m'a proposé plusieurs fois de s'effacer pour qu'on puisse se retrouver, toi et moi.

– Pour qu'on puisse se retrouver ou pour qu'il puisse aller draguer ailleurs ?

– Tu me fais vraiment pitié, Paul.

– Il essaie d'attirer Murielle chez lui pour la photographier à poil. Tu le savais ?

– Qu'est-ce que c'est que cette imbécillité encore ?

– Demande à Murielle, il lui fait un cinéma pas possible. Le coup de l'artiste en mal de modèle… Il est allé jusqu'à l'appeler chez elle. Un jour, il est photographe de mode, un autre jour, agent secret…

– C'est minable ce que tu fais, Paul. Qu'est-ce que tu espères donc ? Que je vais cesser de l'aimer parce que tu me rapportes tous les bruits de chiotte que tu as réussi à glaner ?

– Je n'espère rien du tout.

– Alors pourquoi tu te donnes tout ce mal ?

– Je ne supporte pas que tu te fasses avoir par un bidonneur.

– C'est tellement plus formidable de se faire avoir par toi, n'est-ce pas ?

– Ça ne se reproduira plus, Agnès. J'ai cessé de t'attendre.

– Ah bon ! Première nouvelle. Et depuis quand ?

– Depuis que Nikitenko m'a dit que tu lui avais demandé un enfant.

Paul est parti aussitôt après cette conversation. Bon, a-t-il simplement dit, je m'en vais. Ainsi il n'a pas été témoin de mes sanglots. La crise passée, j'ai erré une bonne partie de la nuit du salon à l'étage. Il était parvenu à jeter le doute sur tout ce qui m'avait donné la force de me détacher de lui. Cette grande maison que j'imaginais certains jours, dans mes rêves les plus secrets, pleine de soleil, d'enfants, me semblait maintenant condamnée à n'héberger que la mort. Son silence m'était insupportable. Où Paul était-il allé dormir ? Où se cachait Nikitenko ? Nous avions fini par nous anéantir mutuellement. J'ai pensé à papa. S'il avait été là, je l'aurais appelé au secours. Il nous aurait emportés vers la maison de Roubaix, nous aurions couché les enfants, il aurait posé ma joue contre sa poitrine et j'aurais pleuré.

Paul est rentré pour le petit déjeuner. Les traits tirés, les yeux rouges, hirsute ; il n'avait pas l'air d'avoir beaucoup dormi. Il a fait son café comme d'habitude et s'est assis avec nous.

– J'ai trouvé des croissants en chemin et une brioche pour Bijou. Vous en voulez ?

– Ouais ! a dit David.

– Tu en veux un, Agnès ?

– Non, merci.

Nos regards se sont à peine effleurés. Qu'est-ce qu'il m'arrivait ? Pour la première fois depuis des mois j'aurais voulu que le sien s'attarde. Je pensais : Il va voir que je me noie, il va se lever et venir m'enlacer par-derrière, comme autrefois. En moi-même je l'appelais, et cependant il caressait la main de Bijou. Il caressait la main de Bijou comme papa caressait la mienne. J'ai revu la scène subitement. Comme papa, sous le regard affolé de maman. Elle n'existait plus. À mon tour je n'existais plus. Est-il possible, vraiment, que je n'existe plus dans la vie de Paul ? Cela soudain m'est apparu insurmontable. J'avais la sensation d'être prisonnière d'un de ces cauchemars où les êtres qui vous sont le plus chers ne vous reconnaissent plus. C'est moi, Agnès. Paul, tu ne peux pas me faire ça, je t'en supplie… Ils vous dévisagent. Je vous en prie, laissez-moi, vous faites erreur. Et comme vous insistez, comme vous vous agrippez, ils prennent peur. Mais lâchez-moi, voyons, lâchez-moi ! Ils se dégagent, ils vous bousculent au besoin. Oh, Paul !…

– On accompagne les enfants ensemble ? Tu veux bien ?

Il a semblé surpris, mais pas mécontent.

– Pourquoi pas ? Ça fait un bail qu'on ne l'a pas fait…

On a déposé Bijou, puis David. Après, j'ai proposé qu'on prenne un café.

– Pourquoi pas ? a-t-il répété.

J'ai attendu que le garçon ait apporté les cafés.

– Est-ce que tu m'as trompée cette nuit, Paul ?

– Attends, comment est-ce que je pourrais te tromper alors qu'on ne vit plus ensemble ?

– On vit toujours ensemble, je ne t'ai pas quitté.

– Agnès !

– Je te demande si tu m'as trompée. Réponds-moi s'il te plaît.

– Je t'ai trompée, oui.

Ses yeux droit dans les miens, enfin.

– Agnès, tu ne vas quand même pas te mettre à pleurer !

– Laisse… Et c'était bien ?

– C'était bien, oui.

– Vous avez fait l'amour plusieurs fois ?

– Toute la nuit.

– Comme nous au début ?

– Comme nous… Arrête, Agnès.

– Comment elle s'appelle ?

– Dominique.

– Elle est blonde comme moi ?

– Non, brune.

– Et tu l'aimes ?

– Je crois, je ne sais pas encore.

– Tu vas me quitter, alors.

– Agnès, hier tu étais prête à faire un enfant avec Nikitenko, et ce matin…

– J'ai toujours su que tu me quitterais. En tout cas, j'en ai peur depuis le premier jour.

– Je ne t'aurais pas quittée.

– J'ai voulu prendre les devants, que ce soit moi qui décide. Ces femmes abandonnées qui passent le restant de leur vie à pleurer…

– C'est ce que tu as fait, Agnès, tu as pris les devants. Jamais je ne t'aurais crue capable d'un tel acharnement à nous détruire.

– Et, malgré tout, j'ai encore peur de te perdre.

La plus vaste, la plus ambitieuse des ripostes

L'image de Nikitenko enfonçant un coton imbibé d'Hémostatine dans la narine gauche d'Agnès obséda Paul durant des jours. Il pensait qu'il s'était trouvé là dans une situation historique — comparable à celle des types de Londres en 1940 ou à celle des hommes de sa génération en 1968 — et qu'une fois encore il avait fait le mauvais choix. Il aurait dû tuer Nikitenko, c'était évident. L'agent immobilier de Neuilly l'aurait fait, lui. Au lieu de quoi Paul s'était enfui.

Il sait que Dominique et les enfants l'attendent au chalet ce soir-là, et cependant il erre plus de deux heures dans les rues de Montreuil. Il veut être en mesure de porter un jugement net et serein sur ce qui vient de se passer. Aurait-il dû, oui ou non, tuer Nikitenko ? Y a-t-il renoncé par lâcheté ou pour une autre raison ? À la première question la réponse est oui, cent fois oui. En empruntant très exactement les gestes de Paul pour soigner Agnès, Nikitenko a clairement signifié qu'il ne respecterait pas le souvenir de la première vie d'Agnès — ses vingt années auprès de Paul. Il n'aurait de cesse d'y semer le désordre et la confusion. Or le souvenir est du domaine du sacré aux yeux de Paul : il est notre seul véritable patrimoine — ce qui doit demeurer éternellement, dans la mémoire d'Agnès comme dans la sienne, de leur vie commune, en l'occurrence — et à ce titre il convient de protéger ce patrimoine des faussaires, des pilleurs. La réponse à la seconde question est plus embarrassante. Pourquoi ne l'a-t-il pas liquidé séance tenante ? Tu n'es pas chasseur, se répète-t-il, et de surcroît tu détestes les armes, tu t'es donc trouvé confronté à un problème de logistique. Il se repasse la scène malgré tout, notant les opportunités d'intervenir qu'il aurait eues, pour finalement conclure qu'il a fui par lâcheté, oui, sûrement, mais aussi faute d'un revolver ou d'un fusil.

Le surlendemain, aussitôt Dominique et les enfants partis, Paul retourne à son ancienne adresse. Il s'est réveillé dans la nuit pris du désir inexplicable de s'y rendre et a eu bien du mal à ne pas y courir aussitôt. Qu'espère-t-il de cette proximité ? Il n'en a encore aucune idée mais il sent que sa place est là-bas. Il sait que la rue, étroite et déserte, n'offre aucune possibilité de planque, aussi passe-t-il par l'arrière de l'ancienne boulonnerie dont les étages surplombent le jardin. Bientôt il voit Agnès le traverser précipitamment. Où va-t-elle ? Elle n'a pas cours le lundi matin, que je sache. À moins que… Si, cette année elle doit avoir cours, il n'y est plus, décidément. Oh non ! Elle vient de se casser un ongle en ouvrant la portière. Elle tape du pied, fronce les sourcils et le nez, mordille le bout de son doigt. Paul respire plus vite, il est ému et fasciné. Il songe qu'il se trouve dans la même situation que les morts, si ce qu'on raconte est vrai : en position d'observer l'être qui lui est le plus cher sans pouvoir cependant le toucher, voler à son secours. Si c'est ça, se dit-il, le père d'Agnès nous voit également l'un et l'autre à l'heure actuelle et il peut croire que je menace sa fille. Non, non, pas d'inquiétude, murmure-t-il, vous savez combien je l'aime, n'est-ce pas ? À ce moment-là seulement il prend conscience qu'outre la fréquentation des armes un gouffre le sépare de l'agent immobilier de Neuilly : ce cinglé a tiré sur sa femme tandis que Paul, lui, ne toucherait jamais un cheveu d'Agnès. Mais au contraire, voyons, s'il veut abattre Nikitenko c'est justement pour sauver leur mémoire commune. Tiens, elle l'appelle, maintenant : Nikito ! Nikito ! Viens vite, s'il te plaît, je vais être en retard. Oh, cette bagnole !... Encore la Renault qui ne démarre pas, naturellement. Chaque année, Agnès, à l'approche de l'automne. Ne me dis pas que tu ne t'en souviens plus ! Nikitenko à son tour franchit le jardin. Il est habillé d'un short et d'un tee-shirt *Ushuaia, la mas australe del mundo*. On le saura, qu'il a doublé le cap Horn. Il veut se mettre au volant, essayer lui-même. Crétin, va ! Encore dix coups de démarreur furieux comme celui-ci et il n'y aura plus de batterie. Mais ne le laisse pas faire, Agnès, bon Dieu ! Dans le coffre arrière, la bombe de Quick-start. Tu m'écoutes, Agnès ? Tu lui dis de soulever le filtre à air à cet abruti et d'en expédier une giclée dans le carburateur. Tous les matins, de notre temps ; enfin, quand tu avais la flemme de prendre le bus. Tu vois, tu as oublié, déjà. Note que je n'aurais pas supporté non plus que tu lui dises comment faire. Le Quick-start, c'étaient toi et moi, point final. Eh bien, voilà, il a gagné. Elle l'embrasse vaguement sur la bouche et file en trottinant.

Un instant, Nikitenko la suit des yeux, puis il retourne sans hâte vers la maison. Pense-t-il à Agnès encore ? Non, il va droit au téléphone, attrape le combiné, semble méditer, puis renonce et disparaît en direction de l'escalier. Paul n'a aucun point de vue sur la cage d'escalier, ni sur les fenêtres du bureau et de son ancienne chambre à coucher. Sans doute Nikitenko va-t-il s'habiller. Non, il revient, muni de son calepin cette fois. Il compose un numéro et patiente. Ah, on décroche à l'autre bout. Il sourit, propose rapidement quelque chose, un déjeuner peut-être, mais on devine que ça ne va pas de soi car de sa main libre il mouline énormément, se signe la poitrine comme pour attester de sa loyauté, non, non, non, fait-il aussi de la tête et du doigt, pas du tout, et brusquement il se fige. On lui tient là-bas des propos décevants, Paul le jurerait. D'ailleurs, il vient de s'affaler sur la petite chaise d'église à côté du téléphone. Il est doux comme un agneau à présent, il acquiesce à tout ce qu'on lui dit, sans cesser de sourire. Paul lui trouve le même air modeste et gentil qu'au tout début du chantier, quand il écoutait béatement les jacasseries d'Agnès. Il songe que Nikitenko vient d'abandonner la stratégie offensive pour jouer de sa fameuse « délicatesse ». Tu sais comment il est, Paul ? – Oui, ma chérie, si discret, si plein de tact, je sais... C'est fini, il a raccroché et glissé une main sous son tee-shirt. Lentement, il se caresse le ventre.

Ce lundi de septembre, Paul d'Audrey eut pour la première fois une vision claire de la tâche qui l'attendait, dit Paul à voix haute, exactement comme s'il lisait, ou écrivait, la première phrase d'un roman : il devait impérativement supprimer cet homme. Puis Paul se tait, impressionné par sa propre déclaration. Il n'y croit pas mais feint cependant d'élaborer une tactique : à partir d'aujourd'hui, songe-t-il, je dois noter tous les mouvements de ce type. En contrebas, Nikitenko se masse maintenant le sein gauche. Mais personne n'y croit au début, comment veux-tu ?... Tuer quelqu'un ! C'est devenu extravagant, chez nous, alors que si tu réfléchis bien ça peut être le seul moyen d'avoir la paix. Tout noter, c'est la règle de base, faire comme si on avait une foi d'airain en son bras armé, en son geste. Rien à voir décidément avec l'agent immobilier de Neuilly qui a tiré, lui, sous l'emprise d'une impulsion violente, sans aucune préparation. Et sur sa femme, l'être qu'il aimait le plus au monde ! Pauvre con ! Songer que Paul a pu l'envier autrefois ! Et cet imbécile d'avocat qui le comparait aux types de Londres ! À présent, Paul est heureux qu'Agnès vive. Il souffre naturellement de n'avoir plus le droit de la toucher, plus le droit de la respirer, mais il pense qu'il finira par s'arranger de ce désir. Il a besoin, en revanche, de l'imaginer vivante pour se nourrir de son souvenir. Vivante et intacte. Il va donc éliminer ce parasite, parfaitement, avant qu'il ait fait d'Agnès une autre femme. A-t-il le temps, là, tout de suite, de courir jusqu'à l'épicerie acheter de quoi écrire ? Vite, alors. Il choisit un cahier à couverture cartonnée relié toile, identique à ceux qu'il utilisait quand il était encore journaliste, et deux stylos-billes. Nikitenko n'est plus sur la petite chaise, à son retour, mais il ne doit pas être loin, sous la douche peut-être, car la porte est restée entrouverte sur le jardin.

Il l'a raté. Enfin, il ne l'a pas raté, il a dû le laisser partir, tout simplement, vu que Nikitenko s'est engouffré dans son puissant 4 × 4 et que Paul était à pied. Il ne devait pas s'offrir une Porsche, ce nabot ? Demain, Paul prendra sa voiture. Pour l'heure, il marche dans les rues de Montreuil. Avec entrain, comme un homme attendu Dieu sait où, alors qu'en réalité il n'a rien d'autre à faire de sa journée qu'à espérer le soir. Mais il a le sentiment d'avoir découvert le moyen imparable d'échapper au malheur, et cela véritablement le transporte. Dire qu'il s'était résigné à prendre le deuil, au point d'aller écrire ce petit livre fataliste et larmoyant — Nous habitions la grande maison depuis l'automne. Agnès nous avait quittés presque aussitôt, etc. Le moyen imparable : continuer d'aimer Agnès à distance, de là-haut, du premier étage de l'ancienne boulonnerie pour être tout à fait précis. Il s'arrangera du désir éternellement inassouvi de la toucher, de la respirer. Les morts s'en arrangent bien, eux. Elle a tapé du pied, mordillé son ongle cassé, froncé les sourcils et le nez. Les sourcils et le nez... Refais-le, Agnès, juste une fois s'il te plaît, pour la photo. – Voilà, et maintenant tu me fiches la paix. Tout noter, la règle de base. Tiens, là, sur le banc. Autrefois, il n'aurait pas eu l'idée de se pencher sur une scène aussi insignifiante. Mais qu'est-ce que je raconte, là !

Autrefois, autrefois… La vérité c'est qu'en vingt ans je n'ai pas pris une note sur Agnès. Quelques photos, oui, le truc du paresseux, et encore, je ne sais même plus où elles sont… Ce qu'on peut être bête quand on est dans la vie ! À croire que l'intelligence est un attribut des morts.

Derniers jours de septembre. Un départ d'Agnès, écrit Paul. Puis rien. Durant près d'une heure, rien. Je devrais écrire la scène, se dit-il, avec les mots qui me viennent, tant pis, comme font les journalistes. Cependant, il n'écrit pas, et une autre heure se passe. Je devrais écrire la scène, se répète-t-il, je n'avance pas du tout. Alors il réalise que la scène elle-même l'ennuie, ce qui l'attire c'est ce qui s'est passé avant, ce qu'il n'a pas pu voir. Oui, voilà, ce qu'il n'a pas pu voir, le premier battement de cils d'Agnès, par exemple, dans le lit… On est quel jour, là ? se demande-t-elle. Ah, lundi ! Un frisson de bonheur lui parcourt les cuisses et le ventre. Le lundi matin, elle retrouve Nikitenko vers onze heures, dans un petit hôtel du Marais, rue Barbette. Elle va prendre un bain, se parfumer sous les aisselles, puis elle remontera réveiller Paul pour qu'ils puissent boire un café ensemble, avant. Avant de s'en aller le rejoindre…

J'écris, se dit Paul, frénétiquement, tous les sens en éveil. C'est que je suis dans la peau d'Agnès, là, au lit encore, à anticiper les plaisirs à venir, le bain brûlant, la chambre d'hôtel, Nikitenko… Rue Barbette. Je ne sais même pas s'il y a un hôtel rue Barbette, et je m'en fous du reste. Si je comprends bien, j'habite encore Montreuil et je dors encore dans le lit d'Agnès. Quelle joie ! Mais quelle joie ! Ça doit être l'année dernière à la même époque. Oui, sûrement, puisqu'elle n'a pas cours le lundi matin…

Dans la peau d'Agnès. Jamais Paul n'aurait cru que par la seule force des mots on pût approcher un être jusqu'à frissonner avec lui, jusqu'à sentir durcir le bout de ses propres seins. Mais c'est passé, il n'aura été Agnès que le temps d'écrire quelques lignes. La chose ne s'achève pas merveilleusement par un orgasme, comme l'amour, mais tristement, sans éclat d'aucune sorte. On se délectait d'être une femme désirée, on s'impatientait même d'avoir tant de choses à vivre, et à écrire, donc, avant de rejoindre l'hôtel, quand subitement on se réveille assis sur un banc public, rue Marcelin-Berthelot à Montreuil.

Sans y prendre garde Paul s'est remis à marcher. Dans un sens, puis dans l'autre. Il a l'air égaré, ahuri, d'un homme à qui l'on vient de voler ses papiers. Il voudrait retourner dans le lit d'Agnès, ce mystérieux lundi matin. Oh, Seigneur ! il le voudrait tellement qu'il en sangloterait s'il osait ; fuir cette rue infecte, écouter le clapotis de son bain depuis la pénombre dorée de leur chambre, puis feindre de dormir quand elle remontera le chercher. Oui, feindre de dormir. Le café est prêt, Paul, tu descends le prendre avec moi ? Paul, réveille-toi, je dois partir dans vingt minutes… Dans une enveloppe de papier kraft, des photos d'elle ! Le plus étonnant, c'est que tant de mois se soient écoulés avant qu'il éprouve le désir de les revoir. Un désir fulgurant, suffocant. Il situe clairement l'enveloppe parmi des classeurs, dans son bureau de Montreuil, étagère du bas à gauche. C'est Agnès qui les lui a vidées, ses étagères ; les cartons sont au chalet, il ne les a pas ouverts. Voyons, Croix-de-Chavaux droit devant, en courant il peut être au chalet en un quart d'heure.

Il lit sans le comprendre le petit mot de Dominique — « Si tu veux, on peut déjeuner ensemble. Appelle-moi au journal » — et entreprend de déballer ses livres. De les précipiter au sol en réalité, sans aucun égard. Il n'a plus toute sa raison. Il dit : Dans celui-ci c'est sûr… Non, non… C'est la roulette russe de toute façon… Tiens, celui-là… Mais bon Dieu, Agnès, où tu les as foutues ?… Une enveloppe de papier kraft… Papier kraft… Parfois aussi il éventre les cartons encore empilés pour gagner quelques secondes. Quand le téléphone sonne, il hurle : Non ! Merde ! puis se résout à y aller en enjambant les décombres de sa bibliothèque.

– C'est moi, Paul. Ça ne va pas ? Tu n'as pas eu envie de me rejoindre ?

– Non, je ne sais pas, je cherche un truc, ça me rend complètement fou. Il est quelle heure, là ?

– Deux heures et quart. Tu n'as pas déjeuné ?

– Non, j'y suis depuis ce matin…

– Mais quel genre de truc ?

– Des photos. Elles sont dans mes livres, j'en suis sûr, j'ai commencé à les sortir, il y en a dans toute la maison…

– C'est si urgent, ces photos ?

– Je ne peux rien faire sans, Dominique, tu comprends ? Rien.

– Tu veux dire que tu ne peux pas écrire ?

– Mais pas écrire, pas bouffer, rien ! Ça me rend cinglé je te dis… Enfin, là, ça va mieux, tu as bien fait de m'appeler.

– Tu vas te remettre à écrire, Paul ?

– Je ne sais pas. Je commence une enquête sur un type… Si je te disais dans quelle intention, tu ne me croirais pas. Je n'y crois pas moi-même d'ailleurs.

– Dans quelle intention alors ?

– De le descendre.

– Ah ! C'est Nikitenko, ce type ?

– Oui. Est-ce que tu me vois sérieusement lui tirer en pleine gueule ?

– Peut-être, je ne sais pas… On ne se connaît pas assez. Mais pourquoi tu ne l'as pas fait quand tu vivais là-bas ?

– J'y ai pensé, mais ça n'était jamais raisonné. Agnès l'aimait, ça me tuait, mais lui d'une certaine façon n'y était pour rien.

– Et tu trouves qu'aujourd'hui il y est pour quelque chose ?

– Oui, j'ai compris que chaque jour qui passe il m'efface un peu plus de la mémoire d'Agnès. Je l'ai compris samedi, quand je suis allé chez eux. Tu vois, je dis chez eux maintenant. Si je ne l'arrête pas, Agnès dira bientôt : Mon Dieu, Paul ! Nous avons vécu vingt ans ensemble et je n'en ai pratiquement gardé aucun souvenir. C'est incroyable, non ?

– Tu oublies vos deux enfants, Paul.

– Nos deux enfants dont elle regrette que Nikitenko ne soit pas le père...

– Peu importe, personne ne peut te voler ta paternité.

– Bien sûr que si ! Mon père s'est fait piquer son fils par l'amant de sa femme.

– Mais ton père était fou, tu le dis toi-même.

– Papa n'était pas médicalement fou, Dominique. Il nous a fait vivre différemment des autres, très différemment, ce qui explique pourquoi les gens nous regardaient comme une famille de déjantés, mais tu l'aurais connu, tu n'aurais pas pensé une seconde qu'il fallait l'enfermer.

– Écoute, Paul, ton père t'a abandonné, il n'est jamais venu te chercher...

– Parce qu'il avait peur de l'autre, tu ne peux pas comprendre. Moi-même, il m'a fallu des années... L'amant de ma mère était un type de Londres, Dominique, un mec qui avait fait une guerre magnifique, il était au moins amiral quand il nous a embarqués, il représentait la glorieuse armada des conquérants, des hommes qui s'étaient engagés, qui avaient écrit l'Histoire au péril de leur vie, tandis que papa... Papa a raté tous les trains, il est passé sur terre comme un martien, sans jamais parvenir à saisir le sens de la marche, sans trop savoir non plus, je crois, ce que recoupait la morale.

– Tu n'es pas comme lui, Paul, et Nikitenko ne t'a pas piqué tes enfants.

– Je me sens plus proche de lui que tu ne l'imagines, mais cesse de parler des enfants, je sais bien qu'il ne me les a pas piqués, cet abruti. Seulement il est en train de me voler une chose qui compte à mes yeux autant qu'eux, je ne sais pas comment dire, une partie de mon identité…

– Agnès était ta femme, elle n'était pas ton identité.

– Si. Agnès était bien plus que ma femme, Dominique, elle était aussi ma sœur, un peu. Pendant des années, j'ai vu et compris la vie, le monde, à travers ses yeux. Et réciproquement, je suppose. Nous avons grandi ensemble, nous nous sommes mélangés Agnès et moi, infiniment trop certainement, de sorte qu'aujourd'hui c'est une part de moi qu'elle emporte, qu'elle me vole sans le vouloir. Je dois sauver cela, ça m'appartient, et le sauver passe par la suppression de Nikitenko qui s'emploie à écraser la mémoire d'Agnès comme on écrase la première version d'un enregistrement en imprimant par-dessus une seconde mouture.

– Je vais te laisser, Paul. Tu veux qu'on se voie ce soir ?

– Non, ce soir je travaille.

– Alors n'oublie pas que je t'aime. Au revoir.

Elle a raccroché, puis lui. Il compte les cartons qu'il lui reste à ouvrir. Une vingtaine. À raison de deux par minute, il aura les photos en main dans dix minutes. Au pire. C'est inéluctable. Il attendrait Agnès en personne qu'il ne serait pas plus excité. Inéluctable ! s'écrie-t-il, et il bondit par-dessus les tas de livres, parie de loin sur tel carton, et un instant plus tard le bascule à ses pieds. Rien dans celui-là ? Eh bien, voyons celui-ci ! Mais dans celui-ci non plus. Il lui faut empiler les livres sommairement s'il veut conserver un minimum d'espace vital, ne serait-ce que pour attirer à lui les autres cartons. Il le fait précipitamment, le souffle court, le front moite. Quand il les aura, les photos, il se fera couler un bain froid et c'est dans l'eau qu'il les regardera, parfaitement détendu, la nuque soutenue et au frais. Une enveloppe de papier kraft, il doit y en avoir une cinquantaine dedans. Agnès à quinze ans, quand il l'a connue, assise sur l'un des quais de l'Alma, les jambes au-dessus de l'eau. Elle portait ce jour-là des bottines marron et un jean. Trop mignonne, pense-t-il. Il sourit. On arrivait de la tour Eiffel, non ? Plus tard, sur une plage de Crète, et puis à l'université, aussi, sur le campus, sous la pluie, pendant une grève. Sa gabardine bleue, son chignon défait. D'autres moins anciennes, enceinte de David, toute nue, c'est elle qui avait voulu ; sur des plages de Bretagne, dans le jardin de Bagnolet... Les dernières années, ça n'intéressait plus Paul de la photographier, c'est elle qui devait le lui demander, quand elle se trouvait jolie sans doute. Songer qu'elle devait réclamer l'émeut aux larmes, brusquement. Mon Agnès, murmure-t-il. Si on avait droit à une session de rattrapage, je ferais de toi une photo par jour. Il prend des engagements pour une vie qui ne reviendra plus, tandis qu'il ne s'étonne pas de n'avoir fait encore aucune photo de Dominique.

Rien non plus dans les troisième, quatrième et cinquième cartons. Alors soudain Paul est pris d'un doute : et si Agnès les avait gardées ? Oh non ! supplie-t-il. Il balaie la pièce du regard, enregistre que le chaos n'a pas atteint la cuisine et s'y précipite avec les œuvres restantes. Voilà, ce qu'il craignait, le pire, est maintenant avéré. Elle a fait cela, elle lui a volé ses photos. Pour les brûler, naturellement. Ainsi, elle laisse Nikitenko lui enfoncer un coton d'Hémostatine dans la narine, geste qui n'appartenait qu'à Paul jusqu'à présent, et elle confirme sa volonté de le chasser de sa mémoire en détruisant les dernières traces irréfutables de leur amour.

Il a abandonné le chalet. Il lui a semblé brusquement que le chalet et les livres, également maltraités, violentés, l'observaient avec infiniment de tristesse et de désapprobation. Comme une femme, peut-être, observe son amant éméché après qu'il l'a injuriée, humiliée. Le chalet, dont Dominique voulait faire, disait-elle, la seconde maison des enfants, et la leur bien entendu. Les livres, qui depuis sa maturité lui paraissent être la seule riposte digne et forte des hommes à leur condition de mortels. Il a conscience de s'être conduit comme un porc, inculte et brutal.

De nouveau il marche dans les rues de Montreuil, et l'image du désastre qu'il a laissé derrière lui accroît encore sa colère. Il a saccagé ce qui ressemblait aux premiers signes d'une renaissance pour les photos d'une vie dont il refuse l'extinction. C'est exactement ça, oui, songe-t-il en pressant le pas. Mais je n'ai jamais parlé de renaissance, moi, ni de rien d'autre de ce genre. Jamais. Le bac à sable, la balançoire c'est Dominique... D'ailleurs ses pas le conduisent à nouveau auprès d'Agnès sans qu'à aucun moment il l'ait véritablement décidé.

Il entre dans l'ancienne boulonnerie et grimpe en courant au premier étage. Il peut souffler, enfin ; le jardin et la maison sont à ses pieds. Qu'est-ce qui m'a pris de me mettre dans un état pareil pour des photos, se demande-t-il, alors que j'ai cet observatoire d'où je peux l'embrasser vivante, continuer de l'aimer. Qu'est-ce qui m'a pris ? Il scrute le portail, puis la trace des pas d'Agnès dans l'herbe, son chemin pour aller et venir. Vers cinq heures, elle va surgir. À seulement l'imaginer son cœur s'emporte : quelle heure est-il donc ? Trois heures vingt. Il se met à arpenter la salle dans sa longueur. Les machines-outils ont été démontées mais elles ont laissé leurs empreintes sur le sol de ciment. Au-dessus de chacune d'elles pend un fil électrique. Entre les entrelacs de câbles, au plafond, les araignées ont tissé leurs toiles. Une dizaine de fûts métalliques ont été placés autour des grilles de l'ascenseur, vraisemblablement pour en interdire l'accès. Dans le coin opposé, quelqu'un a déposé un matelas et des vêtements en tas. À part cela, la pièce est vide, imprégnée encore d'un parfum d'huile chaude. Continuer de l'aimer, songe Paul. De l'aimer malgré elle. Il n'a qu'à tourner la tête pour pénétrer dans son domaine. Des yeux. Elle peut bien lui brûler ses photos, initier Nikitenko jour après jour à chacun des gestes de Paul, elle n'a pas le pouvoir de l'empêcher d'être là, au-dessus. Il faudrait qu'elle rachète l'ancienne boulonnerie, qu'elle la fasse raser, et quand bien même, pense-t-il, je trouverais moyen de dresser ici ou là un mirador de fortune, au besoin je me percherais dans un arbre avec une paire de jumelles. C'est que je me bats le dos au mur pour sauver vingt ans de ma vie. L'ennemi croit avoir la part belle car au fond j'ai certainement petite mine dans mon chalet vermoulu des franges misérables de Montreuil ; il croit être sur le point de m'anéantir mais il sous-estime ma détermination. Je l'aimerai malgré lui, des yeux. Je l'aimerai malgré lui. Ainsi ne s'éteindra pas cette part de moi, de nous, qu'il a embarquée sans crier gare. L'ennemi !

Portail ! Paul a jailli du coin de l'ascenseur. Ce n'est pas Agnès, ce sont Murielle et les enfants. Mon Dieu, les enfants ! Pas un instant il n'avait envisagé d'avoir à les observer de là-haut, d'être empêché de les approcher. Mais c'est impossible, voyons ! Jamais jusqu'à présent il ne les a croisés sans les embrasser. On aurait voulu lui signifier qu'une part de sa vie était éteinte, malgré lui, malgré sa détermination, qu'on n'aurait pas trouvé mieux que d'organiser cette mise en scène lugubre. Il les a quittés ce matin, quand Dominique les a emmenés pour l'école, et ce soir ils réapparaissent dans l'autre hémisphère de leur vie, inatteignables. Paul ne devrait pas être là, bien sûr. J'y suis, songe-t-il, parce que je me suis octroyé le droit qu'ont peut-être les morts de contempler silencieusement les vivants, c'est ma faute, je n'ai à m'en prendre qu'à moi. Il sait que Murielle va entrer chercher le pain, le beurre et le chocolat et leur apporter leur goûter dans le jardin puisqu'il fait beau. Bijou flânera toute seule sur l'herbe en croquant son chocolat, en émiettant son pain ; à la fin, peut-être, elle chantonnera Mon âne, mon âne, en secouant la tête d'avant en arrière comme on le lui apprend à l'école. David mangera sur la balançoire, lui, tout en entortillant les cordes pour faire l'hélicoptère. Paul va s'épargner cela, retourner vers l'ascenseur d'où il ne voit plus que l'arête du toit, la cime du vieux sapin et le ciel immense. Si tu ne veux pas souffrir, ne fais pas la guerre, murmure-t-il. Il se frotte vigoureusement le visage des mains, se frappe doucement le front contre le mur puis expédie un coup de pied dans l'un des fûts. Je sais, je sais, je paierai le prix.

Cette fois c'est elle. Mes chéris !... Elle n'a pas pu achever, David l'a renversée et maintenant il l'immobilise, son corps d'enfant en travers du sien. Elle doit être de bonne humeur, d'habitude elle ne supporte pas sa brutalité. Elle rit et feint de ne plus pouvoir bouger. Tiens, elle porte des baskets, comme Nikitenko, il a dû la convaincre de s'habiller également au Vieux Campeur. Enfin Bijou les rejoint, puis Murielle. Viens près de moi, mon trésor... Ça va, Murielle ? Tu as passé un bon week-end ? Si tu vois mes affaires quelque part, ça ne t'ennuierait pas de les ramasser avant qu'ils me les piétinent... Murielle récupère son cartable et son sac à main. Tu nous prépares un thé, tu veux bien ? demande encore Agnès. – D'accord. Elles se vouvoyaient, avant, là on dirait bien qu'elles sont devenues amies. David s'est un peu calmé, Agnès peut presser contre ses joues leurs deux visages. C'est à devenir fou ce que je les aime tous les trois, songe Paul. Il a oublié qu'il était là par effraction, aussi leur sourit-il comme autrefois, quand il les surprenait en pleine effusion et s'immobilisait pour les contempler. Cependant, le bruit croissant d'un moteur le tire de sa rêverie. Nikitenko ! Il a cru reconnaître le sifflement sourd du 4 × 4.

Si c'est lui qui les surprend, pense-t-il aussitôt, je l'abats. Il cherche du regard ce qu'il pourrait lui balancer de toutes ses forces pour l'atteindre à la nuque, le foudroyer véritablement, mais ne trouve rien. Pour la première fois de sa vie il conçoit qu'on ait inventé l'arme à feu, le plus sûr moyen d'abattre un homme à distance, plus fiable que la lance, la fronde, ou même la sarbacane. Pour la première fois de sa vie il éprouve le désir de posséder une telle arme. La voiture ralentit au carrefour, puis s'engage dans la rue à plein régime... C'était bien un 4 × 4, oui, mais pas celui de Nikitenko. En bas, Agnès s'est assise, dans l'herbe toujours, sans lâcher les enfants. David lui parle à présent, et Bijou, qui a pris son pouce, la regarde par en dessous avec des yeux émerveillés, semble-t-il à Paul. Il s'imagine que David raconte à sa mère le chalet, Dominique, Dominique et lui, Paul, car les traits d'Agnès se sont subitement durcis. Elle écoute David avec attention, acquiesce par moments, mais ne sourit plus. Paul voudrait qu'elle sourie au moins une fois. Il se persuade que ce serait l'aveu d'un petit reliquat d'amour, et avec cet allié dans la place la guerre lui paraîtrait moins ingrate. Seulement elle ne sourit pas, son visage au contraire se ferme au fil du récit de David.

C'est prêt ! les interrompt Murielle. Elle a disposé le thé sur la table, dehors. Agnès abandonne les enfants et s'y assoit la première. Au début, elle ne parvient pas à écouter ce que lui dit Murielle, elle fixe obstinément un point entre le tronc du sapin et le portail, avec cette expression de fureur inouïe que connaît Paul, les prunelles pailletées d'acier gris et coupant. Elle pense à moi, songe-t-il, et voudrait me savoir mort, vraiment mort. Puis Murielle se lève, revient avec un sac profond en papier blanc vernissé. Elle en sort une robe noire qu'elle plaque sur son corps. Alors le visage d'Agnès se détend, s'illumine. La main en visière parce que Murielle est en contre-jour, elle s'enquiert de deux ou trois choses, le nom du couturier peut-être, l'adresse, le prix. Paul parierait qu'elle va lui demander de la passer. Oui, voilà. Bientôt Murielle réapparaît, plus Patricia Kaas que jamais. Agnès la fait aller et venir sur la prairie, virevolter, et Murielle se prête au jeu de bonne grâce. Toutes les deux s'amusent à présent. Les enfants l'ont remarqué et se sont approchés. Soudain David s'écrie : Si, maman ! Si. – Certainement pas, rétorque Agnès en se recroquevillant. Murielle a dû lui proposer d'essayer la robe à son tour car maintenant la jeune fille se tient immobile au milieu du jardin, ses bras croisés dans le dos, ses épaules maigres et nues légèrement décalées. Elle sourit, elle attend timidement qu'Agnès se décide. D'abord j'ai des jambes affreuses..., dit-elle encore. Oh, Agnès ! Pas affreuses, non, enfantines. Combien de fois... Paul éprouve un pincement au cœur à constater que lui disparu elle répète à d'autres ce qu'elle lui a murmuré pendant des années. Comme si je n'avais jamais existé...

Enfin Murielle regagne sa chaise et David également renonce. Elles reprennent leur conversation sans se préoccuper des enfants. Paul ne cherche plus à deviner ce qu'elles se racontent, il se demande si Agnès est aussi jolie qu'il le croit. Ça n'est pas la première fois qu'il se pose la question, pénétré du secret espoir de s'entendre répondre non. Il lui est arrivé, au printemps dernier, de se réveiller avec la quasi-certitude qu'Agnès était en réalité une petite boulotte insignifiante et de filer sur-le-champ vérifier la nouvelle. La bonne, l'excellente nouvelle. Il savait toujours où la trouver. Il rentrait de ces expéditions comme un grand brûlé, souffrant de partout, et durant deux ou trois jours n'avait plus la force d'appeler Dominique. Il ne comprenait pas comment il pouvait éprouver un attachement si puissant, si exclusif, pour une femme qui l'avait rejeté et commençait même à le haïr.

Paul doit s'arranger de son désir, et s'il se demande

encore une fois si Agnès est aussi jolie qu'il le croit c'est qu'il dispose en Murielle d'un élément de comparaison. Jusqu'à présent Agnès lui était toujours apparue seule, seule et magnifique. C'était trop facile. Maintenant ses yeux vont de l'une à l'autre. Il pense détenir enfin le moyen imparable de remettre Agnès à sa place. Est-ce qu'elle ne ferait pas un peu mémère, là, par exemple, en face de cette gazelle à la crête ensoleillée ? Tant de grâce dans le cou, un visage qui capte si merveilleusement la lumière du soir, oui, oui, mais à y regarder de plus près Murielle a un peu les traits de la reine Maléfice dans Blanche-Neige, les traits durs de la reine, les joues creuses, les lèvres fines et rentrées, le menton légèrement en galoche. Elle ne doit pas être délicieuse à embrasser, voilà, tandis qu'Agnès... Agnès, si, on ne peut pas imaginer. Bon, mais Murielle a un corps délié de mannequin, les membres fins et longs. Cependant, lorsqu'elle se tenait tout à l'heure au milieu du jardin, Paul a noté qu'elle avait les omoplates décollées et il a songé malgré lui aux ailes d'un poulet famélique. Le dos d'Agnès est une perfection, lui. Une perfection. Tiens, elle se lève. Où va-t-elle ? Restée seule, Murielle finit sa tasse de thé, puis inspecte ses chevilles, ses grands pieds. Elle est la femme qui t'aime et que tu aimes désormais, se dit Paul, essaie de te mettre ça dans la tête, pour voir. Dans un instant, tu vas descendre de ton perchoir et elle sourira tendrement en t'apercevant. D'accord ? D'accord. Paul y est. Il foule d'un pas léger le gazon de la maison du bonheur. Seulement il n'éprouve aucune attirance pour le sourire sans lèvres de la jeune fille. Aucune. On peut essayer autre chose, si tu veux. On dirait qu'Agnès est tétraplégique et Murielle réellement éprise de toi. Qu'est-ce que tu ferais ? J'ai le choix, vraiment ? Tu as le choix, vas-y. Alors je reprends ma place auprès d'Agnès ! Un instant, Paul y a cru, et ses genoux en tremblent encore. Oui, même tétraplégique… Mon Agnès… Je suis foutu, songe-t-il, jamais je ne m'en sortirai.

Agnès est revenue entre-temps. Elle a accroché son collier de perles autour du cou de Murielle et s'est reculée pour juger de l'effet. C'est ce moment que choisit le hasard pour faire entrer Nikitenko. Il saute gaiement de son 4 × 4 et s'avance en souriant, son petit sac à dos à l'épaule. Il embrasse Agnès, se penche déjà sur Murielle quand celle-ci se redresse vivement et lui tend la main. Nikitenko est confus, il se balance d'un pied sur l'autre, mais Agnès l'invite à s'asseoir et file lui préparer une tasse de thé. Murielle et lui sont en tête à tête maintenant. Pourquoi la jeune fille est-elle si distante à son égard ? Elle se souvient opportunément des enfants et rappelle à l'ordre Bijou, qui se déchausse dans le bac à sable. Béatrice, non ! C'est interdit ! Lui l'observe à la dérobée, il a sa mimique de faux timide, celle qu'il servait à Agnès au début — voyez comme je suis réservé, je ne me mets pas en avant, pourtant j'ai une vie passionnante, toute l'année, figurez-vous, je bondis pardessus les océans, j'ai même franchi les trois caps à la voile, je suis un homme libre, sans attaches, ça n'est pas courant à mon âge, mais posez-moi plutôt des questions, je vous y répondrai par monosyllabes, ainsi petit à petit vous serez captivée par la densité de mon mystère. Il cherche manifestement comment attirer l'attention de Murielle, et soudain ça y est, il a trouvé : en même temps que les mots, qui ne parviennent pas jusqu'à Paul, il sort de son sac à dos un appareil photo, un petit Leica, la Rolls des professionnels, et cadre promptement la jeune fille dans sa robe de soirée, la gorge ceinte du collier d'Agnès. Elle rougit, se défend des deux mains. Alors il n'insiste pas, pose le Leica en évidence. C'est nouveau, cet intérêt pour la photo, non ? se demande Paul. Si, en tout cas, Agnès partage cette impression, qui, de retour, dépose le thé et s'empare aussitôt de l'appareil. Que dit-elle dans son enthousiasme ? Des choses sûrement qu'elle ferait mieux de taire car Nikitenko dissimule mal la colère qui le gagne. Mais non, paraît-il répliquer, je fais de la photo depuis toujours, à ma façon, voilà tout, cloisonnée, confidentielle. Agnès s'excuse, dépitée, tout près de pleurer, semble-t-il à Paul, et Murielle s'éclipse discrètement sous prétexte d'aller remettre ses chaussures à Bijou. Nikitenko s'absorbe dans l'étude de son petit Leica cependant que les deux femmes, qui riaient ensemble un instant plus tôt, s'éloignent : l'une vers le bac à sable, l'autre vers la cuisine.

Va-t-il suivre Agnès ? Non, il guette la réapparition de Murielle, il n'en a pas fini avec elle. Seulement Murielle le croise sans lui jeter un coup d'œil, pas plus d'intérêt qu'une borne kilométrique, ramasse au passage le sac de sa robe neuve et s'engouffre à son tour dans la maison. Il doit être sept heures, elle va se changer et s'en aller. Nikitenko le sait aussi bien que Paul ; le poing serré sur son Leica, il dandine déjà du postérieur. La voilà. Il lui emboîte le pas jusqu'au portail. Ne l'a-t-elle pas remarqué, vraiment, ou fait-elle semblant de rien ? Elle a une tête de plus que lui et il doit trottiner pour la rejoindre. La scène réjouit Paul. C'est la première fois qu'il a tout le loisir d'observer un petit dragueur à l'ouvrage, et que ce petit dragueur soit Nikitenko, l'ancien soixante-huitard, l'homme des services secrets — je te le dis, Paul, mais il m'a demandé de ne le répéter à personne —, ajoute à son plaisir. La confrontation a lieu sur le trottoir. Lui essaie de la convaincre d'accepter une chose qui lui tient manifestement à cœur — et Paul remarque qu'il se signe à plusieurs reprises, en gage de loyauté, comme le matin même lorsqu'il était au téléphone —, cependant Murielle résiste et feint de s'en aller. Il tente alors de reprendre l'avantage en proposant de la raccompagner, brandit ses clés de voiture, amorce même un ou deux petits pas enjoués en direction de son 4 × 4 ; peine perdue, elle s'éloigne maintenant sans se retourner. Paul aimerait qu'il balance deux ou trois coups de pied dans le muret, ou précipite son Leica sur le bitume en signe de désappointement. Au lieu de cela il file à sa Jeep, en botte les quatre pneus, puis s'installe au volant. Va-t-il oser la poursuivre ? Non, il caresse le dessus du tableau de bord, l'illumine, scrute les voyants, lance quelques appels de phare dans le soir qui tombe, puis verrouille ses portes, fait encore une fois le tour du propriétaire et regagne la maison. Alors il semble à Paul que son pas manque singulièrement d'ardeur.

Il allume en entrant. Tiens, Agnès est en train de mettre la table. Il ne lui adresse pas la parole et va droit à la télévision. Les enfants doivent être dans leurs chambres. Paul ne peut pas voir ce que regarde Nikitenko sur le petit écran ; c'est dommage, il aimerait justement noter ce détail. Puis Agnès appelle. À table ! C'est servi ! David et Bijou accourent ; Nikitenko, lui, se fait prier. Enfin, à contrecœur, il coupe son programme et s'assoit lourdement à la place qu'occupait Paul. Agnès lui lance par intermittence des signaux éplorés, puis se décide à intervenir :

– Ça ne va pas, mon chéri ?

– Mmm…

– Je suis vraiment désolée pour tout à l'heure, je ne savais pas que tu avais cette passion pour la photographie…

Il la fusille brièvement de ses yeux de possédé, comme si elle ne parvenait décidément qu'à le flanquer hors de lui, puis soudain il frappe violemment la table du plat de la main.

Cette fois, ce sont les enfants qui font les frais de sa colère. Paul croit deviner que le litige porterait sur les bruits divers qu'ils émettent en lapant leur soupe, car aussitôt Agnès mime, à l'aide de sa propre cuillère, la meilleure façon de s'y prendre pour manger silencieusement. Pauvre Agnès, elle est sincèrement désireuse d'arranger les choses. David s'essaie à sa méthode ; mais Nikitenko secoue amèrement la tête. Non, ça ne va toujours pas… On est loin de l'époque des joyeux bras de fer et de l'éolienne, songe Paul. Pour Bijou, Agnès est allée chercher le biberon. Chacun semble méditer, maintenant, en attendant qu'elle ait fini de téter. Nikitenko, le nez dans son assiette ; Agnès, derrière un rictus seulement destiné à sa fille, qu'elle ne quitte plus des yeux ; et David, le regard dans le vague et les mains sous la table. Tes mains, David, bon Dieu ! murmure Paul depuis son perchoir, tu vas encore te faire engueuler ! Paul devrait être révulsé par l'autoritarisme acerbe de Nikitenko à l'égard de ses enfants, pourtant, curieusement, la scène le remplit d'un bonheur trouble, sentiments enfouis, confus, qu'il ne s'explique pas immédiatement. Il se surprend même à sourire en notant les frémissements répétés des longues narines de Nikitenko et, simultanément, l'apparition sur son front d'une rougeur d'écrevisse. De véritables appels au secours, songe-t-il, cet imbécile n'en peut plus, il est au bord de l'apoplexie. Il se souvient alors de ce déjeuner où Nikitenko lui avait proposé de reprendre sa place auprès d'Agnès, lui prenant discrètement la poudre d'escampette. Qu'est-ce que tu imagines, lui avait rétorqué Paul, que je vais être assez con pour marcher dans ton truc ? Agnès ne m'aime plus, tu le sais parfaitement. Si tu veux la larguer, démerde-toi sans moi. Il ne s'était pas démerdé, Nikitenko, et s'était résigné, après son faux voyage à Berlin, à assumer la succession de Paul dans la vie d'Agnès. Seul avec elle, il parvient encore à faire illusion, songe-t-il, et à lui enfoncer amoureusement, bien qu'assez maladroitement, un coton d'Hémostatine dans la narine gauche, mais en famille il ne tient pas la distance, il ne trompe plus personne. En famille ! Ce type qui n'a jamais voulu d'enfant, de peur sans doute qu'un jour les femmes ne les lui préfèrent. L'inlassable globe-trotter, l'agent 007 désormais cadenassé dans son pavillon de banlieue, dans le rôle, ô combien dévalorisant, voire castrateur, du papa de substitution — mange ta soupe proprement, enlève le doigt de ton nez, tiens, chérie, passe-moi le sel, oh, ces gosses !... C'est à mourir de rire, songe Paul, il ne lui manque plus que les chaussons. Et dire que sans cette ancienne boulonnerie je n'aurais jamais pu assister à ce naufrage !

Elle leur a préparé une quiche lorraine après le potage, mais lui n'en veut pas. Plus faim. Dégoûté. Il continue de fulminer intérieurement au-dessus de son assiette vide, branlant du chef, au comble de l'exaspération quand l'un ou l'autre laisse tomber sa fourchette ou renverse son verre d'eau. Agnès tente d'accélérer le mouvement, déjà les yaourts et les fruits sont sur la table. Par moments, un doigt sur les lèvres, elle supplie David de se taire tout en lui désignant Nikitenko de l'œil. Sois gentil, mon chéri, facilite-moi la tâche. Alors Paul est repris du désir de l'abattre, ce petit despote, mais un instant plus tard de nouveau il se délecte. C'est que Nikitenko crache salement ses peaux de raisin et que Bijou en est sidérée. Oui, oui, chuchote Agnès, j'ai vu, mais tu sais, mon trésor, qu'on a parfaitement le droit de cracher ses peaux, ça n'est pas parce que nous ne le faisons pas dans la famille... Trop tard, David à son tour a remarqué. Les peaux font à présent un petit tas visqueux sous le menton poilu et remuant de Nikitenko. Allons, les enfants, intervient doucement Agnès, finissez vite vos yaourts, il est affreusement tard... La malheureuse voudrait éviter que l'autre ne redémolisse la table du plat de la main. Paul est de tout cœur avec elle. Encore trois cuillerées et on sera tirés d'affaire, escompte-t-il. Ouf, c'est gagné ! Tous les trois se lèvent, abandonnant Nikitenko à ses déjections.

Durant un bon quart d'heure, le temps des dents et de l'histoire, Paul l'observe engloutir et crachouiller. Pour un type qui n'avait plus faim... Il pense que par égard pour Agnès et les enfants il doit s'interdire absolument de le tuer dans la maison, même si les occasions de le mettre en joue sont plus nombreuses ici qu'ailleurs. La preuve, voilà dix minutes qu'il aurait pu tout à loisir le transformer en passoire… Ah, mais attention, retour d'Agnès. Ça tourne ! Elle se campe debout, à quelques pas du dîneur. Maintenant que les enfants sont couchés, elle veut une explication. Elle aurait dû savoir qu'il adorait la photographie, c'est entendu, mais elle s'est excusée, que peut-elle faire de plus ? Il bout intérieurement. Il pense à Murielle qui s'est enfuie, à lui que l'on séquestre et à qui de surcroît l'on vient maintenant demander des comptes. S'il osait, il basculerait la table et son contenu sur le plancher. Le fracas de la vaisselle sale lui soulagerait les nerfs. Au lieu de ça, il scrute Agnès de la tête aux pieds, comme si elle venait de prendre vingt kilos ou qu'une queue de cochon lui était poussée du nombril, puis soudain il se lève, arpente la pièce. Il faut voir avec quels yeux affolés elle le regarde. Elle regrette déjà d'avoir réclamé quoi que ce soit ; que va-t-il encore trouver d'assassin à lui assener ? Il parle. On devine à ses gestes répétés et furibonds en direction de la table qu'il évoque ces repas impossibles, l'éducation déplorable des enfants, cette sensation d'étouffement qui le prend à imaginer que ça ne finira jamais, quel âge a-t-elle, Bijou ? deux ans, deux ans et demi ? trois, corrige silencieusement Agnès de ses doigts dressés, eh bien, admettons, trois, reprend-il, c'est bien ce que je disais, ça ne finira donc jamais, ce cirque, à table, cette sensation d'étouffement… Alors il joint le geste à la parole et se dépoitraille. Sa chemise s'envole. Mon Dieu qu'il est velu ! Y compris dans le dos. Et Agnès qui prétendait ne pas aimer les hommes poilus ! Un rien de convoitise adoucit aussitôt l'expression de ses yeux. Presque de la tendresse, malgré les mots qui blessent, à suivre son fauve en cage. Que lui dit-il, d'ailleurs ? Paul a perdu le fil. Pourquoi a-t-il soudain la certitude qu'il l'agresse sur l'esthétique contestable de ses jambes ? L'œil torve de Nikitenko, sans doute. Le bougre a encore en tête les pirouettes d'échassière de la belle Murielle et il ne se résigne pas à se satisfaire des formes enfantines d'Agnès. Il faut l'aimer pour cela, songe Paul, pour préférer ses jambes un peu lourdes à celles des grandes dindes de l'avenue George-V, et toi pauvre con tu ne l'aimes pas. Mais elle, si. Elle est prête à tout entendre, à tout sacrifier pour te garder. À tout oublier aussi, et c'est bien là le péril en ce qui me concerne. À l'un des passages du fauve elle tend gracieusement la main, et lui reconnaît aussitôt dans ce geste d'offrande ce qu'il attend constamment d'une femme. Il saisit cette main, interrompt ses diatribes. Tous les deux se dévisagent, comme s'ils se découvraient par bonheur, et par le plus grand des hasards, au milieu d'un champ de ruines. Deux survivants. Elle l'attire, l'enlace, lui offre sa bouche, et Paul peut juger de son plaisir aux petits mouvements de pattes de chat de ses doigts dans la toison dorsale de Nikitenko.

Le lendemain matin, à sept heures, il est à son poste. Nikitenko apparaît le premier, ceint de l'ancien peignoir de Paul. La nuit l'a apaisé, il semble serein et détendu. Tout de suite il entreprend de préparer son thé. L'image de cet homme de dos, disposant sous son nez les différents éléments du rituel, ramène subitement Paul vingt années en arrière. Encore une fois, il croit revoir le père d'Agnès. D'autant plus que le peignoir nous vient de lui, songe-t-il. Mais naturellement ! Et c'est maintenant qu'il comprend pourquoi il n'a pas voulu l'emporter. Le peignoir, se dit-il, appartient de droit aux hommes d'Agnès, il est un des attributs de la fonction, voilà. Il faudra que j'en informe Agnès, que nous y prenions garde l'un et l'autre, qu'elle n'aille pas, par exemple, enterrer cet imbécile dans cette parure classée. Nikitenko ébouillante la théière, sans hâte. Il lui va mieux qu'à moi, se dit encore Paul, moi, il m'arrivait au-dessus du genou, on s'était habitués mais c'était ridicule. Les choses rentrent dans l'ordre d'une certaine façon, comme si le peignoir n'avait pas attendu toutes ces années en vain. C'est prêt. Nikitenko s'attable, puis avec des gestes de femme il se beurre trois ou quatre biscottes d'avance. Alors Paul croit le voir sourire. Si seulement David et Bijou pouvaient lui fondre dessus, là, tout de suite ! songe-t-il méchamment. Au lieu d'eux c'est Agnès qui survient, vêtue d'un de ses éternels tee-shirts qui lui cachent les fesses mais tout juste. Paupières et lèvres gonflées, le matin. Toujours. Une brioche ambrée. Elle a dû se réveiller brusquement et ne le trouvant plus dans le lit elle arrive, pieds nus. Ah, tu es là ! Elle sourit et va lui passer les bras autour du cou, se coller dans son dos. Elle n'aime pas faire l'amour le matin, mais elle aime bien qu'on la prenne un peu dans les bras. Il n'a pas l'air de le savoir, lui, ou il le fait exprès, ça ne l'intéresse peut-être pas si c'est juste dans les bras. D'ailleurs, il croque sa biscotte. Et moi ? minaude-t-elle. Tiens ! Elle croque derrière lui. Tous les deux mastiquent de concert, puis elle l'embrasse au coin de la bouche. C'est bon, elle a son content d'affection, elle peut démarrer la journée. Il la regarde distraitement s'éloigner vers la salle de bains en buvant sa première gorgée de thé.

Le climat se gâte avec la venue des enfants. Dès la cuisine, ils se disputent un petit jouet que David est allé repêcher au fond du paquet de cornflakes. Nikitenko feint de ne rien voir et se beurre une cinquième biscotte. Agnès surgit, une serviette autour de la taille, les cheveux dégoulinants, et confisque le jouet. Elle les installe à table, chacun devant un bol, puis retourne à sa toilette. Alors Nikitenko fixe un point, très au-dessus d'eux, pas très loin de l'endroit où se trouve embusqué Paul. David se goinfre sans lui prêter attention, mais Bijou, au contraire, est intriguée. De plus en plus. Entre deux bouchées elle revient à cet homme figé comme sous le coup d'une apparition. Qu'est-ce que tu regardes dans le ciel ? demande-t-elle. Et, comme il ne lui répond pas, elle réitère sa question trois ou quatre fois. Rien, finit-il par lâcher. Puis il quitte la table. Tant pis pour Agnès, elle déjeunera sans lui. Elle ne déjeune pas, elle se fait un café qu'elle boit debout en houspillant les enfants. Finissez vite, on va être en retard !... Lui prend un bain pendant ce temps-là.

Agnès et les enfants s'en vont. Elle doit les déposer à l'école avant de rejoindre sa propre classe. David est à la voiture déjà. Mais non, David, à pied, je t'ai dit qu'elle ne démarrait pas, tu n'écoutes jamais rien... Donne-moi ton cartable si tu veux. Il fait non de la tête et part devant. Mon David !... Cette fois ça y est, à tout moment Nikitenko peut décamper. Paul aurait intérêt à s'installer à son volant plutôt que de rester bêtement à le guetter. C'est ce qu'il fait, tapi au carrefour, en amont de la maison. Il n'a qu'à se pencher pour apercevoir le cul du 4 × 4. C'est la seconde fois qu'il file quelqu'un et il retrouve à l'instant cette impression vertigineuse, ô combien délicieuse, de ne plus s'appartenir. La première fois c'était il y a longtemps, pour le journal. On lui avait demandé d'enquêter sur la vie secrète d'un homme que les Alsaciens soupçonnaient d'être un ancien dignitaire nazi, notamment parce qu'il n'ouvrait à personne les grilles de sa propriété et avait dressé ici et là des miradors identiques à ceux d'Auschwitz. Paul avait escaladé le mur d'enceinte et rampé jusqu'au château. Toute la journée, il avait suivi ce vieil ermite au physique d'officier prussien, pour découvrir finalement qu'il s'agissait d'un passionné d'ornithologie. Nikitenko ! Il a surgi en tenue de randonneur, balancé à l'arrière de son 4 × 4 sa mallette de chantier et s'est installé aux commandes. Paul le laisse plonger sur la droite et s'élance. L'avenue est chargée à cette heure, il peut l'approcher sans risque jusqu'à s'immobiliser au feu dans son angle mort. C'est une matinée fraîche et lumineuse d'arrière-saison ; Nikitenko chante et, de temps en temps, déplace son petit rétroviseur intérieur pour se considérer. Il porte une chemise de grosse laine rouge dont il a roulé les manches, dénudant ainsi ses avant-bras puissants. Un coude à la portière, il jette un œil distrait à sa montre. On devine qu'il n'est pas mécontent de la journée qui s'annonce, peut-être même impatient de la vivre. Porte de Vincennes, il s'engage sur le périphérique. Il conduit vite, slalome souplement entre les files de voitures. Si Paul ne le perd pas, c'est que la Jeep est repérable de loin. Porte de Vanves, il file sur Malakoff, Clamart... Bientôt la circulation s'éclaircit. Paul est embarrassé, d'autant plus que Nikitenko est moins sûr de lui. Il demande son chemin, s'engage dans une rue pavillonnaire étroite et déserte, franchit des voies ferrées, les longe à grande allure. Où va-t-il ? Il n'est plus suivi maintenant que par une Peugeot des années 60, aisément repérable, celle de Paul. Place de la Gare. Mais que fait-il ? Il s'arrête en travers, saute de son engin. Alors un couple vient à sa rencontre. Ils devaient donc l'attendre là, sous l'horloge. L'homme marche devant, un enfant dans les bras. La femme a un petit air de Miou-Miou en mère de famille versaillaise. L'homme la présente à Nikitenko, rictus indifférent et tendu chez Miou-Miou, puis il présente l'enfant. Nikitenko sautille, signe à la fois d'impatience et de timidité. En tout cas ces gens ne lui sont pas familiers. Échange bref au moment de monter à bord : l'homme et la femme rechignent également à voyager devant, peut-être pour ne pas avoir à soutenir la conversation, mais lui l'emporte, du fait de l'enfant, et c'est elle qui s'y colle, avec un sourire très banlieue Ouest — mais pas du tout, voyons ; avec plaisir... La Jeep repart. Paul est plus à l'aise ; Nikitenko suit manifestement les consignes de sa passagère, il n'a guère le loisir de regarder derrière. Nous y sommes, les grilles de la propriété étaient ouvertes, Nikitenko s'y est engouffré. Paul a continué tout droit, lui, pour aller se garer cinq cents mètres plus loin. Il emprunte à pied une rue parallèle, sur l'arrière de la maison, mais ne la retrouve pas et décide de prendre le risque de repasser devant. Il s'en approche à pas prudents, sous la seule protection de ses Ray-Ban. Tiens, l'homme est assis sur une souche, il joue avec son petit garçon qui peut avoir deux ans. La maison est une sombre bâtisse en meulière des années 20, tout en hauteur, prisonnière aujourd'hui d'une végétation galopante. Sur la droite, quelques tuiles en se détachant ont emporté une partie de la gouttière. C'est donc aussi à la femme qu'est revenue la mission de conduire la première visite de chantier. Son mari, pendant ce temps-là, compte les pommes de pin que lui rapporte l'enfant. Paul retourne à sa voiture, il va noter tous ces détails et guetter la sortie du 4 × 4.

Les voilà ! Ça aura duré près de deux heures. Miou-Miou est encore devant, le père et le petit garçon bien peinards à l'arrière. Nikitenko roule tranquillement, plus détendu. Il acquiesce à ce que lui explique nerveusement sa voisine, parfois propose à demi-mot une solution et c'est elle alors qui approuve. Oui, oui, pourquoi pas ? semble-t-elle dire. Elle n'est pas laide de profil, songe Paul, avec sa frange et son nez retroussé, mais c'est le port de tête qui décourage à priori. Distant, et comme agacé. Où les emmène-t-il ? Ah, tiens, place de la Gare de nouveau. Poignées de main hâtives. C'est fini ; ils ont disparu derrière un autocar en stationnement et Nikitenko, visiblement plein d'entrain, reprend la direction de Paris. Il est midi passé. Paul a envie de revoir Agnès, il aimerait que Nikitenko ait prévu de déjeuner avec elle. Lui s'installerait sur le trottoir d'en face et la regarderait manger sa salade, de profil. Je t'aime, Agnès, tu me manques, murmure-t-il dans l'habitacle assourdissant de la Peugeot. Mais l'autre s'engage sur le périphérique Est, alors que pour Agnès c'était tout droit, le plus court. Il entre dans Paris par

Nation, approche la Bastille par un dédale de ruelles sombres dont il s'arrange avec maestria, chevauchant les trottoirs parfois, de sorte qu'à plusieurs reprises son poursuivant croit le perdre, puis se gare sur une place minuscule. Paul note qu'il salue quelqu'un de loin, d'un geste entendu, à la terrasse du petit café qui fait l'angle, avant de disparaître. Merde ! souffle-t-il. Il a pu filer sous ce porche, comme sous un autre. C'est un quartier d'anciennes manufactures, les enseignes sont demeurées, miroiterie, ébénisterie, bottier... cependant on devine à la quiétude des citadins que les artisans, eux, ont déguerpi. Tant pis, il va patienter en gardant la Jeep à l'œil. À peine un quart d'heure, et Nikitenko resurgit au côté d'une femme que Paul a prise pour Agnès durant un étourdissant quart de seconde. Son cœur en est encore affolé. Un visage plus serein, plus doux, mais une silhouette si semblable... C'est incroyable ! songe-t-il. Ils s'assoient en terrasse. Par chance, il n'a pas à déplacer la Peugeot pour les conserver l'un et l'autre dans son angle de vue. Le garçon leur serre la main, puis leur apporte deux verres de vin. C'est elle qui parle, Nikitenko l'écoute, un léger rictus aux lèvres. On sent que ça ne le concerne pas directement, qu'elle doit évoquer une péripétie quelconque, un épisode de son travail, peut-être. Au contraire d'Agnès, elle fait peu de gestes en racontant, prend son temps, puis boit une gorgée de vin et pose un regard amusé et méditatif sur l'immeuble sale qui lui borne l'horizon. À quoi pense-t-elle ? Nikitenko lui saisit le poignet et y dépose un baiser. Elle plisse les yeux distraitement, cet univers intime l'occupe et la satisfait manifestement. On leur sert des tomates mozzarelle qu'ils mangent silencieusement, se souriant rituellement au moment de boire. Lui seul a commandé un plat chaud. Elle le laisse patiemment l'engloutir sans lui prêter beaucoup d'attention. Quand arrivent les cafés, elle se roule une fine cigarette qu'elle fume avec mesure, retenant le plaisir.

Alors, lui parle. Il semble vouloir susciter son intérêt, son assentiment peut-être, et cela lui donne des manières d'enfant appliqué. Cependant Paul dirait qu'elle se fiche plutôt de ce qu'il lui raconte. D'ailleurs, à la fin de sa cigarette, elle se lève, l'embrasse avec ferveur sur la bouche tout en enfouissant une main dans l'encolure de sa chemise, et le plante là. Paul la voit s'évanouir sous l'enseigne décrépite de l'ancien bottier.

Nikitenko finit son café. Lui aussi rêve maintenant, ou médite. Puis brusquement il se passe compulsivement les doigts dans les cheveux, demande l'addition mais renonce aussitôt, non, non, fait-il au garçon, j'attrape un truc dans la voiture et je reviens… Il est repris d'une joyeuse frénésie. Du 4 × 4, il rapporte sa mallette, en sort un bloc et un stylo et se met en position d'écrire, les coudes sur la table, les genoux joints. Il lisse sa moustache, s'arrache les peaux autour de l'ongle du pouce, ah, ça y est, trois ou quatre phrases rédigées d'une traite et qui à elles seules couvrent la page. Il relit. Signe. Et plie cela en quatre. Cette fois il veut bien l'addition.

Nation de nouveau. Puis Vincennes. À l'instant où il s'engage dans la rue des Laitières, Paul comprend : ils vont chez Murielle. À tous les coups, murmure-t-il, redécouvrant sans le vouloir une expression de Blaise. À tous les coups… Elle habite au bout sur la droite, un studio en rez-de-chaussée dans un immeuble neuf. Il ne s'est donc pas résigné, Nikitenko. Va-t-il oser sonner ? Il se peut qu'elle soit chez elle. Si par hasard elle le laissait entrer, Paul pourrait éventuellement suivre la scène, embusqué derrière les arbustes censés préserver les appartements des curieux. Mais non, il ne sonne pas, se contente de chercher la boîte aux lettres et d'y glisser son petit mot.

Paul est dans ses roues, loin déjà, quand il réalise le poids que pèserait dans son enquête un message original et manuscrit de Nikitenko. Alors qu'il traquait le prétendu nazi d'Alsace, il avait follement espéré, jusqu'à commettre les pires imprudences, tomber sur un document accablant, incontestable, qu'il aurait publié à l'appui de son texte. Cette fois, le succès est à sa portée. Il vire brutalement sur sa droite, lâche Nikitenko, et remet le cap sur la rue des Laitières. Un fil électrique rigide et du Scotch. Du fil électrique, il en a sous son siège. Il n'a qu'à acheter le ruban adhésif.

« Je pars dans quelques jours pour le Sahara photographier les dunes. L'ami qui devait m'accompagner vient de se désister, son billet est à vous si vous le souhaitez. Pour que vous vous sentiez parfaitement libre, je renonce ici solennellement à vous photographier. Tant pis. Oubliez tout ce que je vous ai dit et venez l'esprit serein. Nikitenko. »

Paul est bouleversé par sa prise, tout son corps en tremble. Il la colle dans son cahier cartonné relié toile et se laisse aller contre l'appui-tête. Ça c'est énorme, songe-t-il, les tempes en feu, énorme, je viens de marquer un point décisif. Il est épuisé, il a oublié l'objet précis de son enquête, et sous le coup d'une émotion intense réagit en journaliste. Quelle heure est-il ? Quatre heures dix. Il n'a rien mangé ni bu depuis l'aube ; il va chercher une brasserie et se commander un jambon-beurre cornichons et deux demis. Deux demis au moins, il les a bien mérités. À petite allure il entre plus avant dans Vincennes et se décide pour une terrasse ombragée, derrière la mairie.

Il mange avidement, les yeux perdus. Quand il émerge de sa rêverie, fatigué mais repu, il lui faut un moment pour se rappeler la raison de son euphorie, tout à l'heure, en arrivant. Tiens, je vais la relire, se dit-il. Mais cette fois les mots de Nikitenko n'éveillent plus en lui qu'une lueur amusée. Il referme le cahier, vaguement déçu, troublé, et se souvient alors de l'autre raison qu'il a d'être heureux, plus profonde et durable celle-ci : dans quelques instants il va revoir Agnès. Et demain, et après-demain, songe-t-il, et tous les jours de l'année si je le veux.

Il reprend le chemin de l'ancienne boulonnerie. Enfin, il est si impatient d'y être qu'il court pour gagner l'étage. Agnès ! Elle corrige ses copies sur la table de jardin. Elle s'est attaché les cheveux avec un élastique. David ne la trouvait pas jolie les cheveux tirés, il le lui disait chaque fois. Oui, eh bien, c'est comme ça, sinon je ne vois rien... Moi si, Agnès, plus touchante encore. Toute cette masse étincelante, c'est bon pour les autres, moi je n'en ai pas besoin pour t'aimer. Soudain, elle lève les yeux vers Paul, on jurerait qu'elle l'a entendu. Scrute la façade de l'usine, le front soucieux, s'arrête çà et là, puis brusquement replonge dans son travail. C'était bien moi, Agnès. Tu n'arrives pas à me chasser complètement de ton esprit. Tu vois, parfois les morts ont la vie dure. Murielle et Bijou sont dans le bac à sable. David n'est pas là, dans sa chambre sans doute. Tiens, l'éolienne ne tourne plus, elle doit être grippée. Il faudra que je lui dise de mettre de l'huile...

Nikitenko rentre plus tôt encore que la veille. Il feint de ne pas remarquer la présence de Murielle et apostrophe gaiement Agnès depuis le portail — Alors ? Elle se lève pour l'accueillir, et dans le même mouvement libère sa chevelure. Elle l'enlace. Murielle leur tourne le dos, et, comme Bijou semble fascinée par le spectacle de sa mère suspendue aux lèvres de son amant, la jeune fille relance le jeu en effaçant les pâtés et en remplissant elle-même les petits moules.

Il s'est détaché d'Agnès. Elle a noté le discret coup d'œil qu'il a lancé en direction du bac à sable, aussi s'écrie-t-elle :

– Vas-y, Murielle, si tu veux, je terminerai mes copies plus tard, j'en ai un peu marre, là...

A-t-elle deviné quelque chose ? Non, Paul ne le croit pas. Il pense au contraire qu'elle a interprété le regard embarrassé de Nikitenko comme un désir inavoué de se retrouver seul avec elle, en famille.

Hâtivement, elle range ses papiers. Cependant Murielle s'est redressée et les rejoint, tout en battant ses bas de pantalon pour en faire tomber le sable. À ce moment, si Agnès levait les yeux, elle surprendrait sur le visage de Nikitenko l'espérance muette d'un signe de la part de la jeune fille. Un signe qui ne viendra pas, songe Paul, un instant grisé par sa capacité à manipuler deux ou trois mortels depuis son purgatoire. Murielle tend une main au petit homme confus, et sans plus s'attarder entre au salon ramasser ses affaires.

– À demain ! lance-t-elle en s'enfuyant. Au revoir, Bijou.

Agnès enlace de nouveau son amant, mais alors Bijou vient se glisser entre leurs jambes. Les yeux d'Agnès rient tandis que leurs bustes se confondent encore, puis elle s'écarte et prend Bijou dans ses bras. Lui paraît absent. Il fait quelques pas dans un sens, dans un autre, se plante sous l'éolienne, enfin l'abandonne et va s'asseoir.

– Tu ne veux pas aller sur les genoux de Nikito pendant que je prépare le thé ? propose Agnès.

Non, Bijou n'en a pas envie. Il ne s'en offusque pas, n'y prête pas attention, mais au mot thé, en revanche, il s'anime.

– Une bière plutôt. Si tu as...

– Ah oui ! Je crois bien qu'il m'en reste une, ne bouge pas.

Elle a renoncé au thé ; ils bavardent, pendant que lui se désaltère. Maintenant, elle a perçu que quelque chose n'allait pas, et comme on le fait avec un enfant elle tâtonne.

– Clamart, c'était intéressant ?

Paul est ému. Elle avait cette même appréhension dans le regard, cette même intonation, quand il rentrait de voyage, et lui, cet imbécile, finissait toujours par avouer qu'il en avait aimé une autre. Mais pas comme on s'aime nous, Agnès. Ça c'est impossible à reproduire. Il raconte la maison de Clamart, le chantier que ça va être.

– La nénette, dit-il, veut une véranda pour doubler la surface de son salon…

– Elle est comment, elle ? s'enquiert Agnès.

– B.C.B.G. Une petite conne.

– Jolie ?

– Mmm…

– Et lui ?

– Il a passé son temps avec le gamin. Un grand mou, je n'ai pas entendu le son de sa voix.

– Vous avez déjeuné ensemble quand même ?

– Oui.

Agnès médite en lui caressant distraitement la main.

– Au fait, j'ai puni David. J'aurais voulu que tu l'entendes parler à Murielle…

– …

– Il se bourre les poches de morceaux de sucre, tu sais, qu'il mange à n'importe quelle heure. Elle a voulu les lui reprendre… Mais t'es chiante à la fin ! D'abord c'est pas tes affaires… Il s'est pris une de ces gifles !…

Nikitenko acquiesce. Puis en marmottant une explication inaudible coupe court et s'en va. Il traverse le jardin, referme sur lui le portail. Agnès est tentée de le suivre, elle est debout déjà, mais elle se ravise et emporte Bijou à l'intérieur. Elle va lui donner son bain, tant mieux, songe Paul. Il n'aurait pas aimé qu'elle l'entraîne dans la rue, derrière Nikitenko. Cependant, lui, comme la veille, est allé à son 4 × 4. Il s'est installé au volant, a baissé la glace comme s'il s'apprêtait à partir, puis le coude à la portière s'est abîmé dans ses pensées. Voilà un bon quart d'heure qu'il ne bouge plus. Il brûle du désir d'aller rejoindre Murielle chez elle, songe Paul, mais il n'ose pas se lancer. Il se dit qu'elle n'avait pas encore lu sa lettre tout à l'heure, qu'en ce moment même elle la découvre et que sa réponse est peut-être oui. Il se dit qu'il n'aura jamais la patience d'attendre jusqu'à demain soir. Le sang lui bout littéralement — Paul le voit d'ailleurs s'étirer, tendre le cou, comme s'il cherchait à fuire sa propre fournaise — mais il n'a tout de même pas l'audace de plaquer là Agnès pour se précipiter rue des Laitières. Il s'en veut à présent, frappe son volant du plat de la main. S'être laissé piéger par Agnès !... Que dis-je, par Agnès, par cette canaille de Paul, oui ! Pourquoi n'a-t-il pas repris sa femme quand je la lui rendais, celui-ci ? C'est la première fois, jamais aucun mari ne lui a joué semblable tour de salaud... Paul sourit. Cependant, il sent la fatigue le reprendre, une lassitude nauséeuse venue des profondeurs. Peut-être que s'il vomissait... Il va vers le coin de la pièce, mais n'arrive à rien. Un bon moment, il demeure allongé.

C'est Agnès qui le tire de sa torpeur. La voix d'Agnès, légèrement voilée, plus chaude quand elle crie. Et là, précisément, elle appelle Nikitenko dans le crépuscule qui a tout enseveli ; une brume sale, annonciatrice de l'automne, de la pauvreté des jours. Nikito ! Nikito ! appelle-t-elle, tu viens dîner ? Paul se traîne jusqu'à son poste. Il la devine sur le seuil, les mains sur les hanches. Les enfants sont à table. Elle ne comprend pas où il a bien pu passer. Il est tout près de toi, Agnès, dans son 4 × 4, il t'entend parfaitement mais il secoue sa crinière comme un cheval qui refuse l'obstacle. Si tu veux mon avis, insiste un peu et il va céder. Nikito ! lance-t-elle encore. Nikito ! Voilà, il arrive, il se résigne à assumer la succession.

Paul s'en va, lui. Il ne sait pas exactement pourquoi, il n'a pas pris le temps d'y réfléchir. Il laisse le mouvement de ses jambes emporter sa tête et le reste. Il regagne sa maison. Arrivé dans son jardin qu'illumine faiblement un réverbère, il s'assoit au bord du bac à sable et allume une cigarette. Il prend soin de ne pas laisser les cendres tomber dedans, cela le préoccupe durant toute la cigarette. Il ne pense à rien d'autre. Puis il se lève, entre dans le chalet sans allumer, enjambe machinalement les piles effondrées de ses livres et va se mettre nu sous la douche. Il y reste jusqu'à ce qu'il n'y ait plus d'eau chaude, alors, une serviette autour de la taille, il s'abat à plat ventre sur son lit et s'endort.

Il ne retourne pas là-bas le lendemain matin. Cependant il part marcher dans les rues de Montreuil et emporte son cahier. Il a l'intuition que ce cahier peut le sauver. Blaise n'en avait pas, lui, il ruminait, parcourait inlassablement la France au volant de sa vieille 203, mais n'écrivait jamais rien. Paul presse le pas, comme pour semer le désespoir qu'éveille en lui l'image de son père. Jusqu'à la nausée, qui couve. Depuis quelques mois, les signes se multiplient, mais il feint encore de ne pas comprendre. En buvant son café, tout à l'heure, il s'est inondé le menton et a eu pour s'essuyer ce geste du revers de la main qu'il a aussitôt reconnu. Jamais, du temps d'Agnès. Il y aurait pensé. Il aurait pris une serviette, fait un autre geste. En dépit des dispositions prises pour lui échapper..., songe-t-il. Mais il n'achève pas. C'est le genre d'explication fine qu'on sert aux faux amis, pense-t-il, en réalité je n'ai jamais voulu lui échapper, je n'ai fait qu'approfondir la nostalgie qu'il m'inspire en campant vingt ans durant sur l'autre rive. Et j'ai tout bazardé en cinq minutes le jour où les grandes consciences du journal lui ont craché dessus, sans le savoir, d'ailleurs. Comment auraient-elles pu se douter ? Tout bazardé. Mais pour qui ? Pour quoi ? La pensée de Blaise était indigne, misérable, et il n'y a qu'aux yeux d'un jeune enfant qu'il pouvait faire figure de guerrier, de résistant... Tout bazardé pour renoncer, tout simplement. Cesser de faire semblant d'en être. Nous n'avions été ni Résistant en 40 ni Révolutionnaire en 68, je n'avais rien à faire parmi ces gens, ces lignées d'hommes éblouissants. Je rejoignais Blaise dans ces faubourgs qu'éclaire avec parcimonie le soleil et où les hommes ont conscience de ne pas compter pour grand-chose vu que ce qu'ils disent ou rien... Moi aussi, j'avais le goût des départementales, et je m'imaginais volontiers roulant toute l'année, le coude à la portière aux beaux jours. Cependant Nikitenko était apparu. Peut-être que sans lui, songe Paul, je placerais ici ou là à l'heure actuelle des savonnettes ou des bidons d'huile, heureux de retrouver mon Agnès certains soirs. Constamment, élémentairement heureux.

Nikitenko avait surgi, ne soupçonnant pas qu'il s'apprêtait à marcher sur les traces d'un autre qui trente années auparavant avait semblablement fait irruption chez Blaise pour embarquer sa femme. L'Histoire se répétait donc chez les d'Audrey, et, malgré le chagrin que lui causait l'éloignement d'Agnès, Paul n'avait pas cessé un instant d'en être fasciné. Nikitenko, sans le vouloir, mais plus catégoriquement que tout autre événement, le renvoyait à Blaise, à sa filiation, à leur impuissance à riposter. Notre impuissance à riposter..., s'entend articuler Paul d'une voix spasmodique de marathonien. Après le départ de sa femme, poursuit-il, Blaise n'a plus fait qu'errer comme un chien famélique, la truffe au ras du bitume. Un silence. Et c'est exactement ce que je fais à mon tour.

C'est dit, Paul peut ralentir l'allure. J'ai cru que j'y échapperais en prenant la décision d'abattre Nikitenko, songe-t-il, la décision seulement, ce que Blaise... Mais qui me dit qu'il n'a pas envisagé de fusiller l'autre, lui aussi ? Qui me le dit ? Cette fois, Paul marque le pas. Jamais il n'y avait pensé, or la scène lui semble brusquement évidente : Blaise, embusqué dans quelque paisible soupente, à un bond d'oiseau de l'hôtel particulier où habitaient son ex-femme et son amant, sa bière à portée de main et le doigt sur la gâchette... Il n'a pas appuyé, naturellement, et je n'appuierai pas non plus. Il en va des armes à feu comme des belles voitures, songe-t-il encore, il faut avoir sur sa propre vie des certitudes de propriétaire pour en user.

Paul a repris sa marche. Parce qu'il repasse rue Marcelin-Berthelot, il se souvient de ce moment où par la seule force des mots il est parvenu durant plusieurs minutes à s'incarner véritablement dans la peau d'Agnès, jusqu'à frissonner avec elle. Ce moment inouï. C'était hier ? Avant-hier ? Il ne sait plus. Il avait acheté ce cahier pour noter tous les faits et gestes de Nikitenko en vue de le descendre et ses pensées s'étaient envolées vers Agnès. Qu'il fût possible de redonner vie à certaines scènes du passé au point d'éprouver sur son front le souffle chaud d'un être aimé, jamais Paul n'aurait osé l'espérer avant d'en faire l'expérience. La scène est dans son cahier, bien vivante à présent. À tout moment il peut s'asseoir et la lire. Alors de nouveau Agnès se penchera sur son visage endormi, dans la pénombre dorée de leur chambre, pour lui murmurer : Le café est prêt, Paul, tu descends le prendre avec moi ?... Il l'a sauvée du chaos de leur mémoire commune ; il lui a donné l'éternité. L'éternité, répète-t-il, car il a soudain le sentiment de découvrir quelque chose, quelque chose qu'il possédait mais qu'il n'aurait pas remarqué, et cela lui rappelle confusément sa découverte de la sexualité à l'adolescence. Dans la cave d'une parfumerie, deux années peut-être avant de rencontrer Agnès. La fille de la commerçante avait son âge ; lui avait été embauché pour construire des rayonnages au sous-sol. Le plaisir était donc là, enfoui quelque part, et je l'ignorais, s'était-il dit. J'aurais même pu l'ignorer longtemps encore si on ne s'était pas croisés, elle et moi. Après, naturellement, on n'a de cesse que d'y retourner et on se demande comment on a pu vivre sans. Oui, une découverte identique à celle du plaisir. L'esprit de Paul s'élève, s'enflamme. Il a la sensation que le nuage cotonneux qui l'enserrait étroitement vient de se dissiper. À quoi bon supprimer cet imbécile, songe-t-il, au demeurant à demi mort déjà, à quoi bon épier Agnès des jours durant, quand j'ai la capacité de sauver du néant notre mémoire ? Elle peut brûler nos photos, réduire en cendres l'ancienne boulonnerie, enseigner à Nikitenko, et à ceux qui lui succéderont, l'art de lui enfoncer un coton d'Hémostatine dans la narine, elle ne peut pas m'empêcher de ressusciter notre histoire.

Il a commencé par la fin, leur dernière année, celle de l'irruption de Nikitenko. Il écrit : « Le récit d'Agnès ». Voilà des mois qu'il y travaille. Quand il lève les yeux de son manuscrit, il écoute avec effroi les bruits du monde. Autrefois ces bruits lui étaient familiers. Maintenant, plus il va dans son entreprise, plus ils l'affolent. Inexplicablement, il se les figure chargés de menaces. Alors que je mène seul la plus vaste, la plus ambitieuse des ripostes, se dit-il, avec une pugnacité et un courage incontestables, je ne me suis jamais senti aussi faible et désarmé face au monde. Pourquoi ?

Table

Achevé d'imprimer en mars 2001
sur les presses numériques de BOOKPOLE
BP 12 - ZI Route d'Etampes - 45330 Malesherbes

http://www.bookpole.com

N° d'édition : 39553 - N° d'impression : C01/00462U
Dépôt légal : février 1999

Imprimé en France